中公文庫

対談集

あなたが子どもだったころ

完全版

河 合 隼 雄

中央公論新社

目次

I　あなたが子どもだったころ　9

対談集

あなたが子どもだったころ

完全版

I　あなたが子どもだったころ

子どもが死にたいと思うとき

鶴見俊輔
（哲学者）

長男の苦しさ

河合　先生、ネクタイ姿ですね。やっぱりネクタイ持ってくるべきやった（笑）。ぼくは、鶴見先生に会うのは、やっぱりネクタイなしで行ったほうがカッコええんやといって家を出てきたんです（笑）。

鶴見　私も人生の振り出しのときは、常にネクタイなしで、ジャンパー姿で頑張りました。京大にいたときは（笑）。

河合　家内には、「いや、わからないよ」といわれたんですが（笑）。

鶴見　今日は何も準備してないんだけど。

河合　ぼくも何も準備がない。何をいうとか、あるいはいわないとか（笑）。ぼくは行きあたりばったりですから。それに、今日は先生がしゃべられて、ぼくが聞き役なんです。では、早速ですが（笑）、今、先生がいちばん関心を持っておられるのは、どういうことですか。

鶴見　しようと思ってることがあるんです。だけど、それはね、どれも長くかかるんですね。つまり、しようと思ってることができるかできないか、わからないんですよ（笑）。最後のページが終わらないとわからないわけです。だから、あまり話題にしたくない（笑）。

河合　ああ、なるほど。

鶴見　ほんと、しようと思ってることは全部、できるかできないかわからないね、最後まで。

河合　たくさんあるんですか。

鶴見　二つ三つですけどね。もともとね、戦争中に、これやろうと思うことは、もうやっちゃったんですよ。終わっちゃったんですよ。

河合　それはよくわかります。いや、ぼくの勘《かん》でね、何か、どうも新しいことを考えておられるんじゃないかと思って……（笑）。だから、それをちょっと聞き出してやろうと……。その勘は当たってたんですね。ところで、先生は小さいときは意地っ張りでしたか。

鶴見　そりゃそうですね。意地ってどっかへ出てくるんだね。やっぱり遺伝子ですね。とにかくね、おふくろが、もう本当にね、イワン雷帝《らいてい》みたいな人だったからねえ。子どもは四人いるんだけども、やっぱり遺伝子で違うんですね。

河合　はい、はい。違いますよ。

鶴見　もう最後まで頑張るのは、私だけなんですよ。後はみんな謝っちゃうかね、姉などはいなしちゃうんですね。
河合　先生は何番目だったんですか。
鶴見　二番目で長男です。
河合　上がいなすから、次にあたる。
鶴見　かっちんこなるけれども、譲らないわけですよ。しかし相手は巨人ですからね、子どもにとってはもう。ダビデとゴリアテと同じですよ。決戦また決戦というんですかね。もううちは毎日暗くてね。うちの中が母と私とのその土俵を軸にして回っているからね。おやじいないんだ。
河合　お父さんは行司《ぎょうじ》もしない（笑）。
鶴見　私の姉などは、家庭生活はとっても暗いものだ、子どもを持つのはこんなにも嫌なもんかと思ったものだから結婚しないっていうんだけれどね（笑）。
河合　その意地っ張りは先生だけですか。
鶴見　そうです。
河合　お父さんはどうでした。
鶴見　おやじはうちにいないんです、大体。
河合　いや、意地という点では、意地を張るほうでしたか、張らないほうでしたか。

鶴見　おやじは意地を張らない。
河合　意地を張るというタイプじゃないですね。
鶴見　きわめて優しい人ですよ。千人とか二千人とか大衆がいるときだけ、ものすごくうまい演説をするんです。だけど、家へ帰るときわめて優しい肌理《きめ》の細かい人でした。
河合　しかしね、優しいという点では、先生も優しいでしょう。
鶴見　いや、わからんな。
河合　優しいと意地っ張りは、反対概念やないですよ。
鶴見　なるほどね（笑）。
河合　どこからその意地っていうやつが生まれてきたのか。
鶴見　母から生まれてきたんでしょうな。
河合　その意地っ張りっていうのは、考えてみれば、子どものときどころか今もなお通し切って頑張っておられるからええやないですか（笑）。
鶴見　そうでもないですよ。ネクタイしてるでしょう、これ（笑）、ね。
河合　いや、そうですな。
鶴見　大体のことでは意地を張らないわけ。
河合　もうこのごろは。
鶴見　ここ一番ってときだけ（笑）。

河合　ああ、ここ一番だけね。

鶴見　それだけやっぱり力が衰えてきたのか、成熟してきたのか、どっちかだね（笑）。

河合　ま、同じことですよ（笑）。しかし、まだここ一番は残ってますか。いや、その意地ってのは、ほんとにおもしろいと思いますね。

鶴見　私は、やっぱり遺伝子がほんとに一人一人違うと思いますね。だから、それはね、家の中で育つと、違いに対して非常に敏感になりますね。

河合　それからね、兄弟四人いて、一人が完全に意地を張ると、ほかはもうやる必要がないということがありますね。

鶴見　河合さんに教えていただいたコンステレーションってやつですね。

河合　そうなんです。そして、みんな役割の分担が決まってきてね。

鶴見　ハッハッハッハッハ。

河合　お母さんは、意地っていう点は、どうでしたか。

鶴見　ひどい人物だったですね。おやじに対しては怒れないから、私に対して怒るわけですよ。理想があるでしょう。理想にはめようと猛烈な勢いで怒るわけ（笑）。私の姉は奉《たてまつ》られているからいいんですけれど、ほかの子どもは非常に疎外されたっていう感じがあったらしいですね。私の弟などは、「長女、長男、後はゴミ」っていってました。

河合　アッハッハッハッハ。

鶴見　そういう感じで、妹と弟に対しては、めちゃめちゃにおふくろは詰めない。私は苦しいっていう気持ちがいつでもありました。今もね、子どものときに帰りたいなんて思うことないです、もう（笑）。

河合　そうですか（笑）。

鶴見　苦しい。もうワーッていう感じですねえ。今になってみると、おふくろに対してユーモアを感じますね。

河合　そりゃそうでしょうねえ。

鶴見　なぜあんなに頑張って（笑）。一つや二つの子どもに怒りまくってたんですからねえ。異常なユーモアを感じます。不器用な人だと思います。乃木《のぎ》大将とか、吉田松陰とか、ああいうのにつながるタイプです。

河合　そう、みんなそうですね。

鶴見　幕末という時代の空気がわかりますよ。明らかに嘘《うそ》をいうんですね、おふくろがね。家には金がないとか、それからつぶれてしまうとか。でも、そういうのは全部嘘なんです。つまり、おふくろは、一代で自分のおやじが築いてきたものが、簡単に崩れるかもしれないという恐怖感がある。それはやっぱり、明治の初代の持っていた恐怖感を、真面目におふくろは継《つ》いでいたと思いますよ。

河合　あ、なるほど、なるほど。

飯の時間が苦痛だった

鶴見　竹内好《よしみ》氏が書いたもので私は知ったんだけど、戦争に負けたときにね、中隊長が「軍人に賜りたる勅諭」を読んだ。そのときに異様な読み方をしたと。つまり、国威が振るわないときがあれば、そのときも自分と共にしてくれよっていうのね。

明治天皇は非常に不安だったんですね。明治天皇を支える人たちも、あれを書いた西《にし》周《あまね》とか森鷗外っていうのは、みんな不安だったでしょう。その気分があれの中ににじみ出てる。あの感じは、私のおふくろにもあったそれだと思いますね。

おふくろは明治二十八年生まれだから違うんだけども、おふくろのおやじは幕末生まれで、賊軍《ぞくぐん》の子ですからね。いっぺん全部剝《は》ぎ取られちゃってね。ゼロになって、人生を始めた。何にも後ろ盾《だて》がなかった。給仕から取り立てられて、学費をもらって、勉強もしたくないのに医学、医者の勉強をした。医者になりたいと思ってないのに、場末の医学校へ行って勉強したでしょう。嫌で嫌でたまらなかった。その前は東京でだれかの書生をしてたんです。

河合　そうですか。

鶴見　そのときのおもしろい話があります。宮城の傍へ行ったら、自分が書生して仕えてる人が、突如として下駄を脱いだ。その仕えてる人は高官なんですよ。下駄を脱いで、下駄の上に足を上げてお辞儀をした。それはね、非常に身分の高い人の前でする土下座に代わる礼だったらしいですよ。

河合　ほう。

鶴見　びっくりしてね、だれだろうと思ったら、それが西郷隆盛だった。お暑うごわすな、と西郷がいったそうです。その思い出を書いてるんですね。生涯に一度だけ西郷隆盛に会ったと（笑）。西郷隆盛は天下取った人だからね、それがのしのし歩いてきたらね、こりゃ普通の高官っていうのは、もう下駄履《は》いて立っていられないんですよ、自分の従卒《じゅうそつ》を連れてるわけだけども。そういう時代、明治のゼロ年代でしょう、そのときに東京で書生してたんですよ。

それから場末の医学校。彼にとっては屈辱の毎日だったのね。賊軍の子で育ったんですから。それから上がってったでしょう、一度牢屋へ入ったけども。それが、うちのおふくろは真面目な人だから、その体験を全部追《つい》体験しちゃったんですね。

河合　はあ、わかりますね。

鶴見　だから、私に対しても、うちは貧乏だって。見りゃわかるんですよ。飯もね、おやじがいないときは、おからとかぜんまい、ああいうものが主なんですよね。それ以上食わしちゃいかんという考えがあったんじゃないですか。

何か飯に文句いうと、ものすごく怒られるわけ。飯のときが大体もう怒られるわけ

（笑）。私は飯を食いたくないわけです。飯のところへ行くのがもう嫌なの。怒られながら飯を食ったって何にもうまいことないです。食わないとまた怒られる（笑）。ご飯が食べられない人のことを考えないって。もう耐えられないね。膳に盛ってる飯、一杯が食えない。病人だね。精神病なんだもの。子どものノイローゼ。もう耐えられないわけ。苦しかったね。

河合　よくわかりますよ。

鶴見　お宅なんかね、私は丹波篠山《たんばささやま》へ行ってきましたが、あんなにのどかなとこでね。四方が山に囲まれててね。しかも何にもないでしょう。ああ健全な環境だなあ（笑）。いや、私は感動しましたよ。

河合　（笑）うん。

鶴見　そのあと、あなたの著書を読んだから、語りの中に牧歌的なものが生きてるわけよ。私はもう全然違う。初めからギクシャクやられてるからね。だから、ものすごく不器用で、要するにいつでもピンタとられてるわけ。そのピンタとるときのおふくろの言葉を軍隊式に翻訳すると、お前は幹部候補生だ！　何だ！　ばか！

河合　そうですね。

鶴見　私は長男ですからね。長男、なんだ！　ってわけですよ。だから、ボカッボカッとやられてるわけ。もうフラフラですよ。どうしたらいいのかねえ。つらい、つらい。

河合　しかし、また下の人たちになると、何でおれらは幹部候補生になれないのだろう（笑）。何で変な兄貴が候補生になって（笑）。

鶴見　長子相続だからね。

河合　なるほど。今いわれたその、嘘がパッとわかるでしょう。嘘に対するものすごい感受性というか鋭敏さというか、そういうのは相当早くからもっておられたのと違いますか。

鶴見　いや。見りゃわかりますよ（笑）。

河合　大体、子どもはね、見てわかってるのに、嘘のほうに身を寄せる。

鶴見　おふくろを支えている神話なんですね。

河合　そうなんです。神話。

鶴見　人間は堕落したら終わりだっていう……。

河合　そうそう。だから、そのときに、その神話のほうじゃなくて、リアリティのほうが見えてくるわけですよね（笑）。そこがすごいと思うんですね、ぼくはむしろ。

鶴見　いやあ、だれでも見えると思うな。そんなにすごいと思わない（笑）。

河合　いや、見えてまた頑張りぬいたわけですからね。

鶴見　おふくろは現実に反応できなかった人だと思いますよ。固く自分の神話によって自分を支えてきたから。

河合　だからお父さんが大変だったでしょうね。

鶴見　そう。今になってみりゃね、おやじに私はいくらか同情します。

河合　神話の中にいても外がいろいろ見えるし。

鶴見　ハハハハハ。そう思います。

河合　そのお父さんの今いわれたカバーするような優しさというかね、そういうものはやっぱりずいぶん意味があったんでしょうね。

鶴見　自殺しないで生きてこられたというのはね、私の姉のおかげなんです。それからおやじのおかげなんです。おやじは家にいないが、私の姉がね、常におふくろと私との間に入ってくれたんですよ。

河合　なるほど。

鶴見　つまり激烈。ぶっ殺されちゃうんですからね。もうね、破壊するまでいくわけですよ。怒り出すともう止まらないんです、もう怒り出すと。だから、私の姉は身を挺《てい》して間へ入ってくれたわけ。私の姉は、おふくろとそんなに喧嘩してないと思いますよ。私ともね、あんまり喧嘩する余地がない。

河合　そうですね。暇がないですよ(笑)。

鶴見　だから、私は自分の生命を私の姉に負ってると思いますね。その恩は感じてますよ(笑)。

河合　ああ、そうでしょうね。

いのちがけの抵抗

鶴見　いつから自殺への衝動が起こったかわからないんですが、私は今の記憶の中でさかのぼれるかぎり、初めからあったような気がしてるんです。ストリンドベリの『青い本』ってありますね。あの中で子どもの自殺っていうのが出てきたと思いますが、四つか五つの子どもの自殺の話だけども、あの手ですね。

生姜《しょうが》パンの話ってあるでしょう。生姜入れたパンを焼くと、それが人の形になって、おじいさんおばあさんから逃げていくわけ。あれが好きでね。ああいうふうに逃げ出したことは、小学校に入ってからですねえ。逃げ出すと、おふくろは怒るのやめて追っかけてくるわけですから、初めは捕まってた。しまいにはだんだんうまくいかなくなって、はっきりと自殺を図るっていうかね。手首を切るとか、カルモチンのむとか、たばこの「バット」を食べるとか、いろんなことをやりました。

・それと、今でも渋谷の道玄坂《どうげんざか》へ行くと思い出しますが、あそこのカフェ街でカルモチンをのんで寝てたんです。それは、おふくろに対する一種の……何ていうのかなあ、抵抗ですねえ。

河合　そうですね。

鶴見　本当におれは自殺するんだぞ。嘘ではないんだぞ。それを世の中の人みんなに見せてやるんだと。おれは致死量をのんでるんだ。だけど本当は、自分の心の底ではね、完全にいっぺんこっきりに死にたくないんですよ。

河合 そう、そう。

鶴見 何か助かりたいわけ（笑）。

河合 そうです。わかります。

鶴見 だけどね。致死量をのまないとおふくろに対してガーンとやれないわけ。

河合 そうですよ。

鶴見 致死量をのんで渋谷の道玄坂をフラフラ歩いてたら巡査に捕まって、ピンタをとられてね。巡査とやり合ってるうちに、だんだん崩れてきたんで、あの辺の病院に担《かつ》ぎ込まれた。管を入れられて吐かされて、あれ、苦しいんですよね。もういっぺん生きて帰ってきたわけだけども。

動機はというと、今から思うと単純なんです。おふくろに対して、はっきりオープンに世の中で復讐したかったんです。自罰的なんですね。おれは悪い人間だから死ぬ。悪い人間としてしか、おれは生きられないんだ。それですね。それも生の原型だな。

河合 そうですね。

鶴見 おれは悪い人間だ。おれは悪い人間としてしか生きられない。それはもう型になっちゃってますね、それより以前の型ってのを私は知らないんです。

河合　しかし、そこでやっぱり一縷《いちる》の生きる望みがそこに入ってるんですねえ。それはすごいですねえ。つまり、みんなに知らせてやるんだという中に。だれかが見つけるかもわからないというのが裏にあったんでしょうねえ。おそらくね。

鶴見　おやじは結局、そのカフェ街にもやってきましてねえ。

河合　そうですかあ。

鶴見　これはカフェじゃないかとびっくりしてた（笑）。とにかく、おやじにとっては大変なショックでね。おやじが、何にもしなくていいから蜜蜂飼って暮らせっていうんですよね。女と一緒にしてやるから、法律違反になるけど、ま、何とかして、田舎で蜜蜂を飼って女と一緒に暮らせってね。

おやじはすっかりあきらめちゃってるわけ。だけどね、女と一緒に暮らすっていうのは、十三、四の子どもにとっては大変むずかしいですよ。

河合　そりゃそうです（笑）。

鶴見　それができるような女だったらば……。小説にはいますけどね。つまり、ヘルマン・ヘッセの『デミアン』なんかに出てくる、ああいう女ですよ。それならできるでしょう。そしたら私も回復したかもしれないですが、そういう女性じゃなかったですから、まただめになってくるわけですね。そしてまた、自殺を図るでしょう。もうおやじもほとほと参っちゃってね。

河合　そうでしょうね。

鶴見　そのあとアメリカへ発ったんだけど、うちを離れたら、全部うまくいった（笑）。その日からケロッとしてた。要するに、うちがすべてだったんですよ。問題ないんです。

河合　アメリカ行きには、お母さんは反対されませんでしたか。

鶴見　おやじが決断したら、そう反対しませんでしたね。とにかく、おふくろは、それまで精神病院に私を入れるときでも一緒についてくるわけですからね。治りっこないんですよ。精神病院だなんて……。それに、しきりに医者に訴えてるわけです。この子は朝から今まで一言も口を利《き》きませんとかね（笑）。おふくろがいなきゃ口利くよ（笑）。

河合　それが絶対わからないんですよ。自分がいなくなったときに、子どもがものをいうということは、絶対に考えられないことなんです（笑）。自分がいるからこそものをいうんだと。母親からすれば、そうなんですよ。

鶴見　かわいそうな人だと思うけど、今から考えると、やっぱりある種のユーモアを感じますね。人生のユーモアをね。生き残ったからユーモアを感じられるんでね。ああ、よく生き残った、と思いますよ。

この勝負はほとんど分がなかったんです。絶望的だったんですよ。私の内面だけにあったものですね。他の姉弟三人はそういうふうに感じてないわけ。いいお母さま、いいお父さま（笑）。耐えられないよ（笑）。だから、話を聞いたら、内面の風景が違う。ことに、外からやってきた人なんてね。

うちの友人に九十四、五歳まで生きた人があったけども、その人なんか、おふくろが死んだときに来て、私の手をパッととらえると、あなたのお母さんは偉大だった、というんだね（笑）。

河合　偉大ですよ（笑）。

鶴見　意味が違うからそれは肯定しますけどね（笑）。もうむちゃくちゃなのよね。

河合　それは絶対外から見えないですね。見てる世界が全然別の世界ですからねえ。しかし、よくやりぬかれましたなあ。

鶴見　（笑）よく生き残ったと思って。私は毎日祝福してますよ。もう毎日が日曜日だ（笑）。

河合　ほんとですね（笑）。

鶴見　愉快、愉快だな、ほんと。

河合　姉さんはどういう心境だったでしょう。どっかやっぱり直観的にわかってたんでしょうかねえ。

鶴見　私の姉はね、優しい人なんですよ。私は彼女に感謝してますよ。うん（笑）。

河合　しかし、最後に、お父さんの決断があったということは意味がありますね。

鶴見　そうです。あのときに、うちから切り離してくれなければ、私は自殺してたと思います。つまり、おふくろは、結局、お父さんは偉い人なのに、おじいさんは偉い人なのに、でしょう。私は、もう何も分がないわけですよ（笑）。悪い人間だし、偉くない人間だし、もう完全にだめなわけよ（笑）。蛆虫《うじむし》みたいなもんですねえ（笑）。

おやじとおやじのおやじの話

河合 お母さんは、やっぱり自分の父親に対するアイデンティフィケーションっていうのが、すごく強かったんでしょうねえ。

鶴見 そうですねえ。つまり、私のおふくろのおやじっていうのは、とにかく私は六つまでで、いつも接触してたけども姿形しか覚えてないんですよ。自分を非常に偉い人と思ってたみたいなんですよ。

河合 そうでしょうねえ。

鶴見 ゼロからやってきたんですね。途中で牢屋に入ってることを隠さないで、常に自慢してたそうです。おれは牢へ入って、博奕打《ばくち》ちと一緒にやってきた、盗《ぬす》っ人《と》と一緒にやってきた。これをやってたわけですからね。つまり薩摩・長州の閥《ばつ》なしで自分がやり上げられたということはね、考えてみれば自分には実力があった。桂太郎だとか伊藤博文より偉いんだと思ってたでしょうね。

河合 そうでしょうね。そういう話は、やっぱり子どものころにちょいちょい聞かされたわけですか。

鶴見　その牢屋の話など、非常に早く聞きましたね。祖父が死んでからも私のうちの中で隠されてることじゃないわけですから。

河合　そりゃ、そうですね。自慢の一つになるわけですね。

鶴見　いっぺん衛生局長までいって、あと相馬事件というのがあって、精神病院から自分の元藩主を臣下《しんか》が背負って逃げてきて、私のおやじのおやじがかくまったんですね。それを自宅に置いたんですよ。あと捕まっちゃったわけですが、やがてその藩主毒殺というお家騒動、日本の精神病史としては、大変重要な一ページなんですよ。私のじいさんはそれを訴えて、裁判になって、その墓を暴いたんです。裁判で墓を暴いた最初の例でしょう。

結局、毒殺の証拠はなかった。ですから、私が今振り返ってみて、また自分が調べてみて、私のじいさんが間違ってたとわかったんだけど、じいさんも意地っ張りだから、間違ってたとはいわないんです。あれが日本の裁判の歴史で初めての法医学的な裁判であったから、その最初の判例を作ったんだと、まだそれをいばってるわけ（笑）。

彼はそのことでまた牢屋へ入れられちゃったんだけども、無実で出てこられた。彼は有罪じゃないけど牢屋へ入ったってことは、やっぱり自分の自慢なんですよね。

河合　お父さんのほうはどういう出だったんですか。

鶴見　私のおやじはね、農民の出だと思っていたんですが、おやじのおやじは代官のあとりなんですよ。その人は放蕩者《ほうとうもの》でね、明治維新になったときに、京都まできて撮った写真があるけれど、刀を差してるんですよ。なぜ写真を撮ったかと不思議に思ってたんだけど、写真を撮ったあと、自分の侍身分を現金で売っちゃった（笑）。その原因が恋愛事件だったらしいですよ。

河合 革新的な人だなあ（笑）。

鶴見 家屋敷も名字も、自分のおやじやおふくろの世話まで身分を取得した人に渡してしまった。自分は名字を変えなかったけれど、士族身分をやめちゃうんです。それで北海道に屯田兵《とんでんへい》になって行っちゃうんです。それからあと工員などしまして、紡績の機械を、技術革新ですね、してやりまして今度は大変な金を儲《もう》けた。いろんなとこの紡織の工場のできるところに行っちゃ、機械の据《す》え付けとか、運転とかの関係をして、大変な金を持った。

その証拠は、群馬県の新町っていうとこへ、早くして亡くなった私の叔父の墓を引き取りに行ったときに、そこの住職が昔から小坊主してた人で、私のおやじのおやじの話をいろいろしてくれたんですよ。とにかくこっちにうちがあって、逆の町の端にお妾《めかけ》さんを囲って町を横ぎって通って、お大尽《だいじん》として有名な人だったらしい。どうもおやじの話してくれたのと違うんですよ（笑）。おやじは教育上ね、自分は貧乏から身を起こしたと（笑）。

河合 みんな貧乏なんですね（笑）。

鶴見 自分が一高生のときには百円の金にも困った。自分が一高で一番であるから、それをかたにして、みんながお金を貸してやろうってことでお金を貸してくれて、自分の弟や妹たちを全部教育させてやれたというわけですね。それは事実なんでしょうけど、その前があるわけですね（笑）。

河合　お父さんとお母さんはどういう経過で結婚されたんでしょう。

鶴見　そりゃ今の五千円札ですよ。新渡戸稲造《にとべいなぞう》が一高の校長になる前に、台湾で局長をしてたんですね。砂糖黍《さとうきび》を見つけて台湾行政を立て直すわけですけど、そのときの上司が後藤新平でね。

その後藤新平が、自分に娘がいるんだけども、だれかいい青年はいないかっていうときに、一高出身のこの男っていうんで推薦したんですよ。すると、うちの校長は嫁の取りもちまでやるのかって一高生がいった。それが新渡戸稲造の耳に入ったんです。新渡戸稲造はものすごく怒ってね、一高生にそんなことといわれるのかって辞めちゃった。新渡戸稲造が一高校長を辞めた原因はそれです。

河合　ほう。

鶴見　私は今日、新渡戸稲造がいなければ、ここにいないわけです（笑）。あのお札については複雑な感じがする（笑）。

河合　五千円というとこがええですね（笑）。一万円でも千円でもなくて、なんかこう半分のところで（笑）。

鶴見　今のお札は変だね、夏目漱石って私は非常な敬意を持ってるのね。あれ財布から出すのちょっと嫌ですね。使って悪いような気がする。新渡戸稲造、これも困るんだよね。いちばん気楽に使えるのは福沢諭吉だけなんだ（笑）。

河合　（笑）そうですなあ。五千円札と関係があるとは、なかなか大変ですなあ。

鶴見　どの新渡戸稲造を見ても、だれのことだかわからないように、辞任の理由って、それは書いてあります。

河合　しかし、おもしろい取り合わせですね。その意味をどこまで新渡戸稲造さんが考えたか。やっぱり意地っ張りというところは、ある意味では上のほうからも遺伝してきてますね。おじいさんあたりから……。

鶴見　遺伝子はそうかもしれませんね。

十五でひとりアメリカへ

河合　アメリカへ行かれて、アメリカの生活ってのはすごく快適でしたか。

鶴見　ええ。つまり、私の名字から何かを類推する人ってないでしょう。名字で、お父さんはだれとか、おじいさんはだれとか。それがよかったんですよ。

河合　そうですねえ。

鶴見　日本で暮らしているときは何となく疑惑があるわけですよ。この人が私に親切にしてくれるのは家のせいかもしれない、といった疑惑ですよ。おれはどうせだめだってのがあるわけで、ますます落ち込んでくる（笑）。
河合　ええ、ええ。しかし、お父さんがどこまで考えられたか知らないけれど、アメリカへ行かれたことは、すごくよかったですね。
鶴見　おやじが何を考えたか、わかりませんね。おやじは私がそういうふうにむちゃくちゃになったので、ショックを受けたことは確かですよ。
河合　そりゃそうでしょうね。
鶴見　『百科全書』『ブリタニカ』か何かで一生懸命「隔世遺伝《かくせい》」というのを調べてね（笑）。
河合　（笑）ええ。その気持ちよくわかります。
鶴見　自分自身の経歴から考えてみて、自分の息子が十歳を越えるか越えないかで、男女のいろんなトラブルを起こすとは思えなかったんでしょうね。これは自分からくるんだろうか、自分のおやじからくるんじゃないか、とか（笑）、いろんなことを考えたでしょうね。それから、おふくろのおやじもまたきわめて乱淫《らんいん》な人でね。とにかく私と同年の息子がいるんですから。そういう暮らしをしてた人ですからね。どっち見ても隔世遺伝ですよ（笑）。ほんとに困ったらしいです。
河合　お父さんとしては、息子のことを了解できなかったでしょうね。了解できないけれど、どっかで直観が働いて、ともかく日本以外のところへ行かせるよりしようがないと思われたのでしょう。アメリカへ行かれたときは何歳でした。

鶴見　十五のときです。

河合　十五ですか。へえー。

鶴見　十五から十九まで。

河合　アメリカへ行かれたときは、そういううれしさがありますね。でも、言葉の問題なんかはあんまり問題にならなかったですか。

鶴見　言葉ではすごく苦しんだんです。私は中学校二年しか行ってないですから、英語はできないも同然でした。三ヵ月は試験は必ず白紙。何にもわからないんです。ほんとに困った。

河合　そうでしょうねえ。

鶴見　小学校からやらなきゃいけないと思ってね、私の保護者をしていたシュレジンガーという人のところに行ったんですね。ハーヴァード大学のアメリカ史の教授なんですが、自分はそういう言語障害についてはわからないのでほかの人に意見を聞いてみるといって、都留《つる》重人《しげと》さんを連れてきた。すると、都留さんが、小学校からやったらものすごく時間がかかるから、来年すぐに大学の試験を受けろって断じて許してくれなかった。

　都留さんは私と十一違うわけだけど、ハーヴァードにいて非常に偉いわけよ。圧力もあるんだね。シュレジンガーが、見ろ、ああいう日本人がいるじゃないかっていうほどね。こりゃつらいんだな（笑）。大学の中で同僚と対等以上に常に太刀《たち》打《う》ちしてる人だったんですよね。とにかくあのころの日本人にはみんな劣等感ありますからね。

河合　そう、そう。

鶴見　都留さんはそのころの在住日本人の希望の星なんですよ。それで、大学を受けるために勉強したんだけど、三カ月経ったある日、突如としてパッと全部わかったわけですね。私は、チョムスキーの理論っての信じますね。言語の全構造を一挙に摑《つか》む。幕が落ちたみたいにね。

河合　はあ。

鶴見　大学の入学試験ってのは共通試験で、エッセイを書く形式。それで通った。私は試験の結果なんか見にも行かなかった。どうせ落ちてると思ってね。それで道を歩いてたら、向こうから前にいたミドルセクス校の先生が来て、君は通ったんだってねという。いやあ、私は落ちましたよって確信を持っていったらね、そうか、ってちょっと気落ちしたような顔して行っちゃったけども、私はもう落ちてるって確信を持ってたんです。

しかし、そういわれてみたから大学の事務所まで行って聞いてみたんです。そしたら入ってたんです。ほんとに不思議だったね。

河合　その三カ月のときに、英語がわかるでしょう。それはやっぱり何ともいえない感じだったでしょうねえ。構造がさっとわかるというか……。

鶴見　パッと摑んじゃうんですよ。それからね、私は自分の子どもでも注意してみたんですよ。子どもも、初め黙っていて、こう寝ててブッブッいって練習してる期間がありますね。あのときに全構造を習得してるんです。口を動かすと、初めは一語文でしょう。で、一語文の期間が長いですからね。だから、親のほうは間違って、一語文から二語文、二語文から三語文になるように、自分で神話を組み立てているわけなんだけど、そうじゃないんですね。

河合 ええ。そうですね。

鶴見 一語文しゃべる前に、すでに、構造は習得されてるんですね。一語文の期間は長いが、一語文からポーンと飛ぶんですね。条件文などがパッパッと出てくる。何々であるがゆえに何々――。四十、五十になったらわからないけども、十五歳ぐらいでしたら、ゼロ歳のときほどではないが、今いったようにほとんど一挙に習得しますね。

河合 思春期までです。思春期までは、それができるんです。でも、それを過ぎてしまうと、もうだめなんです。私のように（笑）。思春期までのところは、どうもそういうわかり方ができるみたいです。

鶴見 私の場合も、もし都留さんが頑張らなければ、私の保護者は、そこで小学校に入れたかもしれないんです。

河合 そのときのつらさは、家におられたときのつらさと、種類は違うでしょう（笑）。

鶴見 まったく違います。骨を噛《か》むようなそういうもんじゃない。狂乱っていうのとちょっと違いますね。

河合　ええ。それと家におられたときのつらさというのはまず光の見えようがないですね。

鶴見　そうです。

河合　今度のところは、光がスッと見えたわけだから、そのあとは、もうほんとにいろいろなことがずーっと変わったのと違いますか。

鶴見　そうです。

河合　すごいですねえ。十五歳から十九歳までおられたわけでしょう。すると、考えるのも、やっぱり英語だったでしょう。

鶴見　そうです。

河合　今はどうなってますか、その辺は。

鶴見　本の題を考えるときは、初め英語で思いつく。それを日本語に訳して、何とか。で、日本語でうまくいかないときもあって、そういうときはもとの思いつきを控えますけどね。

「一番」が嫌い

河合　雑誌「飛ぶ教室」にすごくおもしろい書評を書かれてますけど、子どものころには相当に本を読まれたでしょう。

鶴見　本が逃避なんですよ。怖い現実に直面したくないわけ。現実はすべて私に不利なんです。幹部候補生が何だ！　ボカッとやられるでしょう。もうピンタ、ピンタですからね。うちがくつろぎの場じゃないんですよ。私にはね、どんなでかいうちでもね、日本の家屋は一室だと思うんですがね。

河合　そうです。それがものすごく大事なことです。

鶴見　遠く遠くのところでおふくろが耳を立ててるから……。

河合　ええ、全部わかるんです。

鶴見　私が何をやっても大体わかるんですね。パーッとやってくるわけですよ。いつ何を言われるかわからない。引き出しなんか全部開けられるし、秘密はない。もう特高によって管理されてる国家なんですよね。

河合　ええ。

鶴見　とにかく私が子どものころ覚えているのは、電車に乗ってどこかへ行く、そうすると突然に今、おふくろは私の部屋の机を開けてるんじゃないかって気がして、もう胸がドキドキしてくる。それは、何かものすごい特別のことじゃないんだけども、しかし特別のことのように怒られるからね。道徳的に責められるわけですね。だから、だいぶ単純な子どもじゃないですからね（笑）。どっちかっていうと共産主義国家の体制に似てますね。生まれたときから悪者だっていうふうになって、善意の革命家はね、最後は、私が悪うございましたってなるでしょう。あの型ですよ。だから共産主義国家の型は、だいたい私は、子どものときから私のうちで暮らしてきたことで、わかりますね。
家はくつろぎの場と思わないです。愛されるほど苦しいことはない。愛は窒息させるわけ。愛情だけは勘弁してくれーっていう、そういう悲鳴ですよ。

河合　ええ、そうですね。

鶴見　ところがね、非常に早く異性への衝動が起こるでしょう。挟《はさ》み撃ちにされる。もうだめなんですよ。生きていられないんですよね。実際に、初期はね、もの心ついたころは、異性への衝動っていうのは、自由な形で持っていたんです。それでも悪いと思ってましたよ。だけども、性行為はできないですからね。ところが、十二、三になってくると、性行為ができる。それで、するわけですね。すると、そのつけが回ってくる。しかも、性行為を維持することができないわけですから。稼ぐ力がないからね。それで、しかも愛はごめんだ。もう私には生きる場所がないんですよ。

河合　ほんとですねえ。だから、そこで書物というものが、ほんとに一つの、ある意味ではそこだけが一つの自分の世界だったんですね。

鶴見　そうです。後でね、十二、三のときに『戦争と平和』を読んでたらね、あの主人公のピョートルっていうのが、細君とうまくいかなくなって、もう本ばかり読んでるんですね。従者に着物を脱がしてもらっているときも本を読んでる。あの気持ちがよくわかった（笑）。私も、とにかく本を読んでた。そうしないといられなかった。何でもいいんですよ。

もう「婦人倶楽部」だろうと「冨士」だろうと。

河合　その本を読むことに対しては、お母さんからの圧力はなかったわけですか。

鶴見　いやあ、ひどい本を読んでると思われてた。

河合　いい本を読まないといかんわけですね。

鶴見　そうなんです。小遣いをくれないで、したがって私は盗んで金を溜《た》めるようになったんだけども、つけで買うようにいわれてたんです。そのつけがくると『女可愛いや』なんて――。よくもこんな本を頼んだわねって（笑）。困るんだ（笑）。おれは困るんだ（笑）。

そのうち、うちにはくつろぎがないし、といって学校にもない。学校とうちとの間を、もがいて歩くわけですね。そのころの東京は十五区で小さかった。だから、電車を降りちゃ、いろんなところを歩くわけですよ。いろんなとこへ降りていって、道端へ座ってね、小学校三年か四年で道端に座って、あーっと溜息ついてるわけ（笑）。そういう暮らしですね。

本屋があると、そこでパッと本を読んでね。とにかく無用なものを読みたいんですよ。成績をよくする本は困るわけ。相撲の始まって以来の番付を書いた本とか（笑）。日本の始まって以来の野球のスコアブックとか（笑）。逃避ですよ、逃避。そのときにね、知的なエネルギーが猛烈な勢いで燃えてるでしょう。しばらく我を忘れるんですよ。

河合　そのころに読まれた本で、結局は自分の人生に何か意味をもったような本っていうの挙げられますか。

鶴見　ええ。宮尾しげをの『団子串助』なんておもしろかったですねえ。あれの気分というのはね、「そんなことは朝飯前のお茶漬さくさく」といって、ねえ（笑）。それで辛《かろ》うじておふくろをいなすんですよね、地口《じぐち》で（笑）。

河合　ほんと、そうですねえ。

鶴見　軽薄、軽薄、また軽薄っていうね、あれですよ。真面目はかなわないっていう。

河合　そうですね。その漫画というのは相当な武器になったわけですねえ。

鶴見　そうですね。

河合　それと、今いっておられる何らかのユーモアみたいなものが、もうほんの少しの救いになってるわけですねえ。それでちょっと風穴が開くから息が吸えてるわけで、それがなかったら窒息ですね。

鶴見　うちのおふくろって、笑うことがなかったんですよ（笑）。

河合　そりゃそうでしょう。

鶴見　とにかくね、ラジオから漫才が聞こえてきてニッと笑ってるということはおふくろにはありえないんです（笑）。

河合　うん、うん。だから、漫画に対する関心はそのころから培《つちか》われてるわけですね。

鶴見　ああ、そうですね（笑）。やっぱりおふくろに対する防御。どういうふうにして防御するかっていうことは、そう、生まれたときからですから、自分で工夫するほかなかったんですね。

河合　漫画というものが、子どもにとって持つ意味は……。

鶴見　今はもう○×が中心の教育でしょう。×・○×やられたら大変ですよ。どっかで息抜きがなきゃあね。

河合　そうです、そうです。ところで、学校の勉強は、うっかりやると母親を喜ばすから、そちらには関心はいかなかったわけですか。

鶴見　おふくろにいちいち申し開きをさせられるんですよ。甲乙丙丁《こうおつへいてい》じゃないんだけれど、なぜこれは乙なんですかとか何とか、いちいちいわれるわけですね。私のおふくろには、全甲でない成績を子どもが取ってくるってことはわからないわけですよ。

河合　そうそう。考えられないことですね。

鶴見　それはまた道徳的罪なんです。大体、私の姉が成績がいいんですよね（笑）。それがまた悪いんだ（笑）。おやじは子どものときから一番ってのを自慢にしてた人だし、おふくろは学習院で華族の御前説明をしたそうだし、もうお手あげなんです。私は、一番ってものに対する根強い反感を持ってます。大体、私はね、自分の哲学の流派からいっても、これが限界だっていうことはいわないほうがいいっていう、そういう流派なんですよ。

河合　いろんなお話を伺っていると、今の子どもの家庭内暴力とかいうのは、ちょろいもんですな（笑）。

鶴見　そうです、そうです。

河合　親子ともお互いに許容度が低すぎるから。

鶴見　私はね、おふくろを殴れないわけです。だから、結局、自分を殺す。

河合　そうです。自分を殺すよりしようがない。

鶴見　つまり、おふくろの目の前で屋根から飛び下りて自殺したい。それですよ。目にもの見せてやりたいと。

河合　ほんとにそうですね。

鶴見　だから、おふくろの目の前で、バリケード置いたまま、たばこをどんどんどんどん食っちゃうわけです。次から次へ、ワーッと食っちゃう。それですよ。

河合　ま、しかし、よく越えてこられましたな。ほんとにすごい話ですねえ。

鶴見　いや、しかし、私の姉や弟は、こういう話はみんな嘘だと思いますよ。

河合　そうでしょうね。それはよくわかります。それは全然違うものを見てるんですから。

鶴見　いいお父さまといいお母さまのおかげでアメリカにやってもらってるのに何ゆえに親を誹謗《ひぼう》するか！　両親を辱《はずかし》めて。

河合　そう、そう。それはよくわかります。そしてまたよいお父さま、よいお母さまであったということもよくわかります。非常によくわかります。だから悪いのは私なんですよ

（笑）。

鶴見　（笑）

河合　素晴らしい話を聞かせてもらいました。今日はほんとにありがとうございました。

「ここ一番」に全存在を懸ける人　　河合隼雄

ともかく感動的な時間であった。鶴見先生のつぎつぎと繰り出される話に、腹の底から笑いながら、深い感動が何度も湧きあがってくるのを私は体験した。私は言葉を失って、ただただ相づちを打つのみであった。

鶴見先生の話しぶりはイメージを喚起する力を持っており、私はお話を聞きながら、道に座りこんでうんうんとうなっている小学三年生の鶴見少年の姿や、世間的にいえば「よいお母さん」以外の何ものでもない鶴見夫人が、子どもの帰宅を待ちわびておられる姿などが、いきいきと浮かんできた。それに、西郷隆盛の出現に驚いて、片方の下駄の上に立ちすくむ上司の陰から、偉大な人を凝視している書生、後藤新平の姿なども見えてくるのであった。

何とも凄《すさ》まじい母子の対決の話を聞きながら、どこかにさわやかな感じがあり、いったいそんな空気がどこから吹き込んでくるのかといぶかりながら、答えを見出せないままで話は終わってしまった。今、私は記録を読み直し、私なりの解答を得たように思っているが、それは後に述べることにしよう。

まず最初、鶴見先生が背広にネクタイのパリッとした姿で登場されたのには仰天《ぎょうてん》した。そして、先生の「意地っ張り」は子ども時代から今なお続いているでしょうと申しあげたら、「ネクタイをしているでしょう」と、またもや一本取られてしまった。しかし、それに続いて、「ここ一番」というときは今も意地を張るといわれたのが印象的であった。

要は、意地などというものではなく、何が、いつが「ここ一番」であるかが見抜け、そこにこそ自分の全存在を懸けることのできる人、と考えると、鶴見先生のことがよく了解できるように思う。

子ども時代の母との凄まじい闘いも、意地っ張りなどというものではなく、鶴見少年にとっては、まさに「ここ一番」の状態だったのではなかろうか。そして、それは母親にとっても「ここ一番」の闘いであった。

凄まじいお話を聞きながらも、私がある種のさわやかさを感じられた秘密がここにありそうである。どんな凄まじい闘いであれ、そこに全存在が懸かっているときは、さわやかさがある。そして不思議なことに、そこからは建設的なことが生じてくるものである。

鶴見母子の闘いに、現在の家庭内暴力を重ね合わせて考える人は多いだろう。しかし、現在の家庭内暴力は全存在を懸けた闘いにならぬことが多いので、かえってそこで命を落とす人が出てきたりしてしまうのである。

「全存在」という場合、実のところ、その個人を取りまくすべてのこと――、つまり、コンステレーションがそこに作用しているのである。凄まじい闘いの中で、文字通り死線を超えて鶴見少年が今日まで育ってくるためには、それを取りまく、コンステレーション、父や姉や、それに父方や母方の祖父から流れてくる血、そして、その背後にある薩長とそれに対するアンチテーゼ、そのようなことがすべて作用していたことが、今回のお話の中から読みとられるのである。

短時間のお話の中で、私は一人の個人の歩みの中に、明治から現在にかけての日本の歩みを見る思いがして、ひたすら感動していた。鶴見少年が日本の幹部候補生であるという母親の直観は、やはり間違っていなかったのだ。それは母親の意図とは相当に違った形となったが、母親の直観というものは、しばしばこのような当たり方をするものだ。

鶴見先生がまた新しい大きい課題に取り組んで考えられるのではないかという私の予想は正しかったようで、それについては話せないといわれたことも大いに共感できた。その大きい仕事が、今後どのような形で姿をあらわすのか、大いに期待して待たせていただくことにしよう。

子どもが嘘をつくとき

田辺聖子
（作家）

嘘のつきはじめ

河合　小さいころの記憶というのは、どの辺までさかのぼりますか。

田辺　どの辺までですやろ。四つか、五つか、そのぐらいじゃありませんかしら。

河合　そのころのことで何か？

田辺　母の郷里が岡山なんです。その岡山へ連れていかれたときに、みんなで神社のお祭りに出かけて、私だけはぐれてしまったの。神社にはたくさんの人がいて、その山のような見物人の中で、私は後ろからだれかに抱かれて連れていかれ、「この子どこの子や」っていわれた。もう恐ろしくて、恥ずかしくって。知らない人ばっかりでしょう。ほんとにすごいショックだった。

河合　それはすごい体験ですね。

田辺　それが五つぐらいかな。もしかしたら、四つぐらいだったかもわかりません。

河合　そうですか。

田辺　私の夢の中っていうか、記憶の中では、みんなが大口を開けて笑ってるんですよ。大江山《おおえやま》の酒呑童子《しゅてんどうじ》がズラッと並んで立ってるという感じで……。

河合　結局、連れていかれてどうなんですか。見つかった？

田辺　見つかったらしいんです。それから後の記憶はないんですけどね。

河合　なるほど。ただ、笑ってる鬼どもに連れていかれた体験があるわけですね。しかも、みんなが大口を開けて笑ってたイメージというのはすごいですねえ。

田辺　怖いんですねえ。

河合　怖いですねえ。しかし、そこから話はいくらでも出てきますね（笑）。

田辺　ちっちゃなときの体験っていうのは、書きつつある連載とダブりますけど、悪いことばっかりしてた記憶がある（笑）。それが人生のいちばん初めの授業というか、レッスンなんですね。悪いことをちっちゃなときにさんざんしてるから今しない、危うくしないんじゃないか、そんなんがあるんですね。

河合　その悪いことというのは、たとえば？

田辺　母に嘘ついてね……。昔の小学校は一年にいっぺん大掛かりなテストがあって、その成績の結果を綴《と》じて、各家庭に回すんです。ずいぶん残酷でしょう（笑）。ここ一番というところで実力が出る人もあるけど、私はなぜか出ないんです（笑）。みんなが見てると走れなかったり、歌えなかったり、ふだんはええ声が出るのに、試験のときにかぎって声が上ずって裏返るの（笑）。

河合　それは何年生のときでした？

田辺　小学校四年生。でも、それは、なぜかほんとに自分っぽいっていうか、ドジやなと思うんですね。そのテストのときだって、成績がうちへ回されるので、悪い成績を取ると教育ママの母にチメチメされるとわかってる。だけど、そういうときにかぎってできないの。

担任の先生というのが皮肉な先生で、テストの後で「田辺六十点」といってニヤッと笑うんですね。もちろん百点満点。私、それを聞いたとき、どうしょうかと思った。それからもう毎日が地獄の苦しみ。成績がうちへ回ってくるんですもの。でも、頭文字の「い」から回し始めるから、「た」までなかなかこない。その間に、母が、「今度の成績どうだった。もう回ってるの」と一生懸命に聞くの。「知らん。まだ聞いてない」。嘘ついてるわけですよ。私ね、人生において嘘の何たるかをしみじみわかったわけ（笑）。それでも嘘つかないとしょうがない。

河合　そうそう。

田辺　いったん嘘ついたら、もうずっとつかないといけないでしょう。

河合　しかし、ついに運命の日がくる（笑）。

田辺　そうなの。男女共学だったから、私の前の田中だったと思うんだけど、その男の子が、「田辺、試験やで」というてうちに置いてくの。私はその声を聞くなり家を飛び出して、天神《てんじん》さんとか原っぱへ行って遊び回ってた（笑）。

河合　家へはなかなか帰れない。

田辺　そう。でも、大人と違うから、永久に帰らないわけにもいかなくて。まさか、失踪《しっそう》もできません（笑）。それで、夜、暗くなって、こっそりと家へ帰った。母と祖母が晩ご飯を食べてました。なんにも知らない祖母が、「あら、この子、どこまで行ってたんや。今ごろ帰ってきて、早《は》よご飯食べなはれ」なんていうの。チラッと母を見たら、全然ものをいわない。いつもやったら、「遅《おそ》までほっつき歩いて」といって怒るのにね。見たんだ！母は見たんだと、そこではっきり思うわけですね。

河合　もう居ても立ってもいられない（笑）。

田辺　そうなんだろうけれど、そこからすぐ後の記憶がポカッとなくて、次にあるのは、二階で母に膝詰めで叱られている記憶なの。それこそ叱られて、叱られて……。母はね、成績の悪いのもやけれど、黙ってたということを叱るのね。こんなに回ってるのにわからんはずがない。なんで今まで黙ってた、というんですよ（笑）。

チメチメされるどころかほんとに叱られて大騒ぎになっちゃった。でもね、母が叱っている間、父がどうしてたのか記憶にない。その代わり、おばあちゃんとかおじいちゃんとかがのぞきにきたぐらいなの。それに、一年じゅう居間から出たことのない曽祖母がエッチラオッチラ息を切らして二階に上がってきて、「まだちっちゃいんやから」といったのを覚えてます。すごくすごく叱られて、それがもう嘘のつき始めということかしら。嘘はいくらもついたのね（笑）。

河合　ほかにどんな嘘を？

田辺　腕時計をちっちゃなうちからせがんで買ってもらって、それを遠足に行って落としたことがあった。帰ってきてからそれがいえなくて、「時計ここへしもとこう」なんて嘘ついた（笑）。

その次の父兄会のときに、先生が、「いろいろみんなで捜したんですが、出てきませんでした。あんまり小さいお子さんに腕時計なんか高価なものをお持たせになると」なんておっしゃったらしいのね（笑）。母はびっくりして（笑）。まあ、悪さのかぎりしてたと思う。その悪さて、男の子みたいに石投げる悪さじゃなくて、嘘の悪さばかりしてたのね（笑）。これが未だに骨身にね、五十過ぎても……（笑）。

河合　お母さんは、そういう嘘つくというようなことに関しては非常に厳しかったんですか。

田辺　厳しいんですよね。また、そういうことに、父も厳しくてね。ですから、そのときに、本当に叱られて骨身にこたえたから、嘘ついてもどうせばれると、今はちょっと……

（笑）。

河合　このごろは大体、逆の人が多くてね（笑）。子どものときに嘘つく練習をしてないでしょう。だから、大人になってからものすごく下手な嘘をついたりする。小さいときにやっとくべきことをやってないんですよね。

田辺　やっぱりやってよかったんでしょうかね。

河合　そうです、よほど力があったんでしょう。

田辺　しかし、未だに覚えてるところをみたら、親に叱られたってのはこたえるんですね。

河合　そうですね。

田辺　やっぱり叱るべきときは、きちっと叱らないと。

河合　それは、ほんとにその通りですねえ。

田辺　叱り方だけど、うちの親は怖いの。ほんとに一対一で刺し殺して死ぬかっていうような顔で、「今まで黙ってるって、それがお母ちゃんはいややねん」って叱るの。こたえるのね。

河合　その大おばあちゃんまで出てくるところがいいですね。その大おばあちゃんなんか出てきてどうなんですか。とりなすとか、そういうことはないんですか。

田辺　とりなすっていうか、ま、母にいろいろいうんです。私たち子どもは長く引っぱって、ばあばあばあちゃんていってたんですが、母は、ばあばあちゃんの顔を立てて、じゃ、もうこんどだけはってことになるんですけどね。私、今思うに、やっぱり子どもはとりなす人が欲しいですよね。

河合　だからね、核家族はそれでむずかしいんです。そのばあばあばあちゃんがいちばん大事なときに、めったに出てこない人が出現してくるという、そこがちゃんと芝居になるんだけれども（笑）。

田辺　おトイレのときしか立たないというばあばあばあちゃんなんですよね。八十になっているんだけれど、体が大きくて、色が白いの。そんな年してても財布を握ってました。私の祖母なんかもまだ実権がない。だから、その嫁の母なんかもっとないんですね。そんなばあばあばあちゃんが二階まで上がってきたというのは、それこそ大変なことだった。

河合　ほんとですねえ。

田辺　五年にいっぺんもないことだったの。

河合　いやあ、そういう一つのドラマに完全になるところがいいですなあ（笑）。

思春期の万引き衝動

田辺　万引き衝動というのかしら。私、女学生のときにそれに悩まされた。大きな古本屋さんがあったんだけど、店員さんが少ないもんだから、目が行き届かなくてほんとにスッと取れそうに思うの。なんべんもしたろかしらなんて思うけど、ついにできない。それも、とくに、お金があるときにかぎって万引きしたくなる（笑）。

スッとレジのところへ行って、本買《こ》うてからちゃんとここで払えば、イライラしなくて済むのにということを発見して、それからあんまり衝動が起こらなくなったけれど。

河合 その万引きの衝動は、いつごろから、どのぐらいありました？

田辺 小学校六年生ぐらいから女学校二年ぐらいまで。

河合 そうでしょうね。その辺がほんとにいちばんあるときですね。思春期ですからね。万引きの衝動は、ひょっとしたら男の人よりも女の人のほうが強いかもしれませんね。男の方は殴るとか蹴るとか、そういうことができますけどね。

そこで、嘘とか万引きの衝動とかいろいろ起こってくるわけだけど、その中で実際にやってあるのとやってないのとある。その辺も非常におもしろいですね。嘘はついたけど、万引きは結局、できなかったわけですね。

田辺 実行はできないですね。

河合 しかし、そういう衝動を、自分は完全に持ってるんだということをはっきり体験したということは、すごく意味があることですね。ないんじゃなくて（笑）。ないと思ってるのと、あるけどしないのとはだいぶ違いましてね。

田辺 みんなあるんでしょうか、あれ。

河合 大体は……。みんなとはいえないですけど。また、そういうものは、みんな感じるか感じないかですからね。そういうことを感じる力のある人と、また力がないから感じない人もあります。それから、力がないからやってしまう人もありますしね。感じてやらないというところがいちばんええんじゃないかな。

田辺　イライラしているより、お金払ったほうがずっと楽なのにって……。あれを考えたらですね。

河合　それを、人にいわれたんじゃなくて、自分で体験して腹の中にスーッと納まっていったらパーッと消えて……。

田辺　そう。突然、消えちゃうんですよ。

河合　それが年齢的にいっても転機になってるんでしょう。一つの次の転機にさしかかるときに、それが起こってるんやと思いますね。

田辺　私、そのあとぐらいから小説の真似ごとを書いたり。

河合　と思います。それをふっと思いました。おそらく、そこから、ものを取り込むんじゃなくて、ものが言葉になって外へ出るようになったんじゃないかと思いましたですね。だから、物語にできるわけですね。

田辺　あ、なるほど。

河合　おもしろいですねえ。それが女学校の二年でしたか。

田辺　そうですね。そのころだと思います。

河合　だから、物語を作るということと、ものを盗むということの共通点に、やっぱり憑《つ》かれた、もうやらざるをえないというかね、動かすものがありますね。ところで、その物語というのは、あふれるように出てくるわけですか。

田辺　そうですね。いっぱい本を読んでたから。今から思ったら、その本の亜流なんですね。〈真似しい〉して書いてるだけなんです。

河合　その物語的なものが、文学をやられることに、だんだん関係してくるわけですね。しかし、日本の文学というのは、いわゆる物語的なやつは少ないですね。物語とかファンタジーとか、そういうのが少ないですね。

田辺　はい。

河合　で、どうですか、今でも物語的なものはどっかにありますか。やっぱり、少女のときのことっていうように思われますか。

田辺　やっぱり、私、物語派です。

河合　そうでしょう。

田辺　だから、日本の文壇の中では派が違うと思います。正統にはどうしてもなれない。なんか歌いたがるの、小説が、本当はね。その歌いたがる波長にうまく乗ってくれた読者の人が、すごく好いてくれるわけですね。

河合　いや、ぼくらはもっと歌ってほしいと思ってるんですけどねえ。

田辺　いやあ（笑）。
河合　ほんとに。
田辺　やっぱり歌うほうが私には合ってるみたい。
河合　それでもね、女学校のときにお書きになった物語ほど歌わないわけでしょう。
田辺　ええ。それはないですね。
河合　だから、それをもう一つね（笑）。
田辺　そうね、今やったらそんないいかもわかりませんね。
河合　頑張って歌われたら……。西洋は男が歌ってるんですね。ところが、日本は、男は絶対よう歌わんから。日本で歌いあげる文学を書ける人は、やっぱり女性やないかと思いますよ。
田辺　恋愛小説って、あれは歌ですね。男の人、恋愛小説書かはらへんから。
河合　書かないというか、書けないんですよ。
田辺　ほんまの純粋な恋愛というものを書かはらへんでしょう。なんか、恋愛というものは、男の人生の一部であるとでもいいたそうに書かはりますやろ。
河合　そうそう。
田辺　私たち、女やったら、ほんまに恋愛小説だけ書けるから。
河合　それがね、今はやっぱり要請されてるように、ぼくは思いますけどね。

田辺　そうですか。ほんなら、私、書こう。
河合　ええ、絶対そう思いますね。本流でも亜流でもなんでもかまへんのやから、ともかくね（笑）。ぼくら、そっちが好きなほうやから、それを書いていただくとすごくありがたいと思いますね。
田辺　そうですか。

小学校四年生のときが境目

河合　また小学校のときにさかのぼりますけど、成績なんか良かったんでしょう。
田辺　担任の先生によるの。不思議ですね。
河合　なるほど。それもおもしろいですね。
田辺　さっきお話しした皮肉な先生のときに、グッと下がっちゃった。
河合　それは男の先生ですか？
田辺　男です。ずっとそうでした。
河合　どんなふうに皮肉でした？
田辺　なんか嫌味な子だと思って私をばかにしてたんじゃないかしらね。
河合　それは小学校四年生のときですか。
田辺　そう。四年生のとき。

河合　ぼくはね、小学校四年生というのは、すごくおもしろいと思っています。どうも四年生のあたりに一つの転回点がありましてね。だから、そのときに苦労してる子が多いんです。どこかで今までのパターンと変わろうとしてるんです。それがうまくいかないからギクシャクしたり……。

田辺　そうなんですか。

河合　その皮肉な先生の話は、ぼくはすごく関心があるんですけどね（笑）。どんな感じ？

田辺　たぬき、たぬきといってたの。意地悪というか、たとえば私たちがお掃除当番でお掃除しますでしょう。後でできましたって先生を呼びにいくんですけど、その間にウワーッと騒いで遊んでるんです。すると、その先生は、廊下を歩いてきてね、パッとドアを開けて入ればいいものを、そうしないで上のところにある隙間からのぞいている（笑）。そういう先生だった。

河合　わかります、わかります（笑）。

田辺　それでみんな「あーっ！」といっておびえるわけですよ。私、今でも覚えていますが、その先生、腹立ちをこらえて唇をかみしめていたんです。

河合　ええ、ええ。

田辺　だから、私たちは、先生がものすごく怒っていると思ってビビッてしまった。サッと入ればいいのにねえ（笑）。のぞいているんですよ。

河合　それで、そういう先生にかぎって、こっちがうまくしているところは見てくれない。

田辺　ええ。そうです。

河合　いちばん悪いときにパッと見ている（笑）。そして、「田辺、お前はだめだ！」とか何とかいわれる。次にどんなに頑張っても、熱心に頑張ってるとは見てくれない（笑）。

田辺　肌が合わない先生っていますね。

河合　なんかこう、てれこてれこになる。やっぱりそのときは成績が下がりましたか。

田辺　下がってました。でも、五年生になると、成績がどんどん上がりました。担任が替わって、また男の先生ですけど、これは非常に子ども心にもね、廉直《れんちょく》っていう感じの先生だったんですね。えこひいきをしませんしね。ちょっと男前なんで、もう五年生になると反応するんですね。背は低かったけれど、体育が得意な先生でしたから白い上下なんか着てすごくイカすわけ。私なんかすごく勉強がおもしろくなりました。

河合　そうでしょう。先生によって極端に違ってきますね。

田辺　ほんとに不思議ですね。クラスに頭のいい男の子がいて、その子が級長で、私が副級長だったのね。二人が英霊の凱旋《がいせん》行列に参加する役だったことがあって、行列に参加して学校に帰ると、級友はもういなくて、その先生だけが採点なんかのお仕事で教室にいらした。「疲れたやろ」とおっしゃったの。

そのとき、それがものすごくうれしくてね（笑）。そんなことというてもらえるんなら、なんぼでもいこうなんて思ったりした。それでも、あんまりものがいえなくってね。五年生ぐらいでしょう、「いいえ」なんて、小さな声でねえ（笑）。

河合　言葉が出なくなってしまう。

田辺　そう。ただニヤッと笑って……。言葉も少ないんですね、子どもってねえ。

河合　はい。

田辺　その先生に五年、六年と担任してもらいましたね。

河合　そのころから、四年の変な感じが変わるわけですね。

田辺　そうですね。

河合　ぼくもおんなじ体験してますね。四年生のときにやっぱり困った。

今でも心にひっかかっている男の子

河合　初恋というと……？

田辺　やっぱりそのころで五年生のとき。

河合　その辺のことをお聞きしたいですね。

田辺　その男の子はね、サラリーマンの息子さんで、いつもきちんとしてたの。私、商売屋の子どもだから、サラリーマンの家に憧《あこが》れてたんです。サラリーマンという、いつも書類カバンなんか持って出ていくお父さんに憧れてました。

河合　どんな男の子でした？

田辺　きりりっとして賢そうなの。昔の商売屋の子どもって家が忙しいものだからあんまりかまわれない子が多かった。でも、その子はいつもきれいにきちっとしてるから、それがまた好きなのね。お弁当なんかでも、ちゃんとおかずなんか入れてもらってるからすごく憧れたのね。

でも、その子、「女の子嫌いや」っていうんです。クラスの女の子がその子に「田辺さんが好きいうてる」なんていうても、「おれ、女、嫌いや」。そんなんいわれたらよけいに好きになってね。

私はそのころ、一重まぶたを二重まぶたにしようと思って、人のいてへんところで一生懸命目パチクリしてた、鏡見てね（笑）。二重まぶたが可愛らしいと思ってたから、二重まぶたになろ思《おも》て一生懸命にしてたん覚えてますわ。でも、初恋は、結局何にもなしに卒業しました。

河合　そうそう。それはどんなふうに消えていきました？

田辺　女学生と中学生になったでしょう。それきり。いっぺんだけ通りでバッタリ会ったんですけどね、向こうは凜々《りり》しい中学生になって、ゲートルなんか巻いてはった。

河合　ええ。

田辺　私は女学生でセーラー服にネクタイ結んでね。あっと思ったけど、私は知らん顔して歩いているし、向こうもわざと知らん顔して、それきりだったんですよ。

河合　そうですか。

田辺　それとね、これだけは、今でも忘れられないのだけれど、女学校に入って間もないころに、市電の中で小学校のときの同級生の男の子にバッタリ会ったの。その子は小学校を出ると働きにいって——昔は小学校だけで働く子がいたでしょう——なんかの工事関係の労働者になっていたらしいのね。市電に乗ったら、斜め向かいにその子がいたの。

小学校時代あんまりしゃべらなかった子だけど、無邪気な子だから私を見てニカッとした表情を浮かべて腰を浮かしかけた。すると、私、スッと立って車掌さんの席のほうへ行っちゃった。その子がバツの悪そうな顔してまた腰を下ろしたん目の隅に置いてたんですけど、その晩はもうなんか寝られない気持ち。今でも覚えてる。十三ぐらいでしょう。十三ぐらいの年なのに、四十何年覚えてる。悪いことしたと思ったですねえ。

河合　そうですねえ。

田辺　後になって、うちの二人の女の子——これ、私の子じゃなく、連れあいの子ですけど——にね、「そんなことがあってね、悪いなと思ってその晩は寝られなかった。今でも思うと涙が出てくるときあるわ」なんていったら、女の子たちが泣いたの。

河合　……。

田辺　私たちの年だから、その子も戦争に行ってなくって元気でいると思うけれども

（笑）。

河合　そうですね。ほんとにそのときに、パッともう瞬間に知らん顔して立っていくというね。自分でも何ともしがたい。

田辺　そうなの。何ででしょうねえ。

河合　なぜしたかわからないんだけど、ともかくそうしてしまうんですね。

田辺　「こんにちは」とかその子の名前をいえばしまいなのにね。なぜかそんなことをしちゃう。

河合　そうそう。それができなくって、そしてそれがもうすごいやっぱり大事件なんですね。でも、それがね、大事件だということが、男どもには一般にわかりにくいんです。

田辺　あら、そう。

河合　なかなかわかりにくいんです。

田辺　じゃあ、その子は傷ついてません？　でも、傷ついたでしょう。

河合　いや、それはわかりません。

田辺　傷つけたと思うから忘れられないの。

河合　それはわかりません。傷になってるかもしれませんし……。でも、人間て、傷を中心に成長するでしょう。うまくいけばね。傷から堕落する人と、傷から成長する人とあるから、どちらになってるかわかりません……。

田辺　それと、嫌なこと忘れよう、忘れようという気持ちが働きません？

河合　そりゃそうです。だから、それは単なる嫌なことではなくて、大事件なんですね。今は男女の関係が自由だとか、すぐ男女の関係ができそうな話なんかしますけど、本当に話されたら、今の女の子でもみな泣くと思います。

田辺　そうですか。

河合　はい。本質がスッと通じたら。しかし、それを文章に書いたらどうかわかりませんが。

田辺　それと、ちょっとよこしまな気持ちがあって、人を傷つけたらいけないなんていう、そういうのに使うと反発を招くけれどもね。

河合　そうです。傷つける、傷つけないということをまったく超えたすごいことです。それはだから、初恋の男性よりも、ある意味ではもっと大きい意味をもってその男性が存在してる。

田辺　そう思います。

河合　初恋の男性というのもおもしろいですね。何にも話をしてないし、何にもないんだけど、結局、初恋の人としておって、そして消えていくわけでしょう。ところが、このごろの子どもたちは、初恋の人に声をかけられる機会が多すぎて、かわいそうですねえ。

田辺　そうねえ。

河合　声もかけずにいったほうがよっぽど意味を持つんだけど、うっかり声をかける機会を作られてしまうから。

田辺　ただ一回だけありましたよ。二人で遅くまで当番でお掃除してたときに、その男の子が、「待ってたろか」っていったの（笑）。

河合　すごいですね（笑）。

田辺　すごいですよ。それでね、待っててほしいのに、突然そういうときは舌が勝手に動いて、「ええわ」っていうんですよ。あれはどうしてなんでしょうね。おかしいですね。

父が死んだ日

河合　お父さんというのはどんな人だったんですか。

田辺　父はね、昔の商業学校を出て、祖父のやってた写真館を手伝ってました。写真の仕事の関係で、外人さんなんかとお付き合いがあって、やたら本人はハイカラぶったりしてました。とにかく、ハイカラが好きだったの。その当時では珍しいテニスクラブへ入ったり、着るものの好みなんかも舶来のええもん着たり……。ちょっと芸術家的なところがあって、絵を描くの。とくに水彩画が好きなんですよ。祖父なんかは金語楼《きんごろう》のレコードなんか買《こ》うたりして喜んでいるのに、父はシャリアピンのレコードなんか買うてきたりしてね。

河合　シャリアピンは大阪へ来たんですね。

田辺　そうなの。それで人気が出たんですね。子どもたちにはあんまりものをいわなかったんですけど、私、父からいわれて、今でもピカッとこたえて覚えていることがありますね。

河合　それは？

田辺　うちは本屋さんなんかツケだったのね。そこは文房具屋さんも兼ねてまして、私、ノートか筆箱かなんか買った。でも、気に入らなかったので返しにいこうと思ったの。だけど、それを自分で行くのが嫌なもんだから、妹に行かした。ずるっこいですね。ものすごくずるっこい記憶ばっかりあるわ。すると妹が帰ってきて、店の人は、お金を返すのはナンやから、ほかの物と替えてくださいというので、ウチの好きなものにした、と無邪気にいうんです。私と喧嘩になりました。父がそれを聞いて、自分が行きとうない所へヒトを行かしたらあかんな、というんです。ふだんは何にもいわない父だからこたえましてね。卑怯《ひきょう》なんて言葉使わないんだけれど、卑怯なことをしてはいけないといわれたみたいだった。

河合　田辺さんはいちばん上だったんですか。

田辺　私がいちばん上。ほかに弟と妹がいたんですけれど、妹が受難の子なんですよ。いつも嫌な目に遭ってるの（笑）。

河合　大体は優しいお父さんだったんですね。

田辺　優しいんです。嘘ついたら叱るけど、それも、母が叱ってしまうと、同じことでは二度とは叱らない。

河合　ピチッというべきことだけいう。

田辺　そうなんですね。

河合　しかも、非常に筋の通った、いわゆる嘘ついたらいけませんとかいう、そういう法則じゃなくて、もう一つちょっと上の法則というかね。

田辺　子ども心に納得できるんですよ。

河合　わかりますね。ああ、こういう卑怯なことをしてはいけないというか。

田辺　そうです。それでね、尻馬に乗らないんですね。たとえば、さっきの腕時計を落としたときの嘘にしても、それを母から聞いて、お前はこうしたそうやないかって、そういうことはいわない。

河合　絶対にね。それはよくわかりますね。大した人ですねえ。

田辺　でも、わりかし、道楽にお金を使ってたらしいんですよ。母が私の名前で貯金してた郵便貯金まで下ろして使っちゃったっていうんですから。そのとき、父が二階に上がってくると、母が私をつねって、「泣きなさい、泣きなさい」って（笑）。

私がウワーッと泣く真似をしたら、「ほれ見なさい。聖子かて泣いてます」っていったの（笑）。なんか母のお芝居のお付き合いをさせられたりして（笑）。

河合　それもすごい教育ですなあ。お父さんというのは、どちらかというと、ロマンチストという感じですね。

田辺　ロマンチストなんですよ。母はものすごいリアリストなんです。

河合　お父さん、若くして亡くなられたんですね。

田辺　ええ、終戦の年に四十四歳で。

河合　残念でしたねえ。そして、終戦と重なってるから、なんか象徴的ですね。

田辺　胃病だから、今だったら死なないと、母は今でもいいますけれどね。

河合　お父さんが亡くなるとか、戦争に負けるとか、家が焼かれるとか、それがずっと重なるわけでしょう。体験的にはすごいことでしたか。

田辺　家が焼かれたことがいちばん大きかった。そのショックが大きすぎて、かえって父が死んだという意味がわからなかったですねえ。それと、父が病気になってから、あんな時代ですから、ほんとになんか寝ている者っていうのは力が弱いでしょう。母が働きにいったりして、いろんなことをしてくれるから、絶対母の力のほうが大きくなる。だから、父の影がだんだん薄くなっていくのね、かわいそうに。

河合　お父さんがお亡くなりになったときの記憶というのはどうですか。

田辺　母が、「今日ぐらいお父ちゃん危ないから先にご飯食べなさい」といったのね。そのときはご飯をいっぱい炊きまして、秋刀魚《さんま》を焼いてたの。それがおいしくってね（笑）。

秋刀魚のおかずでご飯を三杯ぐらい食べたの覚えてる。
で、いよいよというとき、母がものすごく泣いて、「お父さん!」っていうんですけど、私がそのとき考えたっていうのは、なんて変な考えだろうと今でも思うんだけど、母が取り乱して泣いて悲しんでるから、そうか、私よりおかあちゃんのほうが付き合いが長いんやなあと……。不思議ね。意外と冷たいんですよ。申し訳ないんだけど(笑)。

河合 いや、それは冷たいのと全然違いますね。

田辺 そうですか。

河合 それはほんとに不思議でね。そういう途方もない客観的な考えが、最も悲しいときに出てくるのです。たとえば、歌舞伎の「籠釣瓶《かごつるべ》」で、恋人を殺した後で「籠釣瓶はよく切れるのう」というセリフがある。ぼくはものすごく感激でした。ところが、そのあとで、カルメンを観たら、ホセがカルメンを殺したあとでむちゃくちゃに嘆き悲しむわけですよ。ぼくが思ったのは、よっぽどカルメンのほうが嘘でね。恋人を殺したときに、すぐおれが悪かったとか、何でこんなばかなことをしたのだろうなんて絶対に思わない。「この刀よう切れるな」とかいうほうがよっぽど真実です。ぼくはアメリカでその歌舞伎を観たんでよけいに感激して、日本人というのはすごい。リアリズムはもうこのあたりからあったと思いました。ほんとに(笑)。

田辺 そうですね。

河合　ただ、それを摑まえられる人と摑まえられない人とあって、またすごくおもしろいことに、嘘の話のほうが真実として通るんですね。つまり、お父さんが亡くなって、ものすご私悲しかったよとか、ものもいえなかった、何にも食べられなかったとか、ほんとはものすご秋刀魚がうまかったとか、そういういろんなことが起こるんだけれど（笑）、そのリアリティのほうは捨て去られて、嘘のほうが真実のごとくみんな通るんですよ。

その真実のほうをパッと摑まえることのできる人がいるんです。でも、うっかりすると、誤解されるんですよ（笑）。だから、それは冷たいのと全然違うわけですからね。

田辺　そうですか。でも、十七、八って、いちばん残酷なときですね。母が父を軽んじると、私も母と一緒になって父を軽んじてた。今では、なんか私のほうが庇護者みたいな感じになって、今まで生きていれば、おいしいお酒をいっぱい飲ませてあげるのにな、なんて、そう思っています。

河合　ほんとに、そうです。ほんとにね。今生きておられたら、ずいぶんおいしいお酒を飲まれたと思いますけど。

田辺　そのぶん、母が引き受けてますます元気で暮らしています。

河合　結構な話ですな（笑）。

人生のけじめを体得している人

河合隼雄

田辺さんの最初の記憶が「迷子《まいご》」であることはきわめて象徴的である。紋切型の心理学者なら、迷子になる田辺さんと両親との結びつきの薄さを問題にしようとするかもしれない。しかし、本文にも見られるように田辺さんと御両親の間はなかなか緊密な関係である。とするとこれは何を意味するのか。

これは、田辺さんが普通の人なら密着している世界から、「離れてみる」傾向が幼いときから強かったこと――それは今も続いていると思うが――を示しているようだ。田辺さんが自分自身を、ある一時、家族を離れたところから見る傾向は、本文によく示されている。そのことは、田辺さんが小説を書く人として身を立ててゆかれる上で、大いに役立ったであろう。

「嘘」について「万引き衝動」について、少女の田辺さんは自分の世界を突き放して、よく観察している。その観察眼が冷たいものになることを防いでくれたのは、温かい家族関係ではなかろうか。

お話を聞いていて、昭和の初期の日本の大家族のよさがいきいきと感じられて、心暖まる想いがした。同時代に生きた人間として、それは私にとって手に取るようにわかるのである。そのように密着した人間関係の中で、あえてそれらを突き放して「観る」こと、これが田辺さんには可能であった。ロマンチストの父と、リアリストの母と、二人から受けた血がうまく混ぜ合わされて、田辺さんの今日の作品群を支えているように思われる。

御両親の田辺さんに対して行われた、しつけ、教育の仕方は立派でうらやましい。そこにはしていいことと、悪いことが明確に示されている。このような人生のけじめというものは、それを金科玉条《きんかぎょくじょう》と早くから受けとめてしまうと、自由を失ったり、個性を失った生き方につながってくる。さりとて、不自由だというので、それとまったく反対のことを主張したり、やってみたりしても結果は似たようなことである。

人生のけじめを自らのものとして体得している人は少ない。田辺さんはそれを、子どものときからの体験によって成し遂げてきた人である。田辺さんのごまかしに対する母上の不退転《ふたいてん》の勢い、対決が破壊に至るのを避けるために出現してくる、「ばあばあばあちゃん」。一人の少女が人生のけじめを体得するに必要なドラマが、見事に語られている。

女学生のときに、車中で話しかけようとしてきた男の同級生を、ふと拒否してしまう話は感動的である。少女のはじらいとか、エゴイズムとか、そんな言葉では捉ええない、人間の本質のかかわる点がそこに存在する。人間はなぜか知らないが、きわめて純なもの、きわめて自然なものを、思わず知らず否《いな》む存在なのであろう。このような一瞬は、忘れがたいものであり、田辺さんの話を娘さんが聞かれて涙されたことも、心にひびくことである。

父上の亡くなられたときのお話も、十七、八の少女の田辺さんが作家の眼で、ものを見ておられたことを示している。しかし、今となると「おいしいお酒をいっぱい飲ませてあげる」といわれる面も、その作風に十分に生かされていると思う。

少女のときに盛んに、「物語」を書いておられたが、今はいかがですかというと、「私は物語派です」という、きっぱりとした答えが返ってきた。確かにそうだと思うが、私はもっと途方もない物語を書いていただきたいのである。このあたりで、作家であるかぎり、だれでも密着したい文壇とやらから、意図的に「迷子」として飛び出して、物語を書いていただきたいものである。

子どものときと異なって、意図的迷子というのは宇宙遊泳のようなものだ。それくらい離れたところから、地球の在《あ》り方を眺めて、それを物語にしてくださったら、どんなに素晴らしかろうと期待している。

子どもが学校へ行きたくないとき

谷川俊太郎
（詩人）

ひとりっ子といじめっ子

河合　谷川さんとはよくお会いしてるんですけど、子どものころという話はあんまり聞いたことがないような気がするんです。

谷川　そうですね。子どものころにかぎっての話というのはしたことがないかもしれませんね。でも、前にね、ぼくは子どものころに母が死ぬのが怖くて、河合さんはご自身が死ぬのが怖かったという話をしたことがあった。それが、今でも強く印象に残ってるんです。

河合　そうでした。あそこがすごく違っておもしろかったことを覚えてますなあ。

谷川　ほかに子どものころというと、これも前にお話ししたかもしれないけど、夜、一人で寝ていて、茶の間に母がいるかどうかすごく心配になることがあった。

河合　それは初めて聞きます。うんうん、……これで話のいとぐちが出てきた（笑）。

谷川　ぼくは離れた座敷に一人で寝てんですけど、なかなか寝つかれないんです。うちの中はしーんとしている。一つ部屋を隔てたところに茶の間があって、母はいつも夜おそくまで起きて繕《つくろ》い物かなんかしてるんだけども、そのとき、ふいにそこに母がいるかいないかってすごく心配になってくるんです。

河合　それでどうしました？

谷川　寝床を抜け出して、明かりがついている茶の間の障子《しょうじ》をそうっと開けてのぞくんです。それで、母親がいると安心してまた寝るんですが、それを今でもすごく鮮明に覚えていますね。

河合　その前に、夜中に起きたときにお母さんがいなかったという記憶はないんですか。

谷川　その記憶はないんです。うちの父と母っていうのは、ぼくが寝てから、うちを抜け出してダンスホールに行ってたんですよ（笑）。だから、もしかすると覚えてないだけで、そういう経験があったんじゃないかと思うんですよね。

河合　でも、その記憶はあるかもしれませんね。

谷川　あるんじゃないかなと思う。もし、つまり何かきっかけがあれば出てくるのかなって気がするんですね。

河合　お父さんとお母さんが出かけておられたのは、谷川さんがどのくらいの年のときですか。

谷川　まだ四、五歳か……。

河合　そうですか。

谷川　もしかすると、小学校に入ってたかもしれないですね。それから、ぼくは、これはもう小学校に入ってからだと思うけども、母がおつかいに出て、帰ってこないとね、泣くわけね。お手伝いさんがいたんだけれど、その人にすごくばかにされてね。男の子のくせに何だ、みたいなことで……。これはよく覚えているんです。

河合　ともかくね、男の子というのは、泣いたらいけないという倫理観があったでしょう。

谷川　ありましたね。

河合　あれでずいぶん苦労させられました。

谷川　うちは、父が直接ぼくに、泣くなとか、男らしくとかって全然いわない家庭だったから、そういうしめつけはなくて割と心おきなく泣けたことは泣けたんだけど、自分だって嫌なんですよね。なんか情けなくてね。

河合　やっぱりお母さんとの関係というのは、すごく大事みたいですね。

谷川　すごく大きかったんじゃないかと思いますね。

河合　ほかに鮮明な記憶というとどうでしょう。

谷川　最初にいじめられたときの記憶っていうのも非常に鮮明ですね。

河合　それは小学校のときですか？

谷川　はい。小学校の三年生のときです。その子、ひょろひょろっとして猿みたいなんです。ぼくの行ってた小学校ってのは、当時の杉並の新興住宅地にあって、新聞記者の子どもとか、うちみたいに大学教師の子どもとかもいるんだけど、土地のお百姓さんの子なんかもいっぱいいるわけね。

河合　割とはっきり分かれていたんでしょうね。

谷川　今から考えるとそうだったですね。で、その新聞記者の子なんていうのは半ズボンの長さなんかものすごく短くて、かっこいいわけですよ。

河合　谷川さんも、もちろんそっちのほうに属してた（笑）。

谷川　そう（笑）。ところが、そうじゃないほうの子たちの中に、そのお猿みたいな子がいて、放課後にいきなりぼくを鉄棒のそばへ呼び出して、お前は生意気だといってピンピンピンと、往復ビンタを張るわけですよね。ぼくはひとりっ子だもんだから、喧嘩したっていう経験がまったくない。だから、それが何かってことがまずわかんないわけ（笑）。

河合　なるほど、なるほど（笑）。

谷川　つまり、そうされたら普通だったらむしゃぶりつくとか、ま、泣くとか何か反応がある。ぼくはただ呆然としているわけですね。これがどういう事態なのかってのが理解できなくて。

河合　そういう記号の読み取りがなかった（笑）。

谷川　記号の読み取りがなかった（笑）。その子はなんかすごく埃《ほこり》くさくって、その子の句いっての、それはよく覚えてるんです。

河合　なるほど、なるほど（笑）。で、御両親には、それを話されました？

谷川　父が乗り出してきたんです。

河合　その乗り出してきたというのは、どっか文句をいいに行くとか……？

谷川　いや、そうじゃなくて、ぼくを慰めるために……。ぼくが母に訴えたので、ま、ぼくが喧嘩を知らないってことがわかったんじゃないかな。

河合　そうでしょうね。

谷川　何度かいじめられて学校へ行くのが嫌になったんだけど、そのときは父に慰められて、また学校へ行くようになった。

河合　で、そのいじめっ子は、それからどうでしたか？

谷川　あんまりいじめなくなった。

河合　でも、そのころのいじめは、今のいじめとはちょっと違ってて、もっとカラッとしてましたでしょう？

谷川　そうですね。だから、嫌だったけれど、ものすごくそれでつらかったという記憶はまったくないんですね。

河合　とにかく、今のいじめとはちょっと比べられませんものねえ。ところで、さっき、お父さんが乗り出してきたといったでしょう。そのときは、喧嘩しろというようなことは？

谷川　別に、喧嘩しろとか、そんなことは何もいいませんでしたけどね。喧嘩しろっていわれた経験では、もっと高学年、五年生になったくらいからですね。

河合　それは、お父さんが……？

谷川　いいえ、クラスの子なんです。その子とは、割合に仲がよくて話が通じた記憶があるんだけど、何かのことで口論したんですね。その子もよくしゃべる子なんだけど（笑）。ぼくの机のそばに立って、「表へ出ろ」といったんですね。ぼくは、そっちのほうは、まったく自信がないわけだから、「絶対におれは表には出ない、口でやる」といったわけ。でも、その子は、そのとき、ぼくが拒絶したのをちゃんと立ててくれて、ぼくを殴るとかそういうことはなかったんです。

河合　それでどうしました？

谷川　先生の耳に入っちゃったんですね。

河合　ほう。

谷川　その先生というのは、まだ若くて、理想主義の先生で、ぼくとその子を別々に呼んで、ぼくに対しては、「確かにお前のほうに理はある。だけど、表に出ろっていわれたのに対して出なかったのに私は失望した」といったわけですよ。ぼくはその言葉にすごく反発した。

河合　そうでしょうね。表に出るべきか、出るべきでないかというの、大問題ですから。

谷川　ぼくは、出るべきじゃなくて、出たくないんだからね。どうして出なきゃいけないのって責められるのかというふうな、ね。

河合　そのとき、反発して何かいわれました？

谷川　先生に？

河合　はい。

谷川　いったような気がしますけどね。

河合　そうですか。でも、表へ出ないというのも大したもんですね（笑）。それもすごい決意の表明じゃないかね。

谷川　何か自分なりのスジはあった。

河合　今はどうなんですか。今、表へ出てるんですか、出てないんですか（笑）。

谷川　今？

河合　詩人としては？（笑）。

谷川　ぼくはとても愛想のいい人なんで、喧嘩っていう局面にならない。そこに、きっとすごい問題があるんじゃないかと思ってるんですけどね（笑）。

母を激怒させた「元禄の会話」

河合　どうしてそうなったのか、谷川さんなりに何か記憶はありますか。

谷川　ぼくはひとりっ子で、母親っ子なんだけども、割と生意気な子だったんです。小学校三年生ぐらいだったと思うけど、ある日、母と病院へ行ったんです。体が弱くてしょっちゅう病院へ行ってたんだけど、そのとき、診察された後で、母が先生に話を聞いている間に、診察室の中を歩き回って、看護婦さんに、この器具は何のために使うのかとか、何かそういう質問をしたらしいんですね。

その帰りの電車の中だったと思うんだけど、母親がもう烈火のごとくぼくに怒ったわけね。つまり、生意気だっていうんですよ。こまっしゃくれていて、彼女の審美眼《しんびがん》に合わなかったらしいんです。どうもそのぼくの態度が（笑）。その怒り方が尋常じゃなかったんですね。

河合　そのときに何か思いました？

谷川　今からいえば、思ったんじゃないかと思うんですね。つまり、自分の傲慢《ごうまん》みたいなものは隠さなきゃいけないっていうふうな……。つまり、ほんとに自分の傲慢を反省はしなかったというふうに思うんだけど、その辺はよくわかんないですね。

河合　何ていうか、もう一つね。

谷川　もう一つわからない。とにかく大人の前ではああいう態度をとっちゃいけないんだと。そのことはものすごく強く印象に残っているんです。それ以来、ぼくは、自分の傲慢っていうのは人に隠すようになったんじゃないかなって気がするんですね。

河合　お母さんの怒り方がよっぽど激しかったんでしょうね。

谷川　母はね、よっぽど強く何かを感じたらしいですね。それからしばらくして、母と電車に乗ってたときも、ぼくが吊り輪につかまったらね、母がそういうことはするなって。つまり、そのときの延長で叱られたの。それは、すごいはっきりしているんですね。ただいたずらしてたんじゃなくて、お前は生意気で、傲慢で、こまっしゃくれていると（笑）。その吊り輪につかまるのも、その延長であるっていうように、ぼくは受け取ったわけですよ。それはすごくショッキングな出来事だったんですけどね。だから、大人になってからは、表へ出る必要を感じたことがないんですよね。

河合　お母さんのその怒りもちょっとわかる気がしますけどね（笑）。

谷川　ええ。今になるとよくわかるんです。この間も、ぼくが小学校一年生のときに父と一緒に写っている「読売新聞」のコピーを持ってきてくれた人がいて、家庭訪問みたいな記事なんだけど、もうギョッとしちゃった。

河合　写真じゃなくて記事の内容ですか？

谷川　そうなんです。母が教育論なんかしゃべっていておかしかったんだけど、ぼくがね、母と記者が話しているときに客間に出てって、そこにあった瀬戸物に対して、「お母さま、これは元禄《げんろく》時代の焼き物でしょう」っていうの（笑）。

河合　ええっ（笑）。

谷川　そうすると母はね、「違うわよ。これは朝鮮のものよ」っていうの。と、ぼくはね、「朝鮮でも時代は元禄でしょう」（笑）。もうこれは慄然《りつぜん》としたね。そういう下地があったから、母はそこでもうドカンと怒ったんだと思いますね。

河合　その元禄の会話も載ってるんですか。

谷川　載ってるんですよ（笑）。ぼく、自分の子がそうだったら、やっぱり張っ飛ばすかなんかすると思う（笑）。

河合　その新聞記者の感想が書いてあるわけですか。別に書いてなかったですか。

谷川　その会話でもうすべてを語り尽くしているみたいな感じで書いてありましたよ（笑）。

河合　しかし、まあ、親の育て方もあるわけだから（笑）。どっちがどっちともいえないけども（笑）。

谷川　たぶんぼくは、おそらく中学一年ぐらいまではその線で来たんじゃないですか。割といい子の線で。で、中学二年のときに敗戦だったかな。一年のときに京都へ疎開《そかい》したんだけど、そこでまたいじめっ子がいて、と同時に、ちょっとゲイっぽい保護者的友人もあらわれたりして、性的なものに目覚めたみたい。

登校拒否から定時制へ

河合　そのころから登校拒否が始まったんですか。
谷川　そうです。学校にあんまり行かないで、そのまま東京へ帰ってきて、それからだんだん落ちこぼれていったんですね。だから、中学二年ぐらいがちょっと境目みたいな感じがありますね。
河合　そのときは、どんなだったですか。
谷川　東京での小中学校はうちのすぐ裏だったから、京都へ来たときは定期が使えるのが、すごくうれしかったんですね。それはいいけど、たとえば国語の時間なんかに当てられて読むでしょう、と、東京弁で読むわけですね。すると、もう教室じゅう失笑するわけです。その辺から少しあやしくなってきた。また、ぼくは、そのころから数学なんかも得意じゃなかったし、とにかくそういうことで学校へ行くのがだんだん嫌になったんです。
河合　それじゃ、その中学校のときから行かれなくなったんですか。
谷川　本格的には(笑)、東京へ帰ってからです。新制・旧制切り替えで、高校生になってました。たぶん二年生だったかな。先生にはずいぶん盾突《たて》いていましたし、学校へはほとんど行かなくなってしまいました。

河合　定時制に行ったのは……？

谷川　卒業できなかったんですね。それで、母と担任の先生なんかが話し合ってくれて、定時制に編入すればどうにか卒業させてやると。ぼくはもうやめたかったんですけどね、定時制にとにかく行けと。

河合　お父さんは何かおっしゃいましたか。

谷川　父なんかはやっぱり将来は大学へ行かせたいつもりだったらしいから、とにかく高校卒業資格は取れということだった。定時制に行くと、卒業の資格は取れましたからね。

河合　そのころの全日制は男女共学じゃなかったですよね。

谷川　そうですね。でも、定時制は共学で、何かもう年上のおじさんおばさんばっかりだった（笑）。だから、仲よくなった子なんてのは、もうまるで大人なんですね。

河合　同年配じゃない大人みたいなのがいて、しかも勉強が易しくて（笑）。

谷川　そう。ぼくはそれですごく好きになって、定時制はちゃんと通って卒業しました（笑）。

河合　しかし、その、学校へ行けなくなるとか行かなくなるとかあるでしょう。その辺の感じというのは、なかなかはっきりとは思い出せないんと違いますか。

谷川　思い出せないんです。

河合　ね。大体そのあたりのことは、ぼくは、思い出せる人はほとんどいないんじゃないかと思いますね。ちょっと意識できないことがいろいろ起こってるんだと思うんですよ。だから、その辺のことを、ただそういう事実は思い出せるけれども、心の中はほとんど思い出せないでしょうね。ともかく行く気がしなかったくらいにしか。

谷川　うん。

河合　それは、今、学校へ行ってない子もみんなそうだと思います。

谷川　そうでしょうね。

河合　それを、何で行かないのだって本人に聞いたってね、わかるはずがないんですよ（笑）。だから、聞かれるとしかたないからみんな答えるんですね。それは、答えなければしかたがないからいってるだけなんですね。

谷川　ぼくも聞かれればね、つまり、自分がわかりもしない勉強をなんでする必要があるんだと。うちにいて、好きな本を読んでりゃいいんじゃないかとかいろいろいってましたけど、何かそれだけじゃ全然ないんですね。

河合　そうそう、ないんですね。

谷川　何か学校の雰囲気全体がすごいムッとするような感じで嫌だったんじゃないかと思うんだけど。

河合　しかし、お父さんお母さんは苦労されたでしょうな、そのときに。

谷川　父はどうなんでしょうね。母はもう絶対、苦労しましたね。ぼくの枕元で泣いていたのを覚えていますからね。

河合　ああ、そうでしょうねえ。

谷川　ぼくがもう学校へ行かないってグズッていたときには、やっぱり父との間に挟《はさ》まれてたようなことをいいましたね。

河合　そうですか。

谷川　とにかく、父には、どうこういわれた記憶がないんですね。常に母を通して、高校だけは出ておけとか、語学の勉強だけはしておけとか、そういうことをいってました。

河合　むしろお父さんは、学校へ行かないということ自体はそれほど問題視するんじゃなくて、一応するべきことはしていてくれたほうがいいというところで。

谷川　そう。大学にぼくが行かないってことをはっきりいったときも、大学っていうのは、とにかく語学の勉強ができるっていうことと、友達ができるから行ったほうがいいという言い方でね。何かほかのことのために、学問のために行かなきゃいけないっていうような言い方はしませんでしたね。

河合　それはおもしろいですね。

谷川　だから、もし何かすごく強くそれに対して強制されたら、ぼくはもっとほかのことをやってたと思うんだけど。というのは、ぼくはそんなに文学青年じゃなかったけれど、うちには本がたくさんありますでしょう。だからうちへ遊びにくる連中というのは、やっぱり文学青年みたいなのが多くて……。

その連中の中には、女学校の女の子を誘ってフランス映画を観にいくとか、そういうやや軟派っぽいのもいたわけです。ぼくはその軟派には加わらなかったんですよね。それに、もしうちの中がほんとに嫌になったら、ぼくは外へ出てったと思うんだけど、うちの中が嫌で外へ出ていきたいというふうには思わなかったんだから、父も母もそんなに強いプレッシャーをかけたんではなかったと思うんです。

河合　そうですね。そりゃもちろん、どこでも母親は、ある程度は常識的な考え方があるから、その線に乗らないということの残念さは、すごくあったでしょうね。

谷川　ええ。

河合　数学はもうずっと嫌いでしたか。

谷川　二次方程式のあたりからだめになってきたような気がしますね。

河合　そうですか。おもしろいですね。今だったらできるように思われませんか。

谷川　全然思いませんよ（笑）。

河合　そうですかねえ。しかし、谷川さんの発想には、相当理科的なものがありますね。

谷川　そういわれることがあるんだけれど、ぼくは何か根本的に違うんじゃないかって気がするんですね。

河合　機械なんか好きなんじゃないですか。

谷川　機械は好きなんですよ。
河合　ねえ。
谷川　だから、ぼくは、手を動かして作ることは好きなんですね。
河合　そうですか。
谷川　非常に不器用なんですけどね。
河合　数学というのはおもしろいもんですねえ。すごくできる人と、ほかにすごい才能があるのに、数学だけできない人があるでしょう。
谷川　ええ。教え方がよければみたいなこともいわれるんだけど、教え方がよくても、もしかすると興味が持てなかったんじゃないかみたいな気がするんですけどね。つまり、何かを証明できて、それが非常にきれいに証明ができてうれしいとかっていう感覚ってあるわけでしょう。数学好きな人は。
河合　ええ。
谷川　ぼくはそういうのは全然なかったですね。だから、何とかの定理なんていっても、それに対して美しいとかね、かっこいいとかって思った記憶はないですね。

好きな子の霜焼けに感動した

河合　ところで、小学校のときに、初恋みたいな体験はありませんでしたか。

谷川　これは、ぼく小学校二年生。いや、一年生かな。もうそれは強烈にあるんですね。話せば長くなるくらいにね（笑）。

河合　長くて結構ですよ（笑）。

谷川　もう一年生のときからぼくは目をつけてたわけですね。二年生のときも同じクラスでぼくが級長で、その子が副級長。それで三年生になると、男女組がなくなって分かれちゃった。そのころね。目測っていうのかなあ、何センチとか、何グラムとかって当てるコンクールみたいなのがあって、ぼくはそういうのは苦手なんだけど、男子組の代表に選ばれたことがあった。女子組の代表は、その子。ほかに何人かの生徒も選ばれたんだけど、みんなが先生に引率されてバスに乗っていったわけです。そのバスの中がすごく楽しかったのを覚えてます。それから五年生になってから、学芸会っていうのがありましてね。

河合　そうでした。ありました。

谷川　当時は、「楠木《くすのき》正成《まさしげ》桜井の別れ」なんていうのよくあったでしょう（笑）。

河合　そうそうそう（笑）。

谷川　なんと、ぼくが正行《まさつら》役。その子が正成役。つまり女性が父親。

河合　へえー。

谷川　その子が座っているところへぼくがひざまずいて、「父上！」って手を取るすごくいい役だった（笑）。感動しちゃってね。それで、「父上！」って手を取ると、その子の手が霜焼けだらけなんですよ（笑）。ぼくはものすごい感動するわけね。でも、本番の数日前になってね、ぼくは目の横にすごい大きなおできができちゃったんですよ。

河合　それじゃ本番は？

谷川　結局無理で、ぼくはその役を外《はず》されちゃったんですよ。

河合　おー、おー、気の毒に（笑）。

谷川　それでね、当時仲のよかったぼくの友達にね、校庭の裏で、実はその女の子が好きなんだって告白したの覚えていますよ。

河合　いや、しかし、それは素晴らしい話ですな。あの学芸会というのはね、ほんとにおもしろいですね。つまり、男女分かれているでしょう。学芸会のときだけ一緒になるんです。そのときにいろんなことが起こってね。

谷川　何か起こるはずだったのに起こんなかったから、もう（笑）。

河合　そのまま児童文学になるんじゃないですか。

谷川　これにはね、後日談がいろいろあっておかしいんですけど、それは大人になってからの話だから、もういいでしょう。

河合　ええ。子どものときでおいときましょう。

谷川　非常に後になって失望落胆するんですけど（笑）。

河合　しかし、残念やったでしょう。そのときは？

谷川　うん。残念だったんだけど、何かホッとしたような感じも覚えてるんですね。やっぱり緊張してたんですね、きっとね。

河合　それから、先生がたはほんとにそういうことを意識してないんだけど、学芸会のときにそういうおもしろいコンステレーションってのはいっぱい起こるようなことになってるんじゃないでしょうかねえ。ずうっと離されてきて、そりゃずっと潜在的には心の中にすごく高まりが動いているわけでしょう。そして、それを一緒にして何かさせるというときに、おもしろいことが起こるんじゃないでしょうかね。

谷川　なるほどね。

河合　ぼくは、あのころの学芸会ちゅうのは、ほんとに児童文学の種になると思いますね。

谷川　うんうん。

河合　それが終わったらパッとまた教室へ帰るでしょう。

谷川　そうそう、そうですね。

河合　それでもう会うことはないというようなね。

谷川　でも、とにかくほかの子たちが帰っちゃった後で、選ばれた役者たちだけで稽古するっていうのは、非常に甘美な時間だったような記憶があるんですね。

河合　そうそう。そのときは、その男女が話し合っても、先生も何もいわないしね。あのころは、男女一緒なのは、三年で分かれましたからねえ。

谷川　ただし、ぼくらの学校では、五組ってのがあって、そこだけ男女組でしたね。

河合　ぼくらもそういう組があった。その組に入ってる男は、すごくそれだけで軽蔑される。

谷川　もう五組っていうのは軽蔑の的ですよ。あいつは五組だ。男女組だっていうんでね。

河合　そうそう。あいつは男女組だいうたら、もうだめなんですね。

谷川　それでも、何かときどき、わざと男女組の教室のそばへ行ったりしますね（笑）。

河合　谷川さんは男女組やったんですか？

谷川　いやいや、違いますよ（笑）。男女組だったら、もうちょっと違う人格になってたかもしれない（笑）。

河合　その人格というのは、中学校になると、変わってきますね。

谷川　そうですね。とにかく、思春期のどっかで、ぼくはものすごい変わったという気がするんですね。自分では、どこがどう変わったっていうふうにいえないんだけど、非常にはっきり、子どものころにはなかった意思の力みたいなものを持ったっていう気がするんですけどねえ。

河合　そうでしょうね。その辺の変化が捉えられたらすごいことだけど、まず不可能でしょうね。後の変わってしまったところでは出てくるでしょうが、その変わり目のところはわからないんじゃないでしょうか。ま、しかし、そのときに、定時制高校へ行ったらいいというところで済まされたというとこは、お父さんもお母さんも大したものですね。もっとむちゃくちゃいわれてたら、わからないですね。

谷川　今の時代の親だったら、またちょっとわかんないかもしれないけど、当時は、まだ受験地獄なんて言葉もなかったですものね。

父と母の間

河合　お父さんが有名だったからよかったとか苦労したとか、そういうふうなことは、あんまり記憶にないですか。

谷川　あんまり自覚ないんだけど、ただ、中学、高校で先生に盾突いたりなんかしたときに、「あいつはやっぱり父親が偉いからああいうことやるんだ」ってなことは耳に入ってました。でも、ぼくは、その意識が全然なかったから。

河合　自分としてはね。

谷川　自分では別にそんなことそんなに気にならなくて。むしろ、物を書き出してから、編集者の人なんかに会うと、必ず父の話題が出るみたいなのが嫌だった。

河合　むしろそうだったんですね。しかし、子どものころは、大人が見ると、生意気なやつという感じやったんでしょうね（笑）。

谷川　もう絶対そうだと思うんですよね。きっとすごく嫌なやつだったんだろうな。

河合　お父さんの子どものころはどんなだったんでしょうね。

谷川　父は、もうほんとにやんちゃなガキだったらしいですよ。道の馬糞《ばふん》を拾って懐《ふところ》に入れ、友達のうちへ投げ込んだとか。そんなことしてたって話を聞いた記憶があるなあ（笑）。

河合　そのお父さんのやんちゃ坊主的な側面というのは、もう父親としては、ほとんど出てこずですか。

谷川　やんちゃ坊主といっていいのかどうか、たとえば、母にすべてをやらせておいて自分は命令してるとか、自分が風呂へ入ってて、風呂場へ母を呼びつけて口述筆記させるとかっていうのをぼくはよく見てますから（笑）。

河合　そりゃやんちゃ坊主や、うん（笑）。

谷川　だから、非常にやんちゃ坊主みたいに、母には甘えてたんじゃないかと思う。

河合　なるほどね。

谷川　後々の女性問題なんかも、ぼくはずいぶん大きくなってから聞かされて、なんかすごい初心《うぶ》なやんちゃ坊主みたいな感じがしたんです。だから、そういうところは残ってるけど、そうじゃない立ち居ふるまいっていうのは、すごい二枚目ですね。でも、スポーツは、ずいぶんやってたらしいですね。

河合　そうですか。

谷川　とにかく頭のいい人だったらしい。成績は今でいえばオール5。飛び抜けてよかった。それで、京大へ行ってから、億に近いお金を遊びに使ってるんです。

河合　そうですか。へえー。大人物やな。

谷川　祇園《ぎおん》で遊んだらしいんですよね。遺産かなんかが入って、やっとそれで借金を返すのかな。この前、その額を聞いてびっくりしたんだけども、とにかく億近いですよ。もうほんとに遊蕩三昧《ゆうとうざんまい》だったらしい。それで、そういう自分を救ってくれたのが、私の妻であると書いてるんだけど、やっぱり煩悶《はんもん》してるんですね。

河合　はあ、そうですか、それは知りませんでした。

谷川　だから、ぼくが若いころ全然そういう放蕩しなかったもんだから、よく感心してましたよ。

河合　まだだいぶ使いますな、こりゃ（笑）。

谷川　貯金がだいぶ……（笑）。

河合　あまり遺産は入らない（笑）。でも、お父さんというのは、なかなか、要するによき理解者の地位に大体おられるみたいですね。

谷川　そうだったんでしょうね。しかし、父の女関係みたいなことを知ったときは、ちょっとショックでしたね。そういうことがない夫婦だと思ってたから。

河合　それは、だいぶ後になってからでしょう。

谷川　思春期に入ってからです。
河合　ね、そうですね。でも、小さいときに、お母さんが隣の部屋におられるかどうかというのを、ちょっと確かめたというか、その非常に大事な体験などをお聞きしますとね、谷川さんには、お母さんの守りというものがすごくあったように思いますね。
谷川　はい。そうでしょうね。
河合　今日はほんとにありがとうございました。

人間離れをした孤独を知る人

河合隼雄

谷川さんの近作から、私の好きな詩を引用してみよう（『よしなしうた』青土社刊より）。

たんぽぽのはなの　さくたびに
こどもは　しろいとびらをあける
とても　おそろしいことを
こころのなかで　かんがえるが

そのことは　だれにもいわない
こどもは　おちていたまりをひろう
うでのうぶげに　きりのしずくが
にぶく　ひかっている

いちどだけ　たったいちどだけ
それでいいんだと　こどもはおもう
だが　いちどだけですむものか
たんぽぽのはなの　さくたびに
こどもは　かわべりでゆめみる
ほんとうに　そのことをしたあとの
とりかえしのつかぬ　かなしみを

谷川さんはずいぶんと「生意気」な子どもであったに違いない。私も生意気族だったので、谷川さんの子ども時代の話が手に取るようにわかる。

「お母さま、これは元禄時代の焼き物でしょう」というところが、そのハイライトだろうか。このような生意気さが「とりかえしのつかぬ　かなしみ」で裏打ちされているところに、谷川少年の孤独が生じてくるが、はたして何人の人がそれを知っていたであろう。おそらく、谷川少年自身も、はっきりとは知らなかったであろう。

谷川さんの子ども時代の話を聞いてうらやましく感じる人は多いのではなかろうか。母親からのありあまるほどの愛、それに危機状態が訪れたとき、適切な距離をとりながら的確な判断を下す父親。そして、子どもの知識欲を満たすのに十分な素材は、（対談の後でモーパッサンの『脂肪の塊』までも読んだといったが）常に準備されている。こんな環境だと、子どもがすくすく育つのは当たり前と思われるだろう。しかし、単純にすくすく育った子など、うどの大木のようなものである。すくすく育つ力が何かとぶつかってこそ、個性が磨かれてくるのだ。

おそらく谷川さんの原体験は、乳幼児期における不可解な母の不在ではなかったかと推察される。感受性の鋭敏な子にとって、それは世界の喪失として体験されたか、まったく異次元の世界への遺棄《いき》として体験されたことであろう。谷川さんは人間としては限りなく守られていながら、人間離れをした孤独を知る人となった。おそらく、このバランスがどちらかに傾斜していたら、普通人なら発狂寸前というところまで行っていただろう。

この原体験のマイルドな繰り返しが思春期に訪れる。関東から関西への転校、内的には思春期という不可解な揺れが生じる。再び起こった異次元の世界への遺棄で、谷川さんが学校へ行けなくなったのは当然のことである。これは文字通り筆舌につくしがたい体験で、言語化することは不可能である。

谷川さんが二十億光年の異次元の世界から、こちらに帰ってきて語ってくれるまで、あと数年の歳月が必要であった。このときに、谷川さんに定時制への転校を許し、大学進学を強制しなかった父親は本当に素晴らしい。その青年期を「祇園」という異次元の世界で過ごした経験がある父親であるからこそ、このような決定ができたのであろう。

谷川さんが身体接触を嫌い、むしろ、「もの」との接触を好んだことも興味深い。あちらの世界は人間の肌よりも、もののほうが温かさを感じさせたのであろう。原体験の再現は、「だが　いちどだけですむもの」ではない。これまでにもあったし、これからもあるだろう。人間離れをした孤独の中で、「とりかえしのつかぬ　かなしみ」を深めてゆくことによって、また新しい詩が生まれてくるに違いない。

子どもが親から離れて暮らすとき

武満　徹
（作曲家）

最初は会社員になりたかった

河合　これまでに、子どものころのことをお話しになったことは……？

武満　幸せな思い出っていうものがあまりないものですから（笑）、ほとんど人に話したことがない。

河合　それを今日はぜひお願いします（笑）。お生まれは、東京ですか？

武満　そうです。でも、母がぼくを生むとき、父は仕事の関係で大連《だいれん》に行ってましたから、ぼくも生まれて一月《ひと》すると大連へ行きました。大連には、小学校に上がるまで満六年間いましたが、小学校に上がるというのでぼくだけ東京の伯母の家に預けられ、ずっと中学、そうですね、戦争が終わるまでいました。

河合　御両親はずっと大連ですか？

武満　戦争が始まる直前に帰ってきたのですが、郷里の鹿児島にいて、父はすぐに亡くなりました。だから、父との触れ合いというものがないんです。母は父が亡くなるまで一緒に鹿児島にいましたが、父が亡くなった後、東京に出てきました。でも、自分で生計を立てなきゃならないので、ぼくとは別に暮らしていました。

河合　そうですか、それじゃ、ちっちゃいときは御両親と暮らしたことがないわけですね。

武満　はい。預けられた伯母の家というのが、かなり入り組んだ家でしてね、ま、割合と日本的に入り組んでいる家で（笑）。伯父は株屋みたいなことをしてましたから、しょっちゅう家にいない人で、かなりの道楽者だった（笑）。ただぼくより年上の男ばかりの従兄弟《いとこ》が四人いたもんですから、従兄弟の影響というのはかなり強く受けたように思いますね。

河合　兄弟のような感じですね。

武満　五番目の弟になるわけですね。でも上の二人とはかなり年が離れてましたから、もうほとんど付き合いがなかった。下の二人にはずいぶん可愛がってもらって、音楽なんかにいくらか目覚めたっていうのも、いちばん下の従兄弟の影響ってのもあると思うんです。

河合　どんなふうに影響があったんですか。

武満　ぼくが小学校に行ってるころに、一高の寮に入ってたんです。文甲っていうんでしょうか、駒場の寮にいて、ときどき休みのときだけ朴歯《ほおば》の高下駄を履いてカランコロンと音立てて帰ってくるんです（笑）。汚いマントを着てね（笑）。

それで、今思えば非常に幼稚だったんですけど、メンデルスゾーンの「バイオリンコンチェルト」とか、ベートーヴェンの「月光ソナタ」とか（笑）。きわめてポピュラーな名曲を手回しの蓄音器でかけて、「諧調《かいちょう》だな、諧調だな。おい、聴け」とかいってました。なんてつまんないもんを聴いてんだろうと思ってましたけども、やはりそれの影響は受けたみたいですね。

河合　伯母さんというのはどういう人だったんですか。

武満　つまり、ぼくといちばん仲のよかった従兄弟を溺愛《できあい》してましたけど、不幸せな人だったように思いますね。生田《いくた》流のお師匠さんだった。いい伯母ではあったんですけど、非常に何か、母親代わりで厳格で……。息子たちは独立したり、一高の寮に入ってたりしてましたから、ぼくがほとんど伯母と一緒にいたんです。

伯父が道楽者でどっかに女がいたりするような人だったもんですからね、ときどきヒステリーを起こすと、ぼくがいじめられるんじゃないけど、ま、怒られたりしましてね（笑）。だから、ぼくは、なぜか琴っていうものに対して嫌な思い出がある（笑）。後になって、日本の音楽というものに非常に興味を持っていろいろやり始めたけれども、琴っていうのだけは未だにまったく何もやったことがないんです。いくら頼まれても作曲する気がないですね（笑）。

河合　そうですか（笑）。

武満　琴は、自分も触ったことがあって、いちばんよく知ってるんだけど、ちょっと……。

河合　しかし、そういう意味では、日本の音楽と西洋の音楽と両方聴いておられた。

武満　そうなんです。

河合　ベートーヴェンとかメンデルスゾーンとか聴かれたのは、何歳ぐらいのときですか。

武満　小学校一年ぐらいのときですね。

河合　でも、音楽をやりたいと思うようになったのは……？

武満　もっともっと後です。戦争も終わりに近いころ。ただ、戦争中も音楽は聴いてました。戦争末期、勤労動員に行ってるところで、一年間ぐらい兵隊と一緒に暮らしたことがあるんです。そこの見習士官の学徒出陣の兵隊が、ぼくらに内緒でシャンソンなんかのレコードを聴かせてくれた。非常に感動しましたね。動員に行ったところで終戦になったんですけど、もう学校へ行く気持ちはなかったし、何としても音楽をやりたいというふうに思った。

河合　それもクラシックでしょう？

武満　そう。どうしてもクラシック。ベートーヴェンみたいな音楽をやりたいと……。それは、たぶん従兄弟の影響だろうと思うんですけど、でも、最初はね、会社員になりたいって思ってたんです。

河合　へえ、そうなんですか。

武満　中学のとき、戦争中ですよね。教練というのがあったでしょう。教練の点が最低で、可だったんです。当時は教練が可だと、上級学校には進学できなかった。それで、進学して大学へ行ったりするってことを、自分の中で、もうすっかりあきらめて……（笑）。

河合　それで会社員になるのもあきらめて……（笑）。

武満　そう。というより、電気もないような半地下壕《ごう》みたいな宿舎で内緒で聴かせてくれた音楽にすごく感動した。宿舎の毛布をみんな持ってきて、それにくるまるようにしてね。今聴いたらひどい音なんでしょうけど、小さい音にじっと耳を傾けた。

河合　その感激、すごくよくわかりますね。

武満　体の中に全部の音がしみ込んでくるみたいで、こんなきれいな音楽が世の中にあるのかと思った。

河合　ぼくはね、そういう国となぜ戦わねばならないのか、不思議でしようがなかった。向こうは敵で鬼のようだと習っていたんだけれど、その敵で鬼のような向こうの作ってるものが全然違うでしょう（笑）。

武満　そうですね。とにかく感動しました。それで、何としても音楽をやりたいと思った。

自由にほっぽっといてくれた母

河合　お母さんはどんな人だったんでしょう？

武満　非常に変わった女性でした。伯母とは十歳も年が違うんですけど、かなりリベラルな人でした。パーマネントが始められりゃ自分がまっ先にかけるみたいな人で、そのくせ日本の軍部批判とかいうのを大きな声でしゃべったりした。変わり者だったんでしょうけど、変わり者といえば父もまた相当だったらしいんです。

河合　お父さんのことはいくらか記憶にございますか。

武満　ほとんど母から聞いてできたイメージなんですけどね。母にいわせれば、父は、普通の保険会社に勤めていたサラリーマンだったそうですけど、今でいう脱サラのはしりみたいな人で、会社へはあまり行きたがらなかったそうでした。

玉突きやダンスがうまくて選手だったりとかで、すごい遊び人だったらしいんです。父が亡くなるときに、「徹は絶対に会社員にしてくれるな」といったそうですけど（笑）、ぼくが会社員になりたがったのは、それに逆らっていたんですね（笑）。

河合　教練の成績や兵舎で聴いた音楽が、お父さんの遺言を守る結果になった（笑）。

武満　そうですね（笑）。

河合　お母さんのリベラルな面といいますと？

武満　父が死んでから東京に来まして、一人で働いていたんですが、ぼくは伯母の家にいて、家が、そうですね、歩けば三、四十分というところにいたんです。戦争中だったんですが、フランス映画なんかやってるところがありましてね、ときどき母に連れられて観にいきました。

河合　そうそう。ありましたね。

武満　「格子なき牢獄」とかですね。母はそういうものも観るのが好きで、ぼくをよく連れてってくれました。それで、ぼくも、映画好きになったりしたんですけど。

河合　お母さんのそのリベラルなところというのは、どのあたりからきてるんですか。その歴史は？

武満　母は山口県、長州の出身なんですけれど、母方の祖父は漢学者で、すごい厳格な家だったらしいんです。けれども、母は、女学生時代からコレスポンデンスクラブに入って外国と文通したりとか、アメリカに行きたいとか、ま、一種の不良少女だったんじゃないかと思いますよ（笑）。

河合　しかし、そういうリベラルな女性たちというのは、そのころの年代の人たちにある程度いたように思いますね。

武満　そうみたいですね。

河合　まだいちばん、何ていうんかな、自由の雰囲気が日本の中にあったんじゃないですか。

武満　伯母なんかもかなり変な生活しているのに、母をしようがないと始終いってました。だから、ぼくは、自分の母親ってのはほんとにしようがない人なんだなと、ずっと思ってました。

河合　そういう自由な雰囲気のある人が満州なんかへだいぶ行ったんでしょうね。だから、その自由さがまだちょっと日本離れしているっていうか、あっちへ行った人には、それがありますでしょう。そういう感じ、お父さんにはもちろんあったでしょうしね（笑）。

武満　一度母のところへ泊まりにいったら、ちょうど空襲になっちゃった。焼夷弾《しょういだん》が落ち始めて……。ぼくは、外へ逃げなきゃなんない。で、何を持って出よう……。ちっちゃな家に住んでたんですね。そしたら、父の位牌《いはい》があったもんですから、ぼくはとても大切なものだと思って、仏壇からそれを取って出ようとした。すると、母が、「そんなものを持って出ても今さらしようがないでしょう」って、ぼくの取ったその位牌をボーンと外にほうったのをよく覚えている。

河合　そらすごいですね（笑）。

武満　ほかにもっと大事なもんがある。

河合　象徴的ですね。

武満　それは、ぼくもびっくりしましたね。

河合　ほんとにそうでしょうね。

武満　そのときに、おかしな話ですけれど、ぼくが久しぶりに母のところに泊まりにいくというので、母がどこからか小豆《あずき》と砂糖を手に入れて汁粉を作ってくれて、いざ食べようというときだったんです。そこへ空襲、灯火管制で暗くして、食べるどころじゃなくなった（笑）。それでぼくが最初に位牌を持ったらだめだといって捨てられて、しようがないから汁粉の鍋を持って出たんですけど、それを戸口でつまずいて全部道にこぼしてしまった（笑）。もうガックリしたことがありました。

河合　よくわかります。そら実感だ。

武満　その母も一九八四年に亡くなりました。七十八で。

河合　そうですか。でも、そういうお母さんですから、音楽やりたいといわれたことに関しては、反対ではなかったんですね。

武満　ええ、反対じゃないです。でも、母はぼくの音楽を一回も聴いたことがありません。

河合　そうですか……！

武満　ぼくの最初の作品が日比谷公会堂で演奏されることになって、きっと喜んで来てくれるだろうと思っていたら、「聴きたくない」っていいましてね。母は、ぼくの音楽をまったく知らなかったと思います。

河合　そうですか。

武満　ただですね、ぼくが映画の音楽なんかをやると、それは見るんです。だから、それは知ってるんです。純粋なぼくの作品に関しては、「そんな金になんないものをやっても……。そんなものは聴きたくない」って。

河合　位牌のたぐいですね（笑）。

武満　「うんとお金になる映画の音楽をやったほうがみんな喜ぶのに、何でそんな頭の痛くなるようなことをやって、自分で苦しんでんのかわかんない」っていってました（笑）。谷川俊太郎なんか、「君のおふくろは見事だよな。全然来ないんだから」（笑）なんて、いつもいってました。

河合　ほんとに見事な人ですな（笑）。

武満　でもね、ぼくが音楽家になって何年かやってきて、ぼくのところへ、作曲を勉強したいといってくる若い人がいるんです。そのほとんどが親に連れられてくるんですね（笑）。どっちが一生懸命なのかっていうと、母親のほうがもう夢中になって、どうかよろしく、どうにかならないでしょうかというんですね。ほとんどが親離れ、乳離れしていない。

もしぼくの母親が、ま、女手一つでぼくを育て、音楽家になったぼくを後ろからステージママのように一生懸命やれなんていわれたら、ぼくはとてもできなかったと思いますね。

河合　そうでしょうね。

武満　ほっぽり出されて一人でやってましたから、その点は大変感謝してますけども。ま、最初はずいぶん冷たい人だなと思いました。

河合　とくにいちばん初めの発表会なんかね。

武満　ええ。ほんとに嫌なんでしょうね（笑）。

河合　それはわかりませんけど（笑）。ほかに、そうですね、お父さんの思い出などは？

武満　断片的なことですね。人間的な関係というのはあんまり覚えてなくて、父の場合でいうと、父が家で玉突きをしている姿とかですね。

河合　玉突きはよほど上手だったんですか。

武満　よほど上手だったらしいですね。日本のいろんなチャンピオンだった人を教えたらしいですから。

河合　そうですか（笑）。

武満　不思議な曲打ちとかもできたそうです。それに、社交ダンス。父と母が大連でコンテストに出るダンスのステップを、夜に細かい紙に作ってたのを覚えていますね。はんこのように足型をつけてくわけですね。

以前に草柳大蔵《くさやなぎだいぞう》さんがぼくのことを書かれたことがあって、それを読んで知ったんですけど、父と母が汽車でどこかへ行くとき、ずっと通路を二人でダンスして行ったらしい。嘘か本当かわかりませんが（笑）。ま、そこまで非常識ではないと思うんですよね（笑）。でも、かなり変な夫婦だったらしい。だけど、父はとても音楽が好きだったようですね。

河合　そうでしょう。それだけ踊れたらね。

武満　家でジャズなんかのレコードをかけてたのは覚えていますよ。

ピアノも英語も独学だった

河合　音楽的な勉強をされたのはいつごろからですか。

武満　音楽的な勉強というのはまったくしてないですよ。どうして音符が書けるようになったのか、自分でもよく覚えてないんです。ま、自分が音楽をやろうと決めてからは、ラジオなどの音楽放送を注意して聴いたりしてました。その当時ちょっと体を悪くしたものですから、米軍の進駐軍放送を病床でいつも聴いてました。昼間はずっとクラシックをやってたんですね。

河合　そうでしたね。

武満　何回も同じ曲をやるんですね。神田の古本屋さんで楽譜を見つけるとね、これはこのあいだ放送してたやつだから何とかして買おうと思って……。買ってですね、で、見たりして、そういうふうにして覚えてった。だから、今も本当には何も知りゃしないんですよ（笑）。この楽器はどこからどこまで音が出るかなんてのもやっと覚えたくらいで（笑）。

河合　すごいですねえ。しかし、作曲を実際にされたのは何歳ぐらいからですか。

武満　動員に行ったときに、クラスのだれかが作った詩に、ぼくが節をつけて、みんなで歌ったりしました。近所に農業会というのがあって、購買に可愛い女の子がいて、みんなが目をつけてた。そこで、購買娘の歌なんてのをぼくが作ったりしてね。そういうのも作曲っていえば作曲ですからね。

河合 今の流行歌みたいなものですね（笑）。

武満 何しろ、どうしてだかぼくは、ベートーヴェンみたいな音楽を作曲したいと思ってた。ああいう音楽は日本にはないんだろうと思ってたんですね。きっと自分がいちばん最初と思ってたんですよ。

でも、とんでもない話でしてね。終戦後にいくつかシンフォニー等を発表したりした音楽会がありましたから、ああ日本にも作曲家は何人もいたんだとびっくりしたんだけど、何ともいえずうれしかったですね。あ、自分の仲間がいた、この人たちもやってんだからぼくもできるなと思って。若いときは自分のことしか考えてなかったから、平気で舞台に出たりしていた作曲家に、ぜひ話をしてくださいとか声をかけたりしてね（笑）。

河合 最初に作曲されたのはピアノ曲ですか。

武満 そうです。一九五一年。そのころからいくらか作曲家とも付き合うようになった。谷川俊太郎なんかと知り合ったのは、それからしばらくしてですけど、ぼくの場合は、音楽を始めて早くからいろんな友人と知り合ったりだから、そういう点では非常に恵まれてましたね。

河合 そのころの交友関係というのは、すごく意味がありますね。

武満 ええ。とっても刺激を受けました。谷川俊太郎なんか、その当時は、音楽的知識っていうか教養はぼくよりもずっと深かったですね。何しろ子どものときからピアノを習ったりしてたから、全然違うわけです。うらやましくてね。

河合　そらそうですね（笑）。でも、ピアノなんかどうされたんですか。

武満　これが問題でね（笑）。

河合　そうでしょう。

武満　ピアノなんてなかったから、欲しくて欲しくてね。ま、ないからしようがない。そこで、今から考えるとほんとに不思議ですけど、外を歩いていて、ピアノの音が聴こえれば、必ず「ごめんください」って行きましたね。

河合　は……？

武満　「申し訳ないんですけれど、五分でいいですからピアノに触らせていただけないでしょうか」って頼んだんです。それも十軒や二十軒てもんじゃなかった。

河合　そらそうでしょう。

武満　場所もかなり広範囲にわたって。でも、オーバーにいってるんじゃなくて、一度も断られたことがないんです。

河合　ほう……。

武満　ときにはお茶まで出してくれました（笑）。

河合　そら、お茶出しますよ。

武満　中には二、三日ぐらい使っていいですよっていってくださったりした。

河合　そういう意味ではものすごく恩人が多いですね（笑）。

武満　本当に（笑）。そういうふうに触ったのと、後はボール紙でピアノを作ってやったりしました。でも、今そういうふうにだれかがぼくに、「すみませんが五分だけ触らせてください」っていったら、「はい、どうぞ」っていえるかどうか（笑）、考えると何か忸怩《じくじ》たる思いがします。

河合　しかし、それは素晴らしい話ですな。

武満　ときどき音楽会で、「あなたでしたね」って見えられる方があるんです。すると、何ていっていいのかね。汚い格好をしてたのにどうして断られなかったのか……ずいぶんお世話になった人がいて、ね。

河合　相手の胸を打つものがあったんですね。

武満　自分のことにばかりに夢中になって……。

河合　いやあ。またそうでなかったらできませんよ。ピアノが実際に手に入るのは……？

武満　だいぶ後になってから。團伊玖磨《だんいくま》とか、芥川也寸志《あくたがわやすし》とか、黛敏郎《まゆずみとしろう》とかが、スターのようにワーッと出たころ、よくその人たちの音楽会を聴きにいって、素晴らしいとは思ってたけれど、ああいうものを打倒しなきゃだめだといってたある日、突然ピアノがぼくの下宿に運ばれてきた。黛敏郎からぼくに、ピアノが二台あるから一台使うようにって送られてきたんです。

河合　黛さんとの面識は？

武満　ありませんでした。常にぼくは批判してましたからね。それでも黛さんはぼくのことを聞いてたのでしょうね。それで、ぼくは、すぐに黛さんのところへ行った。会うと、ま、使ってくださいってことで、ね。どうしていいかわからなかったけれど、結局貸してもらうことにした。

お礼に、天台の声明《しょうみょう》の楽譜と、当時ぼくがいちばん大事にしていたインド音楽のレコードを差しあげた。それが、黛さんがだんだん仏教などに興味を持った原因になったんじゃないかと思ったりするんですけど（笑）。

河合　ちょっと悪いことをしたと……（笑）。

武満　だんだんナショナリスティックになってきたりしたから（笑）。でも、そのピアノは、ずいぶんたってから安い値段で譲っていただいたんです。黛さんは大変な恩人なんですよ。ぼくは、自分ではあまり苦労らしいことをしないできてると思ってるんですけど、確かにラッキーというか、ついてるっていうか、友達には恵まれました。みんな本当によくしてくれました。

河合　英語なんかはどうして覚えました？　中学時代というのは、もう戦争ですから、ほとんど勉強しなかったでしょう。

武満　ええ、まったく独学です。ぼくの英語はもうめちゃくちゃなんです。あのころ、銀座にキャバレーみたいなのがずいぶんあって、米軍の基地へ行って買ってきたタバコやキャラメルをそこへバーンと売ったりしてたんです（笑）。そのときにアメリカの兵隊が横浜で働いたらもう少しいい金になる、クラブなんですけど、そこへ行けばピアノもあるといったので、まる一年間、そこに泊まり込んでボーイをやりました。英語はそのときにね。

河合　そうすると、英語もピアノも両方できたわけですね（笑）。

武満　そうなんです。そのときに、アメリカ人っておもしろいと思ったのは、兵隊が缶ビールの箱とかをチェックするわけですが、ぼくが日雇い労働者の人たちに、みんな年取った人たちでしたから、箱の蓋《ふた》を開けて何缶かあげるわけです。すると、すぐに見つかって、ものすごく怒る。ところが、ワンケースごとあげたら、全然わからない（笑）。

河合　なるほど、確かにそうですな（笑）。

武満　GIたちが日本の女の子を連れてくる。酔うと、GIたちが、缶ビールを振って、パッと蓋を開け、女の子にアワをかけるんです。女の子はキャッキャッと笑ったりしてるんで、女性観がずいぶん変わったんだけど、一緒に働いてた予科練《よかれん》上がりのやつがスッと行って、そのGIたちを順番にやっつけてしまった。空手なんかをやってたとても強いやつなんだけど、のしちゃった。すると、周りにいたアメリカ人が全部、拍手をした。あのときは、アメリカ人ってのはおもしろいなと思いました。日本の兵隊だと、そんなことは絶対になかったでしょうからね。

河合　外国の文化の接触のしかたも、なかなか体験的だった（笑）。

武満　そんな具合に、体験的に英語を覚えてったわけです。

河合　青年期のその辺に比べて、小学校の思い出というか、楽しいこととやうれしいことってのはあんまりないんですか。

武満　楽しいこと、うれしいことっていうのは、ほとんどないんですね。伯母と伯父のことってのが、自分の中にいろんなことを作っているように思うんですが、伯母は、伯父がすごくめちゃくちゃなことをしたもんですから、それに従兄弟も自殺したこともあって、精神分裂病になって、完全におかしくなったんです。

河合　気の毒ですね。

武満　最後は、病院に入って、何も食べなくなって亡くなりました。小学校のころというのは、そういう嫌なことばっかりの中にいたもんですからね。でも、ぼく自身の家庭というか、父親は早く死にましたけど、母親は伯母とは正反対にまったくカラッとしてましたから、ぼくは両方を知ってるんです。

今の自分があるのは……

河合　初めにベートーヴェンがすごく大事で、ベートーヴェンのごとくなろうとされたんですが、結局は日本人ですから、日本のものも出てくるわけだし、その辺はどんなふうになっていましたか。

武満 ぼく自身はやはりどうしても外国音楽がやりたかったし、日本的というのはすべて嫌だった。でも、ある日、たまたま文楽《ぶんらく》を聴いて、非常にショックを受けた。すごいもんだ。こんなにおもしろいもんがあるのだと知りました。ことに太棹《ふとざお》と太夫《たゆう》の浄瑠璃《じょうるり》にびっくりして、これはやっぱり日本の音楽についても勉強しなければだめだと思ったんです。

河合 確かに我々も同じだけど、初めは西洋のほうにすごく憧れて、そして西洋流の世界へ行って、西洋を通じてもう一度日本へ帰ってきたり、あるいは日本を見直したり……。

武満 ぼくは、それはとてもよかったと思ってますね。日本を知ったのは、何を勉強したというのじゃないけれど、それでもヨーロッパの音楽を知ったってことで日本を見ることができた。

河合 そのヨーロッパ音楽の表現の方法とか技法とかいろんなものがあるわけだけれど、そういうものと日本のものとか、あるいはヨーロッパの音楽そのものとか、その辺の絡み合いとか混合とかいうことになると、なかなか大変でしょうね。

武満 ほとんど不可能じゃないかというふうに思ってますけど（笑）。ま、全地球的に見てて趨勢《すうせい》は、いずれはグローバルの一つのものができてくるだろうけれども、それを急いでやるとまずいことになりますね。

河合　急ぐと、土台抜きになってしまいますから、やったことにならないというか、そういう感じがするんですけどね。分野が違いますけど、ぼくらも同じようにその辺は悩んでいるから、本当に大変で。

武満　やっぱりいろんな地域の文化をもう少しはっきり見つめてからじゃないとだめなんじゃないかと思いますね。

河合　そうそう。

武満　ただ、最近の日本の伝統的な音楽をやってる人たちの音感の悪さっていうのは目に余るというのか耳に余るっていうのか、ひどいものになってきてるんですねえ。いちばん肝心な音に対しての、音楽家としての音感とか、日本の音楽がもともと持ってる音感というのが、ものの見事になくなってきている。ものの見事になくなってきているというのは悪い言い方ですけど、全然だめなんですね。どうしてなのかな……。

河合　それは、これからのものすごい深刻な問題でないでしょうか。食べ物の味でもそうですし、知らない間に少しずつ変わってしまって、まったく意識してないけども、ものすごく変化しているわけでしょう。音なんかの場合でも、本当の耳のある人はわかるけど、そうじゃないかぎりはまさに拍手喝采で（笑）。

武満　変わってくってことはいいと思うんですけれど、その変わり方が問題であってね。

河合　そうです、そうです。それから、変わってることを意識してるかどうかがすごく問題だと思うんです。

武満　今は逆に、欧米人のほうが、自分たちが捨ててったものに対してもう少し真剣になって、近代化のプロセスの中に落っことしてったものをもう一回もう少し真面目に見ようとしてますね。ところが、日本の音楽家たちのほうが、逆に自分たちのいいものを落っことしていってる。

河合　それはしかし、小さいときからそういう音を聴かないわけないでしょう。

武満　そうなんです。それがいちばん大きいことなんですけど。それと、生活のしかたとか、そういうこともあるかもしれません。

河合　ええ。

武満　ただ、ぼくは必ずしも日本のものがすべていいと思ってるんじゃないんです。我々は人類なんだけれども、今、人類っていう言葉は必ずしも抽象的ではなくて、かなり具体的になってきているでしょう。だから、人間全体が生きるってことを考えたときに、今の日本にあるローカルな文化が持ってるものっていうのは、ある意味ではかなりサジェスティブなとこがあると思うんですね。ある困難に対して。

河合　そうなんです。

武満　日本だけじゃないですけど、いろんなアジアのものでも。

河合　そうですね。

武満　それはもうちょっと真面目に、ことに芸術音楽などというものをやってる人間は、もう少しそのことについて真面目に考えないといけないんじゃないかと思いますね。

河合　そういうローカルなものなんかが土台になって、しかも人類というものになるんですけどね。そこのところがちょっと一足飛びになってしまうから変になってしまうような感じがあるんですがね。そういう点では、その伯母さんのことも案外役に立ってるかもしれませんね。

武満　（笑）そうですね。

河合　非常に深いところで……。

武満　伯母の影響ってのは、ぼくは非常に強いと思うんですね。

河合　ねえ。そらすごい。作られるものにしても、その小学校時代の体験というのは案外おもしろいかもしれませんね。

武満　ぼくは、ひそかにそれを思い出し思い出ししていつか、ま、小説じゃないんですけれど、書いてみたいと思ってるんです。でも、まだだいぶ生き残ってる者がいるもんですから（笑）、ちょっとあんまり正直に、こう裸では書けないようなところがあって……。

河合　そうですね。そういう点では、このごろはすぐに何でも父親と母親に還元して両親との関係がどうのこうのというけども、そんな簡単なもんじゃなくて、子ども時代のものっていうのは、もっとすごい広いものと接触していると思うんです。

武満　そうですね。

河合　その点で、お父さん、お母さんとの関係じゃなくてあった子ども時代というのは、すごいもんじゃないですかね、やっぱり。

武満　河合先生のこの対談シリーズをいくつか拝見してですね、日本人っていうのは、ま、日本人だけじゃないだろうと思いますけれど、何かやっぱり子どものときに持ってるものっていうのは、それぞれ違うけれども、何となく業《ごう》というか（笑）、似たようなものを持ってますね。

河合　あります。はい。で、それは、今いったように直接的に親子関係の中に簡単に還元できるというようなもんじゃなくて、もっとそれを取っ払ったもんの中にありますね。うまく言語化できるといいんですけど、それを感じますね。

先ほどいわれたけど、そこで実際に母と自分という中でキュッと固まっているというかね、お母さんにいわれるままに勉強するというか、そういうふうになっていくと全然おもしろくなくて（笑）、何かそこを一つ外れたとこでおもしろいことが起こってるような気がしますけどね（笑）。

武満　ぼくもそんな気がしますね。

河合　子ども時代のことは、いつかぜひとも書いていただきたい話ですな。今日は本当にありがとうございました。

「ほとんど不可能」に挑戦する人

河合隼雄

子どものころに「幸せな思い出っていうものがあまりない」という言葉で、この対話は始まった。日本人で創造的な資質を持ったものは、よほどの環境にいないかぎり、子ども時代は苦労するのではないかと思わされる。

考えてみると――別に選んだわけでもないが――今まで対談させていただいた、鶴見俊輔、谷川俊太郎、武満徹という三人の男性方は、すべて日本の高等教育とは無縁の人たちなのである。日本という国が持つシステム――目に見えぬものも含めて――が、どこかで創造的な人を拒否するようにできているのかもしれない。

もっとも、武満さんの場合はこのような背景はあるにしても、両親のもとを離れて「日本的に入り組んでいる」伯母さんの家で小学生時代を過ごされたのだから、その苦労はなかなかのことであったろう。伯母さんの教えておられた琴について、琴の作曲だけは未だにしたことがないという事実から推しても、伯母さんの家での子ども時代の生活がしのばれるのである。

しかし、人生には悪いことばかりではない。伯母さんの家の従兄弟の方からクラシック音楽への道をひらかれることになる。それに勤労動員のときに学徒出陣の見習士官から内緒でレコードを聴かせてもらったという話も感動的である。

私も武満さんと同世代の勤労動員になど行っていたので、その情景がまざまざと目に浮かんでくるのである。戦争によっていつ命を失うかわからない。そして、およそ文化的なものはすべて抑圧されている。そんなときに「内緒で」敵国の音楽を聴かせてくれる見習士官。そのとき、その音は武満少年のたましいに達し、「どうしても、ベートーヴェンみたいな音楽をやりたい」という決心が少年の心に生まれてくる。文化の流れというものは相当な迫害があっても、このようにして継承されてゆくものなのであろう。

作曲家になろうと決心しても、学資もピアノもない少年が、ピアノの音の聴こえる家を訪ね、ピアノを弾かして欲しいという。しかも「一度も断られたことがないんです」というのは、まったくもってすごい話である。そしてその後に、自分がピアノを弾いているとき、「すみませんが五分だけ触らせてください」と誰かがやってきたら「はい、どうぞ」っていえるかどうかということを付け足されたとき、武満さんの深い優しさを私は感じたのであった。

しかし、実のところそんなことは問題外なのである。武満さんは本当に静かな人である。しかし、その静かさの奥にみなぎっている気魄《きはく》は計り知れぬものがある。いざというときに、その気魄のこもった行為が出てくるとき、何人《なんぴと》といえども抗しがたいのではなかろうか。

武満さんの記憶にあまりないというお父さん、それにお母さんも共に決まりきった型には決してはまり切れぬ資質を持った人たちだったと思われる。当時ではそれを生かすこともできがたく、せめて内地を離れることでバランスをとろうとされたのかもしれない。

空襲のときに、お父さんの位牌を持ち出そうとする武満さんに対して、そんなものは止めておけといわれたところは、お母さんの生き方がよくあらわされている。位牌が大切か、汁粉が大切か。これは多くの人が人生の岐路で選択に迷うところではなかろうか。そして、この場合は位牌も汁粉も失われてしまった。つまり、このとき最も大切なのはそのような選択ではなく、武満少年の命を守ることであったのであろう。何としても生きることが大切であったのだ。

日本とヨーロッパの音楽の絡み合いという点で「ほとんど不可能」という答えが返ってきたのには大変感動した。しかし、「ほとんど不可能」はそれに挑戦するなということではない。ピアノなしで作曲することなど、だれも「ほとんど不可能」と思っていたとき、武満さんはそれに挑戦した人である。「不可能」の言葉の裏に私はすごい気魄を感じたのである。

子どもが自分の世界に閉じこもるとき

竹宮惠子
（漫画家）

おばあちゃん子

河合　お生まれは徳島の市内とか……。
竹宮　ええ。徳島駅まで歩いてすぐのところなんです。今から考えるとね、県庁のある町とは思えないくらい閑散としてました。広い農家がたくさん周りにあってね。
河合　環境としては、申し分なかった。
竹宮　そのころは、大家族制がまだ残ってたんですね。近所の友達も、大方がおばあちゃんとかと一緒に住んでました。
河合　竹宮さんのところはどうだったんですか。
竹宮　私のうちは核家族でした。大人の足で五分くらいのところに、おばあちゃんが住んでましてね。母親がしばらく共働きをしてたもんですから、妹と二人、すっかりおばあちゃん子になってました。

河合　ああ、なるほど。

竹宮　これは私の作品の中で、エピソードとして使ったんですが、握手をして帰るっていうのが習慣になっちゃったんです。

河合　おばあちゃんと？

竹宮　ええ。夕方、日が落ちるころになると、おばあちゃんは自分のうちに帰ってくわけなんですよね（笑）。もうちょっとしたらお母さん帰ってくるからねっていうことで帰っていくんです。ところが、学校から帰るのが遅くなったりすると、おばあちゃんが帰る時間に間に合わないわけです。それでどうしても握手したい、し損ねてしまったっていうんでね（笑）。

河合　無理やり追いかけていって……。

竹宮　ええ。もう道の半分も行ってるのをつかまえて、握手して、そのまま帰ってきちゃったというようなことを覚えてます（笑）。

河合　ふうん。おばあちゃんと握手するっていうのは、なかなかおもしろいね。

竹宮　それとかね、夜、寝かしつけてもらうときに、おばあちゃんが自分のほうを向いてくれなきゃ嫌なわけです。添い寝してもらうのに。それで、最初じゃんけんして、妹が勝つと、背中向けられた私はエプロンの紐《ひも》を持って寝るんです（笑）。

河合　おばあちゃんはどのぐらいの年齢になるんかな、やっぱ、握手っていうのがぴったりするぐらいの年齢ですかね（笑）。

竹宮　んー、どうなんでしょう、ぴったりというと。母が満州で生まれて、ちょうど青春期ぐらいに終戦で帰ってきたんですけど。

河合　そうですか。そうするとお母さんは、その時はまだ結婚しておられなかった？

竹宮　はい。こっちに帰ってきてから、終戦直後の結婚という感じだったみたいです。

河合　はあ、はあ。

竹宮　満州から母が持ってきた自分のものっていうのは、お人形さんだけだったんです。ドイツ人形で、今、アンチックドールといってすごく有名になっちゃったんですが、それがちっちゃいときからうちの中にあったんですね。何だかわからないんだけど、その人形が好きで。ただ、うちの母は絶対に触らせてくれなかった。落とすと割れちゃうようなもんですから、子どもには触らせないといって自分の部屋に飾ってあったんです（笑）。

河合　ふうん。それは、お母さんの宝物だったわけですね。

竹宮　そうです。だから、こっそりその部屋に入っていって（笑）、その人形にいろんな格好をさせて遊びました。人形の手足の関節が自由に曲がるのがとてもアクティヴで好きだったの。母は、自分が死んじゃったらあげるからって常々いってました。

河合　で、その人形はどうなりました？

竹宮　ええ、今はうちにありますけど。

河合　それをもうもらわれた。お母さんは亡くなられたんですか。
竹宮　いえ。
河合　そうじゃなくて。
竹宮　奪い取っちゃった（笑）。
河合　なんとひどいことを（笑）。
竹宮　昔から好きだったもんで、出来心で（笑）。
河合　妹さんは文句をいわなかったですか。
竹宮　いえ、全然。いわゆる日本のお人形というのは可愛いっていう、漫画に近い感じですけど、そのお人形は目玉とか睫毛《まつげ》とかがあってやたらリアルだったもんですから、あんまり好まなかったみたい（笑）。
河合　竹宮さんは、そのむしろリアルなとこが好きだったわけですね。
竹宮　そうですね。なにしろ、手足が曲がるっていうものを最初に見ちゃったから、ほかのものでは満足できなくなってしまって（笑）。
河合　ところで、児童文学には人形がしばしば登場しますけどね。漫画ではどうなんでしょう。
竹宮　私はよく使うんです。アンチックドールが好きなもんですから、人形をネタにして。SFの中でもね。今から百年後にまだアンチックドールがあるという設定で作っちゃったりする。

河合　なるほど、なるほど。

竹宮　だから、私が好きなのをファンのみなさんはご存じで、いろいろ下さるんです。

父の転職

河合　小さいときは、お母さんよりもむしろおばあさんの思い出のほうが大きいですか。

竹宮　そうですね、うちの母は、その大陸生まれのせいかどうかわかりませんが、性質がすごくサバサバしてるんですね（笑）。位牌を捨てられたっていう武満さんのお母さんによく似てます。あんまりサバサバしてて、愛情をかけられたという感覚がないくらいです（笑）。まったく現金な母親でね。損得勘定で娘とも付き合ってたみたいなとこがあって。

河合　ええ（笑）。

竹宮　もうあけっぴろげなんです、すごく。だから、感情に行き違いがあったなんてことはなかった。

河合　妹さんのほうはどうでした。

竹宮　妹にはやっぱりシスターコンプレックスみたいなものがありました。長女と比べられるのが嫌だったとかね（笑）。

河合　お母さんは、わりあい言葉でスパスパというてしまわれる……。

竹宮　そうなんです。傷つけてるとも思わずにズバズバいっちゃって。で、まあ、妹は多少暗いとこもあるんでしょうか（笑）、それに対して反抗的にはなれなかったらしく、高校を出るころになってようやく、あのときこうだった、ああだったが始まったんです（笑）。

河合　竹宮さんは小さいころからいっておられましたか。

竹宮　ええ。ただ、いうというより、その必要をあんまり感じなかったんです。親に誤解されているとか、はっきり理解されてないとかいうことに関しては、ことさらそれをただしたりしませんでした。そういう意味では、最初っから離れた感じで。

河合　普通いわれてる教育ママ的なののまるきり逆。

竹宮　そうなんです。母は自分のお店をやりたいもんだから、そっちに一所懸命で（笑）。娘はかまってもらえなかったから、まったく勝手なことを考えてたんですね。母も中原淳一の絵なんか好きで描いてたんですけど、私が描いても無関心（笑）。

河合　お父さんも絵をお好きだったんですか。

竹宮　はい。父もスケッチを楽しんでましたね。でも、母と同じで、私の描くことに何にもいわなかった（笑）。

河合　お父さんのご職業は？

竹宮　いろいろでして。戦前は倉敷紡績だったかな。戦後は、建設会社とか、レコード店の店長とか、家具屋さんの営業とか、ほんとに転々としてるんです。考えてみると珍しいんでしょうが、父の職業に関しても、私は全然気にしなかった。転々としないほうがいいという(笑)世間のあれをね。

河合　(笑)やっぱり世間離れしてますなあ。

竹宮　そうですねえ、結果的にそうなっちゃったんでしょうが、うちの父親はとっても堅いんで、その自分の状態っていうのがすごく嫌だったろうと思うんです。

河合　なるほど、なるほど。

竹宮　そういう意味では、うれしそうじゃないなという感じはしてました(笑)。そういえば、レコード店をやり始めたときに私が書いた作文が残ってましたっけ。

河合　今でも残してあるというのは、何かの記念ということで……。

竹宮　転職の話なもんで、珍しいから取ってあるのかもしれないんですけど(笑)。レコードが今ほど売れてなかったころですから、成功するかどうかということでの親の心配を綿々と綴《つづ》っているんですね。先生の丸がついてました(笑)。

何となく母離れしてしまった

河合　小さいころは目立つ子でした?

竹宮　書き方ではまあまあでしたが、ほかのことではあまり目立たなかったんです。ほんとに目立たなくて(笑)どうしようもないという。

河合　そうですか。へえー。

竹宮　個性のない小さいころだったんです。

河合　先ほど、サバサバしてるお母さんの話を伺いましたが、竹宮さんのお母さん離れを端的に示すようなエピソードがありますか。

竹宮　何かなあ……。何となく自分で勝手に思ってるんですが、妹が三つぐらいのときのことですけど。二人で台の上でふざけ合っていて、故意にではなく、ただうるさいからとバンとやったあげく、妹を落っことしちゃったんですね。何針も縫うような怪我をさせて、そのときすごく怒鳴られたんです。でも、怒られてる感覚っていうのがすごく希薄でした。で、心配するという気持ちもいまいち起きてこなかった、妹に対するね（笑）。

河合　確かに、人離れしてしまっている感じがあったんですね。

竹宮　そのときあたりからじゃないかな、お母さんから何となく離れちゃったのは。当時は近所のお姉さんに可愛がられたらしいんですよ。愛想がとってもよかったのにどうしてこういう子になっちゃったんだろうって、今はいわれてるんですけど（笑）。

河合　子どものときはそうじゃなかった。

竹宮　なんていうんでしょう、必要がなければしゃべりたくないという性格になっちゃってるんですね、今は。そのころ、近くに伯母がいましてね。その伯母との間っていうのが、とても精神的に近かったんです。

河合　その伯母さんのいわれたこととかで、印象に残っていることありますか。
竹宮　その人がお正月にたとえば木瓜《ぼけ》の花を生けると、それが咲いてくるのを見て、「可愛いわね。こんなちっちゃい花でも務めを果たすんだから」っていうようなことをいうんです。それがとても印象的ですね。
河合　はあ、なかなかこまやかな方ですねえ。
竹宮　私は別に母と何かあったわけでもないんですが、小学校のころ、ほら、何ていうんでしょうか、いつもの範囲じゃなくて、突然遠出をしたくなるってこと、よくあるでしょう（笑）。
河合　あります、あります。
竹宮　で、そういうときの最初の行き場所に伯母のうちを選んだんです。
河合　ああ、どのぐらい歩いていくんです？
竹宮　大人の足で十五分くらいかな。ただ、行き道を覚えてるかなということにすごく興味があったんです。どうしてもそこに行きたくなって、行けるかどうかわからないというスリルを味わいながら（笑）。で、着いたら、突然ですから向こうはびっくりして。
河合　きっと、何かあったに違いない（笑）。
竹宮　親と喧嘩でも、とずいぶん心配してくれました。
河合　それはおいくつのときですか。

竹宮　二年生ぐらい。

河合　へえー、そらちょっと早いですね。

竹宮　そうですか。割と早いかな、歩き回るのは。自分の頭の中で覚えてることを実行してみるのが好きなんです。

河合　その、こう行けばこう行くだろうっていうんでやられますね。大体当たりますか。

竹宮　それは小さいときから自信があるんです。

河合　相当自信がある。

竹宮　大体間違わないですね。いつかは絶対に行きつけるという。

河合　はあ、おもしろいですね。それは、いわゆるちゃんと地図を知っててやるのとは違うやり方ですか。

竹宮　違います。まず最初に自分でも感動しちゃったのは、東京に修学旅行に行ったときのことでね。門限ぎりぎりまでとにかく遊んでこようっていって、夜の銀座に出ていった（笑）。地下鉄から本郷の宿までの道一回しか通ってないんですが、行きと逆のコースを時間がなくて走りながら帰ってきたんです。友達もみんな一緒だったんですけど、私が絶対こっちだといって走り続けて、一つの無駄もなしで宿へ着いたんです。

河合　はあー。

竹宮　で、そのとき、私は自分で……。

河合　感激でしょう。
竹宮　びっくりしました（笑）。
河合　それは素晴らしい才能ですな。
竹宮　後年、パリでも同じような出来事があったんです。不思議なんですよね。
河合　それはほんとによくわかりますわ（笑）。それはもう子どものころから……。
竹宮　そうですね。道幅とか、丘になってる感じとかをよく覚えてました。夢の中でもやっぱり同じで、同じ風景がしょっちゅう出てくるんですよね（笑）。
河合　しかし、人には教えにくい感覚ですな。
竹宮　ええ。ここに何があるっていえないんですが、行けば絶対に行けるという確信はありますね。
河合　そうですか。それはもう非常にうれしい話ですな。
竹宮　まあ、光栄（笑）。じゃあ、河合先生もわかる方なわけですか。
河合　いや、そうじゃないんですけど、私は、竹宮さんはそういうタイプだろうと思ってたんです。漫画からね。だから……。
竹宮　ほんとにはっきりとそれだけはあるんですね。

人と違うことを寂しく思ったことはない

河合　自分がいろいろわかってることを人に伝えるのに、伝えようと思ってもわかってもらえなかったとか、あえてあんまりいおうとしなかったということはありますか。
竹宮　そうですね。どうせわからないから、みんなが（笑）。
河合　そういう点では、先ほどいわれたように、だんだん無口になってくるというか、愛想が悪くなるということなんですね。で、いつごろから愛想が悪くなりました？
竹宮　答えにくい（笑）、ん……。
河合　思春期よりもっと早いんでしょうね。
竹宮　小学校ぐらいからそうでした。
河合　あ、そのぐらいからね。そういうのを自分で持ち続けて、人にもいえないし、通じないしということで、学校に行かなくなるってことがあるんです。
竹宮　ああ、ええ。
河合　そういう子どもたちは、竹宮さんの漫画ですごく救われてるわけですよ。
竹宮　あ、そうなんですか（笑）。
河合　はあ、ものすごく救われてる。それはもうたくさんの子どもが助かってます。
竹宮　何を救ってんだか、よくわからない（笑）。そういう孤独感ていうか、孤高な感じっていうのがあったんですね。
河合　そうそう。
竹宮　自分でいうのも何だか……。
河合　いや、わかります。それが孤高のほうに行くと生きていけるんですけどね。
竹宮　ああ、そうですか（笑）。
河合　落ち込むと学校に行けなくなるんです。孤高だったら学校に行ってられるでしょう。黙って行ってるわけですよね（笑）。
竹宮　うん、人と違うことを寂しいとは感じなかったです。
河合　孤高とは違う表現をするなら、乾いているというか……。
竹宮　ええ、乾いてますね。自慢とも思いませんし。
河合　そうそう、そうです。自慢でもないし、これしようがないんでね。
竹宮　よくいうんですけど、運動場におっきな顔、自分が描けるだけ大きい絵を描いて遊んだりとかね。
河合　はあー。
竹宮　滑《すべ》り台の上から見ないと実態がつかめないような絵をね（笑）。
河合　ああ、なるほど。
竹宮　だから、それを描いて見てもらおうとか思わないんです。道路で描いてて、通りすがりのお父さんとかが「うまいね」といってくれることのほうが好きだった（笑）。

河合　なるほど、なるほど。だから、お母さんはあまり「うまいね」なんていわないし（笑）。それで、描くことへの情熱はいつごろから？

竹宮　中学あたりがいちばん湧きました。少女漫画が週刊誌で出始めのころです。友達と一緒に似顔絵を描くこと始めたんです。下敷きにマジックで描いた絵を見た美術の先生が、「あ、こんなの好きなの？」って、教室で持ちあげていってくれた。それだけでその先生が好きになって、その先生がやってる部活動なんかただただ追い回したりしてました。とにかく、学校が終わると、家に飛んで帰って漫画を描いてる状態が続いてました。

河合　そのころからストーリーはあったんですか。

竹宮　はい。五年生ぐらいのときに、コマ漫画みたいにして続き漫画にせりふをつけて描いてったんです。とにかく、小さいときから白い紙を与えとけば静かなんだといつもいわれてたんですね。中学に入って、毎日毎日、藁半紙《わらばんし》に日記のように描き続けたんです。

河合　ほんとにやらずにおれないという感じでしょうね（笑）。それはそれとして、学校へは一応行っておられたんですか。

竹宮　そうなんです。うちはそんなに教育的な家庭じゃなかったから、そこそこの成績を取っていればよかったんです。だから、もう、ひたすら……（笑）。中学から高校にかけて、シリーズものを一つ描きましてね。一篇三十枚ぐらいのものが八十数話。

河合　すごいですね。
竹宮　プロになろうと決めたときに、それを焼いちゃいましたけど。これはやっぱり心情吐露であって、人に見せるもんじゃないと。
河合　それは残念ですなあ。博物館に入れときゃよかったのに（笑）。でもそれをまた焼かれるとこが、何ともいえず楽しいですなあ（笑）。ちなみに、そういうものを絶対に置いといて、後々まで見せ歩きたいタイプもいるしね。中には、自分が死んでからできる博物館の夢まで見て直しとく者もいる（笑）。
竹宮　まあ、そこまでは……。
河合　そして、正式に応募されたのはいつごろですか。
竹宮　高校三年のときでした。十七歳ですね。

『風と木の詩』ショック

河合　漫画以外で、心を惹かれる趣味はありませんでしたか。
竹宮　お人形作りとか、切手集めとかもしましたが、みんながしてるからというだけでした。収集はだめなんです。漫画ですらも収集に関してないんですね。収集に関しては、何だか見切りをつけてしまって。
河合　そんなに熱心じゃなかったんですね。ほかに、夢中になったものはありますか。

竹宮　いちばん夢中になったのは、「鉄腕アトム」のテレビアニメですね。手塚治虫先生が漫画をどうにかしてくれようとしてる人だっていう認識がすごく強くあって。

河合　そうでしょうね。

竹宮　これを見なかったら漫画ファンじゃないという（笑）規律を作って、見逃さないようにしてました。家じゅうと大喧嘩して、家族旅行に行かないで見てるとかね。阿波《あわ》踊りにも行かないとか（笑）。たった三十分のために他を全部犠牲にして見るというくらい熱心に見てました。もうほとんど宗教だったような気がするんです。

河合　そういうときは自分の意志をきちんと通されるんですね。

竹宮　それはすごい頑固《がんこ》です。だんだんそのあたりで、漫画に関することだけにはすごく頑固になってったような気がするんですね。で、大学やめて。

河合　大学は行かれたんですね、一応ちゅうか（笑）。

竹宮　一応、徳島大学教育学部。

河合　へえ、感激ですな。ぼくも教育学部ですからね（笑）。

竹宮　そうですか（笑）。

河合　ぼくもそのうち漫画描くんじゃないかな（笑）。

竹宮　教育学部っていってもね、ほんとに不謹慎なことで……。高校卒業間際になって漫画が入選したりしたので、就職するよりは大学に行ってるほうが漫画を描ける時間があるんじゃないかと（笑）。それだけの理由で大学を選んだ。私立に進学できる状況じゃなかったし、日本育英会の奨学金を受けたら、たまたま父親が失業中だったもんでちゃっかり通っちゃったと（笑）。

大学にいる間じゅう、学生運動を眺めることにばかり興味を持ってまして、学業のほうは全然やらなかったんです。

河合　そのころは、漫画を描くことを職業としてもいけそうな感じがあったんですね、相当……。

竹宮　はい、あったんです。いきなり連載が決まる人ってなかなかいませんからそういう意味では幸運でした。わざわざ徳島まで親を説得しに来てくれる編集の人とかいましてね。

河合　ぼくは、もちろん年齢的にもそうですけどね、漫画をまったく読まないし読んでもわからないたぐいだった。それが、鶴見俊輔さんにおだてられて（笑）、初めに竹宮さんの漫画を見てものすごくびっくりした。

竹宮　あ、そうですか（笑）。何だったのかしら。

河合　あ、こんな世界がということでね。『風と木の詩《うた》』です。

竹宮　ああ、新聞で書いていただいた……。ありがとうございました。

河合　ええ、あれを見てものすごく感激したんです。ああいう発想はすごく新しかったわけでしょう。しかし、竹宮さんが描かれたころはどうだったんですか。

竹宮　そのころのファンが、もう私のアシスタントになってる年なんですね。『風と木の詩』を新連載だというんで初めて開けたときのショックを、そういう人たちが今でも笑い話で話すんですよ。

河合　興味ありますねえ。

竹宮　みんなが一様に同じなのは、パッと開けて、パッと閉じてしまった。で、そのまま家に持って帰ったっていう子もいれば、電車の中でそうっと見たという人もいるし、いろいろエピソードがあってとてもおもしろい。

河合　そうでしょう。

竹宮　それぐらいショッキングだったのかなとは思ってますけど。

河合　いちばん初めに発表されたときには、危惧の感じというか、あるいはいけそうだという感触はどうでした。

竹宮　描き始めは、発表の七年ぐらい前なんです。その時点で描いていて、見せる人見せる人、漫画家たちはみんなびっくりして楽しんでくれるけれど、編集者は、これはちょっと（笑）という感じになってしまうんですね。あまりにも強烈で、やるんだったら覚悟もいるからっていうことで敬遠されてしまう。

河合　それで、どうしました？

竹宮　これはやっぱり時機をもうちょっと待たなきゃいけないと判断しましてね。自分の立場が強くなればどうにかなるかもと考えて『ファラオの墓』を始めたんです。その作品で何とかして人気をつりあげといて、それから、ファンに後ろ向かれてもいいからやろうと……。

河合　そら、賢明でしたね。それでわかりますわ。いちばん初めに出されるときは大変なことだと思いましたけど。

竹宮　『ファラオの墓』を盛りあげてくれた編集者は、よくわかってくれた人でした。

河合　しかし七年とは、また大変な期間を……。

竹宮　ええ。だから、しょっちゅういろんなところで、描きたいものがあるんだということはいってたんです。たとえば、一ページもらって、何でも描いていいですよっていわれると、それについてグチャグチャと不平不満を書いたりしてましたから。ファンの方は、もう待ってはいたんです。

河合　なるほど。

竹宮　で、いよいよだなっていって見たら、これだったという（笑）。でも、ほんとに怖くて、一カ月ぐらいファンレターを見られなかった。でも、誘惑に負けて見ちゃったけど（笑）。

河合　あの物語のヒントは？

竹宮　「ｉｆ《イフ》もしも…」という映画がありましたね。あのころには、もうそういうホモセクシュアルな関係っていうのにすごく興味があったんです。で、男の子二人を使って愛情をね、『椿姫』のような、ああいうオーソドックスな愛の形でいいから描いてみたい。女で描くと、どうしても、子どもができたとか（笑）、親に別れなさいといわれるとか、家庭の問題とかごちゃごちゃ……。

河合　サバサバしないね（笑）。しかし、描かずにおれないというのは、小さいときからあったあれですね。

竹宮　あ、そう、性格（笑）。そうですよ。

河合　子どものころからのそれがね、そこでガッと一つきれいに出てきた感じがしますね。

竹宮　そうですね。あれほどまでに頑固になったのは、『風と木の詩』だけでしたから。

河合　これからの希望というのはいかがですか。

竹宮　そうですねえ。少女漫画は、少年漫画の十分の一の部数なんですよね。だから、あのメジャーの影響力のおもしろさにとても興味があるんですけど。私は少女漫画のよさを失わないで、それをやってみたいと思うんです。

河合　それはいいですね。ひとつ少年漫画も描かれたらどうですか。

竹宮　ええ。もともと好きだったから、絵が何とか追いつくようになった今は、ほんとは少年漫画をやってみたいななんて思ってます。

河合　それもやっぱりまた、パッと開いて伏せるような少年漫画（笑）。いや、冗談でなく、ほんとに頑張ってくださいね。

漫画一途の孤高の人

河合隼雄

インタビューの中でも述べているが、私は漫画には無関心の世代に属している。ところが、鶴見俊輔さんのおだてに乗って読んでみて、少女漫画には感心してしまった。私はいわば他人の心を理解するのを職業としているといってもいいのだが、つねづね少女の心ほど理解できないもの、表現しがたいものはないと思っていた。それが竹宮さんの漫画には見事に描き出されているのである。おそらくこれは、少女漫画という表現形式があらわれるまでは不可能だったことであろうと思われた。

そんなわけで竹宮さんには一度お会いしたいと思っていたし、どんな方だろうかといろいろ考えていた。今回は実際にお会いして、それらの点が確かめられた気がしてうれしく思った。

竹宮さんの作品についてまず感じたことは、「内向感覚」の人ということであった。感覚というものは一般には外界に向けられるものなので、外向感覚型というのは理解されやすい。外界をよく認識し記憶する。記録など取らせるとかっちりしているし、物の収集なども好きである。ところが、内向感覚というのは感覚でありつつ、自分の内界との結びつきが強いので他人に説明するのが非常にむずかしい。それは感覚として外界との結びつきの上において確実に存在しているのだが、他人にわかるように言語のみで語るのはほとんど不可能である。

このような困難点のために、このようなタイプの人は外界との適応に困難をきたし、子どもであれば、このごろはやりの登校拒否症になったりする。（もちろん、登校拒否にはこの他のタイプもあるが。）あるいは、大人たちから見て、ちょっと変わっているが、まったくおもしろくない子と思われる、あるいはごく普通の子と見なされたりする。

登校拒否症になったり、どうもわかってもらえないと苦痛を味わっている子どもたちは、竹宮さんの作品によって、本当に救われると感じたのではなかろうか。おそらく、何千、何万という少年、少女たちが竹宮さんの作品によって――本人が意識していなくとも――癒《いや》されたことであろう。竹宮さんの内向感覚の才能は、彼女の道を覚える話の中にその特徴がうまく示されている。

内向感覚が作品に生かされるためには、外向性も身につけていなければならない。両立しがたいものが両立してこそ創造が生じるのである。竹宮さんは外向感覚と内向感覚の両方をうまくそれぞれ母親と父親とから受けつがれたと思われる。まったく素晴らしい結合である。

相反するものの両立という点でいえば、竹宮さんの場合、男性性と女性性という点についてもいえるだろう。竹宮さんはその点で自己充足的で、それだからこそ「孤高」を保ちやすいと思われる。

男性性と女性性の両立という点で、男性の方ですぐ思い出せるのは宮沢賢治である。彼も全人的な存在であった。全人的などといっても、その生活が大変なことは事実であって、何かを創り出すことによってのみ乗り越えてゆくことができるのである。賢治の場合は童話が、竹宮さんの場合は漫画がそれであった。しかし、両者ともに「物語る」という要素があるのは興味深い。内界は「物語る」ことによってのみ、その真実が伝えられるのであろう。

竹宮さん御自身もいわれたが、前回にお会いした武満さんのお母さんと竹宮さんのお母さんに何か共通のものが感じられる。日本人の創造性を考えてゆく上で、その母親の問題は相当に大切なことになるとも感じられる。

内向感覚の輝きを持って、少女の内界を描いてみせた『風と木の詩』が、発表までに七年の待機をした事実は興味深い。だれよりも、一刻も早く、何か目新しいことをあばきたてることによって作品を創ろうとする漫画界の中で、七年の期間は深い意義を持っている。人間のたましいに衝撃を与えるためには、「温める」期間が必要なのである。竹宮さんはおそらく、また数年間温められたような作品を生み出してゆかれることであろう。

子どもが思想に目覚めるとき

井上ひさし
（作家）

外では軍国少年、家では国賊

河合　今はもっぱらお芝居ですか。

井上　いえいえ。芝居じゃとても食えませんのでね。小説を書いては生活費を稼いで芝居を。そういうやり方です。

河合　お芝居で食うってのは大変ですものね。ところで、今日は、お芝居ではなくて子どものころのお話を伺いたいんです。

井上　ぼくは未だに子どもだという説があるんです（笑）。未だにガキだという説が。

河合　そうですか。もう作品にはいろいろお書きになってるんでわかってはいるつもりですけど、一応ナマの形でお話を。

井上　はい。そうですね、学校では、軍国少年風にふるまい、家では国賊みたいなことをやってましたね（笑）。

河合　は？　国賊ですか。それはまた……？

井上　おやじのことから話さなければいけないんです。

河合　どうぞ、どうぞ（笑）。

井上　おやじは、ちょうど大正デモクラシーとか、社会主義運動が日本に入ってきた初めのころに、東京の大学へ来たんです。地主の長男だったんですけど薬屋もやってましてね。薬屋ということから、今の東京薬科大学っていうのに入ったんです。そして、これはもう東北の至るところであったことなんですけど、地主の長男が東京へ勉強に出てくると、必ず社会主義に傾倒するわけですね。

河合　お父さんも同じ道をたどられたわけですね。

井上　自分の父親たちがやっている、小作人を搾《しぼ》るってことが、いかに非人道的かってことに気づくんですね。宮沢賢治もそうですけどね。それで、おやじは、できて間もない共産党に入党したんです。もう完全な共産党員になってしまった。すぐに非合法になって、彼は地下に潜ったりしたんですけど、ま、長男ってこともあって、故郷に帰るんです。故郷で何をやるかっていうと、農民運動なんですね。

河合　父親からすると、自分の息子が、自分の小作人と一緒になって、刃向かってくるわけですね。

井上　そう。それでね、大体そういう青年は、まず体が弱いんです。

河合　あ、そうですか（笑）。

井上　おやじは三十五歳で死んじゃうんです。山形の五色《ごしき》温泉ってところで開かれる共産党再建大会の準備をしててとっ捕まってたたき込まれ、拷問《ごうもん》されて、もともとが弱い体だからそれで死んじゃうんです。それまでに何度もとっ捕まって牢屋へたたき込まれていたんですけど、地主の息子だからすぐに見逃してくれてた。けれど、五色温泉での大会は、県のレベルではなく、国のレベルですからね。

河合　そうだったんですか……。

井上　ところが、そういう青年にはね、また変に理想主義的な奥さんがつくんですね。

河合　お母さんのことですな（笑）。

井上　亭主を助けるんですね。だから家は、おやじが生きていたときもそうだけど、死んでからもよく変な人が来ました。

河合　社会主義運動で追われた人たちですね。

井上　東北を一種の基地にするわけですが、そういう人たちをおふくろが一生懸命に助ける。おやじが死んでからは、おふくろが代わってそれを続けるんです。そうすると、子どものぼくも自然に変わってくる。ぼくは昭和九年生まれで軍国主義のもうたけなわのころに小学校、ま、国民学校に入ったんだけど、ものすごく引き裂かれたんですね。

河合　ああ、そうですねえ。

井上　おふくろは自分の母親ですから大事にしなきゃいけないし、そのおふくろが地下に潜った社会主義者が家に来るとかくまったりしている。地主だから家は大きいし、いろんな小屋もあっていくらでも隠せるわけです。

河合　そこで少年として悩むわけですね。

井上　ぼくは、できたら予科練に行きたいし、もっと頭がよかったら兵学校に行きたいと、とにかく学校では軍国少年としてふるまってたんです。それが家に帰ると、社会主義者のためにキップを買いにいったりしている。最初にいった国賊みたいなことをやってる。

河合　自分で自分がわからなくなるでしょうな。

井上　だから、どうしたら自分に納得させられるだろうと思ってね、つまり、子どもながらも矛盾した現実を、ま、子どものころはそうは考えてないんですけど、日記を書いたんです。当時は日記を学校から書かされたんです。だけど、その日記とは別に自分だけの日記をね。もちろん、先生には嘘の日記を出すわけです。

河合　家へ帰ると草むしりをしましたってね。

井上　実はキップを買いにいったり、いろいろしているわけですよ（笑）。

河合　そういうところから嘘を意識し始めたわけですね。

井上　そう。嘘というものに真剣にならざるをえなかった。これがいちばん大きかったんじゃないですか。母親たちのために嘘をついて自分は生きなきゃいけない。そうしないと友達とも学校ともうまくいかない。嘘を小さいときから意識しなければいけない、つまり二重生活なんですね。これが、すごくつらかった。その辺あたりからちょっと不思議な道へ踏み込んだんじゃないでしょうかね。

河合　それが、国と母だから。どっちもすごいですよね。

井上　ええ。またね、一方には言葉の対立ってのがあったんです。

河合　ほう、それは……？

井上　学校では標準語を話すように決められてたんです。ズーズー弁を、つまり父親や母親から教わった土地の言葉を使うと、バッ札をかけられたんです。

河合　バッ札？

井上　『吉里吉里人《きりきりじん》』に書きましたけど、学期の初めに教室の後ろにバッ札ってのがかかってるわけです。ズーズー弁を使ってるのが見つかると、だれでも見つけた者が「あ、何々君が使ってる」と級長に報告する。すると、級長がバッ札を一枚かけるわけですね。

河合　（笑）そんな喜劇みたいなことが本当にあったんですね。

井上　要領のいい目端《めはし》の利くのはいつも空っぽなんだけど、要領の悪いのは、もう三十枚ぐらいかけてるんですね。そういうのは、勉強もあまりできなくてね、小さいけれど顔が大人びている（笑）。ほら、よくいるでしょう、少年だか老人だかわからない顔をした少年が（笑）。家で力仕事ばかりさせられてるから、学校では居眠りばかり。実は、学校へは休みに来てるわけですね。

河合　ええ。そうです、そうです（笑）。

井上　そういうのがね、いつもバッ札を三十枚ぐらいかけてる。ズーズー弁を使ってるだれかを見つけてバッ札を渡そうなんて気など全然なくて、いつもボヤーッとしているんです。そこで、我々がね、そいつの傍でわざとズーズー弁を使うんです。そいつはそんなことに興味がないからボヤーッとしてるんだけど、「あ、おれ使っちゃった」なんていってね。

河合　バッ札をみんなで分け合うんですね。

井上　みんなで分け合い、五枚ぐらいずつにしちゃうんですね。だから先生の努力も何もなかったんだけど、そんな標準語の世界と同じで、日記というのは先生や友達に対して標準語で嘘をついて装ってる世界でした。ま、そこから一歩出ると、ボヤーッとした少年がすごく頼もしい世界があるわけですけどね。

河合　安心できる世界ですね。

井上　頼むと何でもやってくれますしね。喧嘩も強くはないんだけど、殴られても平気でね、上級生の前にボヤーッと立ってる。つまり、みんなで助け合う世界があっちにもあるけれどこっちにもあって、どうもあっちは嘘っぽくて、こっちが本当だという感じがしたんですね。これがね、ぼくの生涯を決めたいちばんのポイントじゃないかと思うんです。

河合　そうですね。

井上　まず力を合わせること。そうすると、先生とかが押しつけてくるバッ札でも平均一人五枚ぐらいに減らせるということですね。校長が黒板に書いた「鬼畜米英をやっつけよう」というのが夏休みの目標だったけど、夏休みが終わると日本は負けてる（笑）。すると、校長は番頭みたいにニコニコして、「みなさん、日本の国は民主主義の国になりました」ってね（笑）。それでぼくらは、上から来るものってのはあまり信用できないと思うようになった。自分たちが一緒になって暮らしてる中に何か本物がありそうだという感じがしたんです。

思想が人間を変えるのを見て

河合　仙台に行かれたのは……？

井上　中学三年のときです。いろんな事情でおふくろと東北を転々として、最終的には中学三年のときに、仙台の、ぼくら簡単に孤児院といってますけど、今でいうと養護施設、そこへ入ったんです。

河合　中学三年のときでしたか。

井上　はい。その養護施設は東北でも有名なところで、入るのに試験があったんです。

河合　それは珍しいですね。

井上 ラサール会という修道会がやってる養護施設なんですけど、金がなくて、あるいは親がなくて、でも向学心のある子どもを教育するっていうのが、その会の根本的な目的なんですね。ですから、向学心があるかどうかっていうので、ま、一応、試験されるわけです。

河合 （笑）じゃあ、そこで初めて外国とぶつかったわけですね。

井上 そうです。五年前までは、異国の若い人たちと殺し合うんだと思ってたわけでしょう。その異国のおじさんたちがやってるわけですから、最初の一ヵ月ぐらいは非常に恐怖でしたね。

河合 そうでしょう。

井上 色の白い外国人が裏の畑で子どもに食わせる野菜を作ってる。それと、修道士、神父のために、彼らのいろんな本国から、進駐軍が絡んで、空輸してくるウールとかラシャの布地が、それが全部ぼくらの学生服になっちゃう。

河合 ラシャですか。懐かしいですなあ（笑）。いばるときに「これはラシャだ」といったもんです。これはもう絶対的な宝だった（笑）。

井上 そうですね。ですから、その孤児院の子どもたちってのは、みんなものすごい学生服を着てた（笑）。当時の学生服っていうのはスフ入りといって、光の具合で黒い服が白く見えたり、洗うとズボンが半ズボンみたいになったりしたんですね。

河合　縮んじゃってね（笑）。

井上　この間まで戦争の相手だったおじさんたちが、自分たちのために学生服を仕立てたり、ぼくらの落とした大便や小便を汲みあげて、手の間に糞便をくっつけて野菜を作ったりしている。また、うまいものを食わせようと思って、進駐軍のキャンプに行って残り物のハムとかをもらってくるんです。こんなにこの人たちが優遇してくれるのはなぜだろうと思って……。

河合　そうでしょう……。

井上　ある日突然わかって、おれたちサーカスに売られるんじゃないか（笑）。

河合　はあはあ、よくわかります（笑）。

井上　ところがそうじゃなかった。異国に来て、まったくゆかりもない人たちのために一生懸命に尽くして、その子どもたちがいい成績を取れば自分のことのように喜んで……。土地のむずかしい学校に入ったりすると、もう涙なんか流してるわけですね。この人たちを支えてるのは何だろうっていうことを考え始めたんです。

河合　ええ。

井上　そうすると、ラサール会というのは宗教ですけど、つまり思想というある考え方が人間をここまで変えられるという事実にぶつかって、ぼくはもうすっかり動転してしまったんですね。

河合　金とか食べ物のために何かやるってのはよく知ってたことなんでしょうけど……。

井上　その前は、万世一系とか八紘一宇《はっこういちう》とか一億一心というような思想で狂ってて、それがだめだっていうのがわかって、食い物とかお金とかっていう時代があって、もう一度その思想に戻ったわけですね。

河合　そうですねえ。

井上　とんでもない国に来て、わけのわからない子どもたちのために尽くせる。これも思想だし、戦争中の国粋主義も思想であれば……。

河合　そうそう。そうです。

井上　おそらく、カトリックってのもいろいろ悪いとこもいいとこもあるだろうけれど、同じような思想ですよね。

河合　そうです。

井上　でも、やっぱり、思想というのは、つまり人間の考えることにはものすごい力があるんだなと思いました。

河合　ええ。すごいことですね。その中にはお父さんの思想が入ってるわけですね。お父さんも、思想のために……。

井上　あ、そうですね。

河合　ええ。一億一心じゃない方だったから。

井上　父親は父親なりにいろんな平等を求めてきたと思いますね。

河合　そうそう。

井上　小作人も、その小作人をこき使ってる地主の息子である自分も同じ人間で、自分だけが大学に来て、自分の同級生が道で会うと寂しそうにしている。子どものころは、地主の息子も小作人の息子もなく一緒になってワーッと遊んでたのにね、これはおかしいんじゃないかってね。

河合　そうです、そうです。

井上　ぼくらが学校で、バッ札っていうもので評価された。たくさんかけてるやつはだめな人間ですというのはおかしいじゃないかってね。人間というのは、そういうふうなことじゃなくて、平等っていっちゃ変だけど、何かお互いに認め合ってればいいじゃないか。たとえば、神の前では、修道士も、神父も、それからそこで一緒に暮らしてる子どももなく、みんな平等なんですね。だから、人間というのは、常に平等、神の前とか、法の前とか、今の日本は金の前に平等だと思うけど、何とかの前の平等っていうのを常に探し求めてきたと思うんですね。

河合　つまり、みんな同じじゃないかということをですね。

井上　それを、ぼくは修道士とか神父さんに教えられたり、友達に教えられたり、親から教えられたりしたんです。そこが、どうもぼくの作品の基本になっているようですね。

いつも作戦参謀だった

河合　井上さんは作戦参謀というタイプでしょうね。

井上　そうですね。

河合　やっぱり大将はおったんですか。

井上　大将はいました。大将はね、すごい喧嘩の強い、気の強いやつでね、それで、口数が少ないんですね。そういう連中と、あれは小学校六年だったですかね。プロ野球が始まった次の年に、東京へ野球を観にいったんです。ぼくらもう二ヵ月ぐらいかかってね、自分のうちの米びつから少しずつ米をごまかして（笑）。

河合　米を？　ですか。

井上　ええ。東京で売るためにね。

河合　ああ、なるほど。

井上　おふくろなんか、このごろどうしてこんなにご飯を食べるようになったんだろうなんて首をかしげてました。さっきのバッ札のやつも入り、六人ぐらいで米をためにためて、それを全部体に巻いて、何となく傾きながらですね（笑）。夜行列車に乗って……。

河合　家には何といって？

井上　社会科で最上川《もがみがわ》の水源がどこにあるかっていうのを研究にいくとかいってね。

河合　それ、小学校六年のときでしょう？

井上　そうです。

河合　はあー。大したもんですね。

井上　いえ、仲間がいるからできるんですね。

河合　それで無事東京へ……？

井上　いろいろありましてね（笑）。途中の奥羽《おうう》本線の蔵王《ざおう》山脈を越えるときに、機関車を切り離して強力な機関車につけかえて、もう一回峠を越させるんです。その入れ替えるときにね、米をいちばん多く持ってるのが遅れたりして……。汽車が動き出して、彼は走るんだけどね、米をいっぱいつけて（笑）。どうしてもね（笑）。その悲痛な顔ってのは、未だに忘れられないですね。

河合　それで、彼、乗り遅れるわけですか。

井上　ぼくらも手を伸ばしてるんですけど、彼は米をいっぱいつけてますからね。何かこうスローモーションで（笑）。

河合　（笑）うん。そら映画になりますな。

井上　ぼくらもつけてましたからね。それで東京へ。上野へ来たらたちまち買い手がついて、もう子どもにはびっくりするような金になりました。ぼくは古本屋へ行ったり、野球のボールを買ったりね。で、その日の午後から、後楽園球場に並ぶわけです。試合開始が次の日の午前十時だったんです。

河合 へーえ。

井上 近畿グレートリング、今の南海ホークスですけど、そこと読売ジャイアンツの試合を観たわけです。それでその晩、また上野駅まで行って、切符が取れるまで並んでね。駅長の息子も一緒だったから上野駅の駅員の休むところで生意気に休んだりして（笑）、夜行で帰ってきた。

河合 夜行で帰るとその足で学校ですか。

井上 ええ。学校へ行って、「見ろ、これボールだ」とかいったり、本を見せたりしてね（笑）。すぐ見つかって怒られるんですけどね（笑）。それもやっぱりグループで。今の子どもは、そういう意味ですごいかわいそうだと思いますね。

河合 そうですね。ほんとにそうですね。

井上 そりゃ、ま、ファミコンで、スーパーマリオブラザーズなんてのもね、これも素晴らしいんですけどね。

河合 ああ、ファミリーコンピュータですね。

井上 ぼくもファミコンを買ってスーパーマリオブラザーズってのをやったんですけど、あれは昔の冒険小説と同じですね。つまりね、我々の時代、『宝島』とか『ロビンソン・クルーソー』とか『巌窟王』とか『三銃士』とかを読んで、どうなるかとはらはらしたり、次の人が読むときに筋を全部教えて怒られたりしたでしょう。

河合　そうでした、そうでした。

井上　あれと同じです。今の子どもさんは、少年少女世界文学全集みたいなのをね、ああいうので読んでるにすぎないんですね。もちろん参加してですね。ぼくね、ああいうファミコンってのは、確かに目には悪いかもしれないですけど、ぼくらだって映画に夢中になりましたしね。ぼくらもよくいわれましたよ。映画を観てると絶対、目が悪くなるって。

河合　ええ、そうですね。

井上　ですから、本が、こう普通に大衆化した時代は、あんまり本を読むと目を悪くするって必ず前の世代が何かいってるんですね。

河合　そうそう。それで、映画で目が悪くなる。今はファミコンで目が悪くなる。次に何か出てきますからね。

井上　ま、我々がスーパーマリオブラザーズに勝《まさ》るいいおもしろい物語を書ければ、ああいうのもたまにはいいなと思って読むでしょうから、何もね、頭から今の子どもはファミコンでね、どうしたこうした、勉強もしないなんて非難すべきじゃないでしょうね。ただ、友達がどうなってるかですけど……。

河合　その通りなんです。結局、そこに人間関係が入るでしょう。

井上　でも、それなりの人間関係があるようですね。

河合　そうですか。やっぱりうまくできてる。

井上　やっぱりゲームを通じて友達ってのはいますね。だから、あんまりこれは、ぼくが今の子どもはかわいそうなんてね、そういう増長した傲慢なこといっちゃいけないですね。反省しなければいけないですな（笑）。

河合　いや、子どもたちは、よほどのことがあってもちゃんとみな頑張ってますよ（笑）。

井上　そうですね。

河合　（笑）つまり、あの戦争中でもね、子どもたちはそんなに変にならなかったですからね。それなりにやっぱりすごいもんですな。

井上　そうですね。さっきぼくは今の子どもはかわいそうだといいましたけど、その時代その時代に子どもの生き方がありますからね。でも、思い出しますよ、ぼくらどうしてあれだけ遊ぶことがあったかって。

河合　それも井上さんがいつも作戦参謀でね。

井上　（笑）まつたけ山へ入ってまつたけを取ったり、じゃがいもを掘ってきたりして……。それでいつも見つかって、ぼくら、どこそこの伜《せがれ》だってことがみんなわかってますからね。

河合　そう。いくら悪いことをしてもね。

井上　つけは全部おふくろのところへ行っちゃったりね。

河合　それで、ある程度やれば必ずばれることになってる。ばれても窃盗を働いたというふうな見方では見られないですからね。そこが今の子どもと違うわけですね。

井上　そういう点でかわいそうといえばかわいそうですけどね。

河合　昔も今もパターンは似てんですけどね。

井上　そうですね。

河合　いたずらに対して、お母さんはどんなでしたか。

井上　すごく怒りました。

河合　ああ、そうですか（笑）。

井上　そりゃものすごく怒りました。でも、これも変なおふくろでね。大東亜戦争が始まった日、隣組の常会ってのがあって、そこで「この戦争は負けます」なんていったんです。

河合　すごいですねえ。

井上　いや、それは、だっておやじが共産党員だから。

河合　よくわかってますもんね。

井上　自分も農民の一員ですからね。日本で使う鉄の八五パーセントをアメリカから輸入しているのに、そのアメリカと戦争してどうして勝つんですかなんて常会でいったんです。もう次の日から、今でいうといじめですね、ぼくは上級生に殴られた。でも、例のメンバーが守ってくれるわけですね。

河合　さっきそれで聞きたかったんですけど、井上さんのような作戦参謀的存在はね、上級生に嫌われるでしょう。

井上　嫌われますね。

河合　ねえ。そこはどうしてやってこられたのかなと思って……。

井上　上級生をはめたりしますからね、上手に。

河合　そうでしょう。

井上　たとえば昔〝鉄兜《てつかぶと》〟というような配給でくるコンドームがあったでしょう。それをぼくが持ち出して、上級生に渡すわけです。で、それが得意になって何かしているうちにとっ捕まって怒られる。そういうことにはものすごく厳しいですからね。ごまをするようにして必ずそいつがやっつけられるような作戦を考えるんです。

河合　ええ、ええ（笑）。

井上　それから、その上級生でいじめっ子が好きな女の子がいるわけですよ、ぼくのうちの隣に。すると、その上級生に、隣の何とかちゃんが好きだといってたみたいなことをいって、どんどん舞いあがらせるとか……。どんどん緊張してくるわけですね（笑）。実は何もないのに。そうやっていじめっ子をいじめ返すっていうのも、だいぶやりましたね。黙ってはいなかったですね。小さな町だからできたっていうのもあると思うんですけどね。いじめは、孤児院に行ったときもありました。とにかく毎晩、殴られてましたからね。お前はいい高校に行ってけしからんというんで殴られたりするわけですね。
河合　そうです、そうです。ほんまにそうです。
井上　もう、ほんとに呼び出しのない日は珍しいというぐらいで。
河合　そうですか。いや、作戦参謀だから、そんなに腕力は強くないだろうと思って。
井上　腕力は強くないです。
河合　私も似たようなタイプだったから、その上級生との戦いをどうやり抜くかというのは大変な問題で（笑）。
井上　やたらにね、何か知識だけがあるんです。
河合　そうそう（笑）。そしてね、ひとことというと、それが上級生をグサッとやっつけるわけね。彼らはもう殴るしかないからね（笑）。大体、鉄拳《てっけん》が飛んでくるわけで、それをうまく避けないとだめなんですね。これはぜひ井上さんに聞きたいと思ったんです（笑）。
井上　とにかくよくいじめられましたよ。理屈をこねるから、すぐにいじめられるんですね。
河合　だから、上級生とかね、その辺との戦いが大変だったと思いますね。ユーモアというのもその辺から出てきたんでしょうな。
井上　そうでしょうね。今日は何か変だなと思ったら、今日だけはだれにもたたかれなかった（笑）、そんなことがしょっちゅうでした。

捨てられる前に離れないと……

河合　さっきの二つに引き裂かれた体験というのは、ほんとにベースになってると思いますね。

井上　そうですね。

河合　しかし、その引き裂かれたやつを一つに返すには、確かにユーモアというのは一つの方法ですね。

井上　力弱い者の武器かもしれないですね。

河合　一つのものすごく大事な武器ですね。小さいときからそれはありましたか。

井上　そうですね。小さいときからふざけた子どもだっていわれました（笑）。

河合　お父さんはどうだったんでしょうね。

井上　おやじの印象は全然ないですね。小説家志望で書いたものは残ってますけど。ぼくが小説を書くのは、そのおやじの代わりに書いてやろうという気持ちもありますね。

河合　もの心ついたときにはもうお父さんがおられないけれど、結局ずっと意味を持ったわけですね。ラサールへ行かれたとき、神父さんたちというのが、父親のイメージみたいな役を持ちましたか。

井上　持ちました。

河合　どんな感じですかね。

井上　相手の問題よりも、むしろ自分自身が絶えず父親的存在を求めてんですね。ですから向こうは全然意識がなくてもこっちが父親としてというのがあるんじゃないでしょうか。

河合　ええ。よくわかります。

井上　四十代にかかるぐらいまで、編集者とかテレビ局の人とか、ぼくがすごく頼りにしたり、相談したりしてくれる人ってのに、父親みたいな人がかなりいましたね、やっぱり。

河合　そうですか。お父さんの作品、お読みになるとどうですか、感想は。

井上　うまいです。もうほんとに、ただ完結してないんです。体のせいとか、仕事もありましたしね。

河合　思想的なこともありますし、時代が完結を許さなかったのかもしれませんね。

井上　そうですね。ぼくは小さいときに父親を亡くしたんですけど、母親を亡くすとどうなります？

河合　それはまた大きい問題で。一般論をいうのはいかんですけども、父親が亡くなってもそれはそんなに問題ではないけど、母親を先に失うというのはすごいことですね。

井上　おやじが死んだとき、おふくろは三十ぐらいですね。で、これは生身《なまみ》ですからね、いろんな男たちが出入りするんですね。ひどいのは冷やかしに来たり、もっとひどいのは夜這いに来るわけです。それをぼくらが防ぐとか、いろいろあった末に、妙な男が入り込んできて、どうもおふくろの態度が上《うわ》の空でそっちへいっちゃってるというのが子どもながらもわかるわけです。

河合 すごいね、それは……。

井上 それで、ある日その男が、酒に酔って、「お父さんと呼んでくれ」とか……。これ浪曲師なんですけど、それこそ浪曲のレベルで迫ってくるわけです。ばかばかしいやらしいやら。つまり、おふくろってのは生身だから、ぼくらが聖化していることが同時進行形で壊されていくんですね。

河合 目の前で生きたまま壊れていくわけですから大変でしょうね。

井上 そうですけど、それで何か母親離れができたと思って。今考えると、かえってよかったなと思うんですけどね。おやじがいないと、子どもたちで母親と団結してね。これもまた母親との癒着《ゆちゃく》で、えらい人間が出来あがったと思いますけれど……。

河合 そうです。それが一般にはよくあることです（笑）。だけど、井上さんとこのお母さんは人間として生きておられた。

井上 そうですね。ですから、どんどんどん壊されていく。

河合 普通はね、自分自身が生きなくて、要するに子どもの母だということだけになってしまうわけです。作られた母になってしまうから生きないでしょう。そうすると、今度はもうその関係でしか生きてないんだから離れない。

井上　でも、どっちがいいとはいえないですね。
河合　そう。どっちがいいとはいえないけどね。
井上　ただ、何ていうんですかね、女性ってのは、どっか心の中に夜叉《やしゃ》を飼っとるなっていうね、女性自身は気づいてない途方もないものをどっかに飼ってるっていう感じはしますね。ぼく、子どものときいちばんショックだったのは、「自分を捨てる藪《やぶ》はないが、子どもを捨てる藪はある」とおふくろがいったことですね（笑）。こんちくしょうと思って、早くこの母親を離れないと、この母親を頼りにしてると、いつ捨てられるかわからない（笑）。ま、いくら離れても、きっと離れきれないと思いますけどね。
河合　母親のものっていうのを体で受け継いでますからね。いくら離れても、離れ切れないとこがあるんですよね。それはもう、もっと単純に、何も母親にひっついてる人という意味じゃなくて、よく考え出すと、非常にむずかしいところがあるんですね。
井上　ちょっと簡単に捉ええないでしょうね。
河合　その辺のところはね。
井上　そういう女性の恐ろしさっていうのが、このごろやっと表面へ出てきましたけどね。
河合　ええ。そうです、そうです（笑）。
井上　今、自立とか叫んでいるのはもう充分承知の上で、それは確かに大切なことですけど、自由というものを、食い物と、旅行と、着る物と、男のことで使い果たさないで、もっと違う方向へ使って欲しいって、ぼくは勝手ながら思ってるんですがね。そんなことをいうと、女房にまた、「何いってんのよ」なんていわれますけどね（笑）。

河合 ちょっとつらいところですな（笑）。

井上 だから、母親も含めて、女房も含めて、もう女性よどんどんおやりなさいというほかないですね。

河合 ま、どうぞやってくださいと（笑）。そういう話になりますと尽きませんので、今日はこの辺で。ありがとうございました。

素晴らしきエンターティナー

河合隼雄

井上さんは素晴らしいエンターティナーである。つぎつぎと心を惹きつける話が出てきて、編集の人たちも私も喜んで聞き入っているうちに、あっという間に時間がたってしまった。しかし、その間に編集の人が話に引き入れられて自分の体験を語ったりして（それはもちろん記録にはないが）、話は思いがけず深い方向に向かうこともあった。

井上さんは「楽しい」話の中で、そのように人を深いところに引き込んでゆく力を持った人である。このことは、井上さんの作品の大きい支えとなっているようである。

少年時代の体験として語られた、国と母との間の矛盾ということは、きわめて大きいことである。絶対的なものとして依存したい存在が二つに割れてしまって矛盾している。このような矛盾に対する安易な解答は、一方を選んで絶対化し、他の一方を捨てることである。あるいは、分裂をそのまま取り入れて、そのときの状況によって、どちらか一方に与《くみ》し、無意識的に行動することである。

　しかし、井上さんのとった態度はそのどちらでもなく、矛盾の中に身を置いて、その苦しみを背負ってゆくことであった。そのような苦しみに、子どもながらも耐えてゆくためには、「嘘というものに真剣にならざるをえない」のである。しかし、考えてみると「嘘というものに真剣になる」ことは、あらゆる芸術の基本ではなかろうか。

　このような素質に父親譲りの文才が加わって、作家としての今日の井上さんがあるわけだが、父親の代わりに書いているという意識は、大きい支えとなったことであろう。四歳のときに父親を亡くされたので、実際的な接触はほとんど記憶にも残らぬほどのものであろうが、心の中の父親像は息子の成長のためにうまくはたらき続けたのである。

　このようなよき父親像の存在を背景に、井上さんの成長に必要な父親役をつとめる人たちが、いつも周囲にいたことも大切なことである。ラサール修道会の神父様も、その一人であろう。ここで、父親譲りの共産主義と、カソリックという思想的対立が、井上さんの作品を生み出してゆくための源泉として作用してゆくものとはならなかったようである。

井上さんが問題にしている日本的権威という観点から見ると、両者共にその周辺部に存在するものとして位置づけられ、むしろ同質のものとして受け止められたのかもしれない。

井上さん自身が語っておられるように、中心に対する周辺部よりの反発、周辺部の仲間たちの共謀というパターンを、このあたりで打ち破った作品を生み出される時期が近づいてきているような気がする。これは野球のピッチャーにたとえると、新しい球種を会得するなどということではなく、フォームの大改造になるわけだから、危険性が非常に高いことである。しかし、おそらく井上さんはそれに挑戦してゆかれるだろう。

その際に、重要な対象となるものは、母、およびそれとの関連における女性、ということになるだろう。中心と周辺というパターンで考えてみると、昔の日本では母はあくまで周辺にいて、中心にいる子どもたちに尽くすというイメージがあったろうし、現在では、中央に存在して子どもたちを支配する母というイメージもあるだろう。しかし、本当のところ、母ということはそのような単純なパターンではつかまえられない存在のようである。

しかも、それを女性との関連で考えるとするならば、よほどの思い切ったパターンの改変、あるいは、創造が必要となるだろう。井上さんが今打ち込んでおられる芝居が、そのために役立つのではなかろうか、と思われるが、ここで我田引水で申しあげると、井上さんが児童文学に挑戦してくださることによって、新しい手がかりが見出されそうな予感がするのである。井上さんが児童文学に手を差しのべられることを大いに期待している。

子どもが母親を思うとき

司　修
（画家）

たましいで受け止めたこと

河合　影にご関心があるんじゃないですか。

司　はい。専門的なことは何も知らないくせに、そういう世界だけは興味があって……。ぼくの描いてる絵は、影の世界に近いでしょうね。

河合　そうだと思って、『影の現象学』というぼくの本を持ってきました（笑）。この本の口絵の写真が、ムンクの絵なんです。この絵を見てますと、絵の影がね、影のほうが、前へ出てくるような感じがするんですね。

司　そうですね。出ていますね。

河合　後ろに影があるんじゃなくてね。

司　ええ。これは、影というより、この人の分身のような感じですね。

河合　そうです、そうです。影というのは、未開人なんかじゃ、たましい、になるわけですね。これも結局、たましい、ですね。

司 そうですね。

河合 たましいがすうっと出てきているのか、乖離《かいり》するのか。

司 簡単に描いてあるけど、影のほうが重要だったんじゃないかという感じですね（笑）。

河合 そうです。そうです。

司 影といえば、昔、コクトーの「オルフェ」という映画がありましたでしょう。

河合 ええ。

司 子どものころに大人の後をくっついて映画館へ行き、わけもわからずに観てたんですけどね。結局、あの鏡の世界というか、それこそ影の世界の入り口というのか、意味を理解しないで観たそういうものが、潜在的にぼくの中で何らかの形で育ったような感じがするんです。

河合 「オルフェ」を観られたのは、何歳くらいのときでしたか。

司 小学校の五年ぐらいでしょうか。

河合 でしょうね。ぼくはもう大学生だった。ものすごく感激したのを覚えてますよ。

司 ぼくなんかは感激までいかずに、不可思議さだけが残りました。

河合 ああいう作品というのはそうでしょうね。子どもにはわけなんかわからないのに、ものすごい感動がある。

司　「オルフェ」と「情婦マノン」の二本立てでしてね。ポスターが、例のマノンの、それこそ乳房をあらわにして逆さに担がれたままのでした。

河合　それはおもしろい二本立てですな（笑）。

司　両方とも観て意味がわかるということじゃないんだけれど、とにかく観た印象だけが、表の体に対して影が真っ黒のように、その影の形だけ観たという感じなんですね。後になって何度も観て、あ、こんなだったかと思うんですけどね。

河合　子どものときに観たのは、影として観た感じでしょうね。

司　形だけをね。

河合　だから、その本質のほうを観てるわけです。いや、ほんとにそうなんですよ。子どもというのは、そういう点は素晴らしいんじゃないですか。それに、とくにすごい作品というのは、それなりに訴えてきますからね。

司　たとえば「肉体の悪魔」なんて映画を題名の強烈さに惹かれて、陰に隠れるようにして観てたんですけれど……。後になって観て、あ、こういう内容なのかと、子どものころには想像もしなかった内容だとわかるんですね。子どもとして観たというのは、ちょうど影の形を観てたように思いますね。

河合　それは本当によくわかりますね。「オルフェ」を観られたときに、すごく印象に残った場面というのはありましたか。

司　やっぱり、鏡が一つの入り口だったということと、出てきた女性がとても悪魔的だったことですね。
河合　マリア・カザレスですな。
司　あ、そうですね。悪魔的な感じというか、恐ろしさというか、今までに見なかった顔として印象に残りましたね。
河合　あれが本当に死の国の女性の顔というか、確かにすごく印象的でしたね。
司　そういう意味では、ぼくを形づくったのは、その辺の古いフランス映画っていう感じがしますね。
河合　司さんとぼくとは世代がちょっと違うんだけれど、それは、ぼくにとっても同じことで、すごく大事なことでしょうね。
司　中学時代には、そういうフランス映画を、勉強もしないで観にいってました（笑）。
河合　それは素晴らしいですな。
司　意外だったのは、ぼくが上京して絵を描く仲間として知り合った先輩たちが、そういう映画の中でうたわれた歌をうたうんですね。「巴里の屋根の下」とか「天井桟敷の人々」とかの歌を。それがすごく懐かしかった。酒を飲めばうたうわけだけど、ところがストーリーが思い出せないんですよ。
河合　だけど懐かしいんですな。

司　後になってテレビとか映画館で観て、ああ、なるほど、こういうストーリーだったのかと思うんですけどね（笑）。子どものころは理解しないで観てたわけですね。

河合　しかし、理解して心に入るよりも、もっとすごい入り方をしてますね。だから、ぼく流にいったら、心じゃなくて、たましいのほうに入っているんです。たましいに入ってるのは作用だけ。作用だけを受け止めたわけですね。

司　そうなんでしょうね。結局、そういう一つの感じ方とか、映画の中の主人公が見た感じ方みたいなものを、ぼくがまたやってんじゃないかと思うんですね（笑）。

河合　いや、それを聞いてすごくわかる気がします。小さいときに思い切ってそういうものに触れるってことは、すごい意味のあることですね。

司　母親が好きでよく連れていかれたんですけど、わけもわからないままに観てて、それが映画好きにさせたんじゃないでしょうか。

河合　親は何の気なしに子どもには絶対にわからないということを確信して連れていってるわけだけど、それは相当な意味を持ってることかもしれませんね。

司　わけもわからないけれど、観たいという気持ちが起こって、映画が替わるたびに観にいってたわけだから、やっぱり何かを感じてたんでしょうね。

河合　そうでしょうね。

司　感じる何かがオレンジならオレンジ、白なら白っていうような何かを得ないままになぜか惹かれたんでしょうね。そんなところから考えると、当時の映画というのは、映像とか、音楽とか、一種の文学性とか、そういう三つの芸術的要素を意識的に盛り込んで作られたんでしょうね。

河合　そうです、そうです。そういう意識が最も高揚した時代じゃなかったでしょうか。

司　「美女と野獣」とか……。

河合　いやあ、懐かしいですな（笑）。

司　働くようになって、映画館のスクリーンの裏に住んでた絵描きさんと知り合ったんですけど、そこへ遊びにいって、スクリーンの裏からその映画を観たのを覚えてます。逆の映像ですけど、寝そべってね（笑）。

河合　まさに影から観たわけですね。

司　替わるたんびに行ってました（笑）。

コンプレックスで絵を描いた

河合　ところで、絵を描くことは、小さいころから好きだったわけですか。

司　ええ。でも、描くのは嫌だという気持ちもありましたね。

河合　ほう、それはまたどうして……？

司　小学生のときでしたけど、ほかの生徒が認められて、自分が認められないってことが続いたんです（笑）。だから、好きなんだけれども嫌だという反発がありましたね。

河合　なるほど、なるほど。いや、あのね、小学校の先生なんかね、勉強ができると、絵まで褒めたりするんですよ。本当に絵を鑑賞する力があったかどうか……（笑）。ぼくなんか、勉強ができるほうだったんですね。そうすると、自分では絵がうまくないとわかっているのに、先生が褒めるわけですよ。

司　それも気持ち悪いですよね（笑）。

河合　でも、ときどき、やっぱりうまいのかと思ったりして（笑）、いろいろ複雑な心境になったことを覚えてますよ。ほんとの絵らしい絵を描くとだめなんです、あれは（笑）。

司　ぼくの場合、絵を好きで描いたというより、一種のコンプレックス、つまり勉強ができなかったというコンプレックスがありまして、それで何かしたかったんですね。絵に対する自信はまったく持ってなかったんだけれど、それこそ影のように絵を描いてました。

河合　だれかについておられたんですか。

司　いいえ。ただ、働くようになってからすぐに知り合った絵描きさんがいましてね。ま、その方と知り合ったことが絵を描くきっかけになったんですけど……。

河合　そうですか。

司　さっき、映画館の裏に住んでた絵描きさんのことに触れましたけど、ま、本格的に絵を描くきっかけになったというのは、その人と知り合ったからでしょうね。

河合　その方は純然たる絵描きさんですか。

司　そうでした。今はもう辞められてるようなんですけどね。でも、その人には、絵よりも、酒の飲み方を教わりました（笑）。

河合　なるほど、なるほど（笑）。

司　でもね、その人に出会ったことで、絵を描くということが、ちょうど飯を食うような、生きるっていうようなものだってことが、何となくわかったんですね。

河合　そうですか。いい人に会われたですね。しかし、その人は絵で食べておられたんですか。

司　いいえ。子どもに絵を教えていました。

河合　そうでしょうね、そのころだったら、絵だけで食べるってのは大変でしたからね。そうすると、司さんは、絵の手ほどきも、その方から受けられたわけですか。

司　ええ。ある程度は。でも、絵の影響はほとんど受けていません。絵の描き方というより、絵を描くってどんな喜びを持てるかということを学んだような気がします。

河合　最も根本的なことですね。

司　でも、酒の飲み方ばかり教わった（笑）。

河合　すごいことですね（笑）。

司　絵画的にどんな立派な方でも、人間的な問題が違ったら、今のぼくはなかったんじゃないかと思いますね。

河合　そうですか。ま、その人とは、非常に根本的なところで触れるところがあったんでしょうね。しかも、その年齢が中学を出られたころだから、非常にいい年齢だったですね。そのころにそういう人があらわれるか、あらわれないかでものすごく違ってきますからね。

司　そうですね、だから、もう夢中になって描きましたね。たとえ描き終わった結果がどんなに悪くても、次から次へと何か描きたいっていう気がして、がむしゃらに描いていきました。描いていくということが、どっかで喜びにつながっていく。それが何となくわかってうれしくてしかたがなかったですね。

河合　そのころは、自分のために描いておられたんでしょうな。

司　そうですね。絵を描くことで、勉強していた同級生たちに自分が置いていかれるというたたまれない気持ちがふっきれ、喜びにつながったんですね。上の学校へ行って勉強ができないという、ちょっとひねくれた気持ちが、絵を描くことで、なくなっちゃったですね。

河合　それはとてもすごいことですね。東京へはいくつのときに出てこられたんですか。

司　二十一か二でした。

河合　どこかに勤めておられたんですか。

司　看板屋や運送屋でアルバイトをしながら描いてました。

河合　なるほど。そういうことをしながら描いておられた。

司　定期的な勤めに入ると、絵が描けなくなるんで日銭が入るような仕事をやってました。そういうふうに燃えちゃうと、自分でも火の消しようがないっていうんでしょうかね。

河合　本当にそうですね。それはまたいわれるように、途方もない自信でね（笑）。そういうものが勝手に出てくるんですからしかたがないですよ（笑）。

カッコつきの青春

司　当時、自由美術協会っていう団体がありまして、その展覧会を観て非常に感動しましてね。ほかの展覧会ってのは豪華なんだけど、上下差っていうのがはっきりしてましてね。でも、その自由美術ってのは、何かごちゃまぜの、しかし、エネルギーが満ち溢《あふ》れてて、そこへ出品したんです。そこで、たくさんの友達と知り合い、ずいぶん飲み歩きました。

河合　「巴里の屋根の下」の世界と共通する世界ですな（笑）。

司　そうです。若い情熱家が集まって、喧々囂々《けんけんごうごう》、都会に出てきた感じがすっかり地に着いたように思いましたね。ちょっとキザですけど詩的な雰囲気がありましてね。自分が絵を描こうという情熱を持った時期に、そんな雰囲気に触れられたってことは、運がよかったんですね。

河合　まさにカッコつきの青春だったわけでしょうな（笑）。

司　ほんとにそう思います。絵の影響を受けるというよりも、生き方とかいった影響のほうが多かったですね。

河合　そうですか。絵の影響を受けたということはなかったんですか。

司　なかったですね。

河合　そうすると、生き方とか、根本的な姿勢とか、そういう影響のほうが大きかったわけで、絵は自分でやってこられた？

司　ええ。もう、それだけでした。

河合　まさに、自由美術（笑）。

司　そうです（笑）。そういう人たちが、どういうところで酔って、どういうところで気分を高めて、どんなふうに喧嘩して……。そんなことが非常におもしろかったですね。それがいちばん、絵を描く基本みたいなものを作ってくれたような気がします。

河合　それは大事な時期だったですね。そのころに、もう挿絵とかを描こうと思われたわけですか。

司　そのころは思わなかったですね。でも、アルバイトをしてましたでしょう、だから、とても疲れちゃってね、帰ってくるともう絵も描けないんです。それで、何かもっと要領のいい仕事はないかな（笑）と思ったのが、挿絵を始めた動機なんですよ。

河合　そうなんですか。ぼくはさっきの映画の話を聞いてて、そのころに観られた映画が、挿絵を描く背景になってるような気がしたんです。挿絵というのは、映画とすごく似ているわけですね。一つのシーンで、文学も音楽も入ってますでしょう。それから、装幀もそうですね。結局、その中の文学と一緒になるわけです。

司　装幀の場合はね、絵を描くってことじゃなくて、一冊の本の、それこそ影みたいなものを出そうとするわけです。挿絵ってのは、小説ならその小説の中の部分ってものを出してくわけなんですね。そうすると、その小説の中の一つのたましいみたいなものを、自分が作ったもののような錯覚を持っちゃうんですね。

河合　わかります。

司　ですから、挿絵がその本の中で死滅してしまうようなことをやっても、自分の気持ちの中では、その小説に書かれたたましいが生きてるように思うんですよ。僕はすごく大きな錯覚だと思うんですけども。

河合　なるほど。

司　装幀の場合は、その小説に書かれたたましいと触れるところがあるんですけど、挿絵は、作家のたましいを、挿絵を描いた人間も同時に持っているという思いを持っちゃうんです。挿絵をずっと長くしてると、自分のたましいが抜けていくんですね。

河合　うん、うん。なるほどね。

司　だから、絵の表面がおもしろくっても、影がなくなるんですよ（笑）。

河合　よくわかります。でも、話がだんだんむずかしいほうへいってしまいそうですな（笑）。しかし、子どものころに読んだ本の挿絵ってのは、すごく印象に残っているでしょう。ああいうのは、やっぱり相当な挿絵だったんでしょうね。

司　そうでしょうね。ぼくなんかも、子どものころに見た小松崎茂とか樺島勝一《かついち》の、とにかく細かく描いてある絵が印象に残ってますね。

河合　物語のほうはあんまり覚えてなくても、その挿絵のすごいインパクトが強烈に残ってますね。

司　そうですね。そういう感じはありますね。しかし、ぼくの場合は、どうしても挿絵から離れざるをえなくなってしまった。そりゃ、挿絵ってのは、お金になるんです。でも、お金になるってことが逆に絵描きを殺してる気がするんですけどね。

子どもの戦争体験

河合　ところで司さん、終戦のときは？

司　小学三年生でした。

河合　ぼくは高等学校を出たくらいだったけど、司さんぐらいの年齢の方に伺うと、教科書書き換え事件というものが、ものすごく大きなインパクトだったみたいですね。

司　そうですね。そのときは、自分が何も判断できないときでしたから、信じられない思いを持っちゃったですね。

河合 それまで絶対に正しいと信じて疑わなかったことを全否定せよと、しかも先生が命令してるわけですから（笑）。変な話なんだけどね。

司 それまで殴ってたりしてた先生がおとなしくなったりして豹変《ひょうへん》した（笑）。

河合 そうそう。

司 そういう状況の中で、さっきの映画の話じゃないですけど、どんな理由で豹変したのか、戦争がどんなふうに問題だったのか、民主主義というのはいったいどうだってことなんか、何もわからないわけですね。

河合 ただ変わるだけでしたからね。

司 そういうときに、さっきの影の問題じゃないけれども、自分が確かめてからでないと、もう何も信じられないというような思いを持ちましたね。

河合 ええ、ええ。

司 でも、それは、絵を描くときに、非常に役立ったと思うんですね。自分が何かやるのに、どっかから持ち込んだものをそのまま受け入れたんじゃね、もう信じられない。ですから、自分で時計を全部壊すようにですね（笑）、とにかく一回壊してみて、その時計を修復して初めて自分のものになるみたいにね。

河合 そういうお気持ちを三年生のときに？

司　はい。

河合　でも、その傾向は、ある程度、その前からあったでしょうね。

司　と思いますけど。

河合　ね。三年生のときに非常に象徴的に出てくるわけだけど、それをそういうふうに受け止めない人もあるわけですからね。

司　そのときははっきりしたことじゃなくて、一年、二年とたって、思い返すことによって、今いった思いみたいなものが加算されていくんですね。

河合　はい、はい。

司　ですから、今の思いでは、こんなにあったぞっていうような、ね。

河合　ま、原体験ですね。

司　そうですね。図で示せば、ラッパ形が噛み合うようなね。

河合　そうです、そうです。空襲にも遭われたんですね。

司　ええ。しかし、負けるとは思わなかった。日本の戦いってのは正義（笑）だと思ってましたからね。負けたときは非常に悔しい思いがしました。不思議だったことは、ぼくらを教えていた先生が、ぼくらの目には悔しがっていないように見えたことでした。

河合　戦争に一生懸命だった先生のほうがね。

司　その姿が漠然と視覚的に残ってる。そういうのが非常に腹立たしいという思いが、年のたつごとにどんどん膨らんでくるんですね。戦災に遭って、焼夷弾に追われた恐怖から戦争が嫌だというんじゃなくて、そういう人間的な関係の中で、ぼくはやはり戦争を否定していきたいですね。ぼくらは、そういう体験、つまり、戦争が人間に与えた傷が刻まれてしまった世代だと思いますね。

河合　そういう深い意味での戦争体験というのも、もう一つうまく伝えられていませんね。空襲で死んだとか、家が焼けたとか、もちろんそれは絶対的なことなんだけど、そういう戦争ばかり。それよりも、もっと深い層でみんなが傷ついているんだけど、その傷がうまく伝えられていない、みんなにわからないというかね。

司　伝えにくいことなんでしょうがね。

河合　家が焼けたというほうが、そりゃ、わかりやすい。でも、実際に体験すると、そのときというのは、家が焼けてもそんなに怖くはないんですよね（笑）。

司　その実はね（笑）。

河合　だから実感とはちょっとズレるんですよね。ま、後ではもちろんいろいろ困るわけだけど……。しかし、今いわれた体験というか、傷のほうがものすごく大事なんだけど、その傷について、どうでしょう、うまくいえる人は少ないみたいですね。

司　ぼく自身もそれはできないで、ま、自分に対して何か怒りを感じることですけども……。ただ、自分が生きてる間は、何らかの形で、それを表していかなくちゃという思いはありますね。

河合　ぼくは戦争中に『モンテ・クリスト伯』を読んでてね、あれ、大好きなんですよ（笑）、敵国の、敵国は悪いということになってたんだけど、読むと何も悪くない（笑）。何でこういう国の人と殺し合いをしなければいけないのかと、変な感じを持ったことを覚えてますよ（笑）。

司　絵を描いてきて、やはり自分では経験できなかったという意味で、絵描きがたくさん描いている戦争画を調べてみたことがあるんです。

河合　ほう……。

司　文字で書いた人というのは、その責任を問われたりしてるんですけど、絵画については、それほど責任を問われてないんですね。ま、絵を描くっていう行為の喜びに浸りきってるというのか、戦争そのものに対する罪悪感を持ってなかったように思うんですよね。

河合　そうですか……。

司　それは、絵描きの非常に危険なところであり、また、いちばんいいところなんですけどね。また、それはそれとして、今でも近代美術館で戦争画が二、三点、展示してあるんですけれど、そういうのを観ますと、戦争画ってのは、後ろに親分がいないと、何も生きてこないような気がするんです。

河合　そう、そう。

司　後ろ盾になるような戦争好きの人がついたら、恐ろしく生きるだろうなって気がするんですね。絵画ってのは、そういうところもありますね。普遍的な美しさを持たない絵になればなるほど、そういうところがあるんですね。

河合　わかります。でも、親分を必要とする絵という言い方は、すごくおもしろいですね。

司　戦争画についていえば、やっぱり後ろになぜか親分が必要な絵だっていう気がするんですね。

河合　ま、それは、戦争画だけではないでしょうけれどね。

司　そうでしょうね。

母親のたましいに届かせたいこと

河合　司さんにとっては、中学を出られてから東京へ来たそのあたりが人生の非常に大事な時期になってるわけでしょうね。

司　おそらくそうでしょうね。

河合　それは、すごく大事な、もう原体験になってますね。フランス映画や、映画館の裏に住んでた絵描きさんにお会いになったことですね。ぼくが司さんの絵を見てて親近感を感じる理由は、フランス映画が共通項に入ってるからだと思うんですね（笑）。でも、もっと小さいころの話で、何か出てきますかね。

司　小さいころというと、何かいろいろと長くなってしまいそうで（笑）。

河合　いや、長くなって結構ですよ。でも、編集者が困ってしまうかもわかりませんな（笑）。

司　ぼく自身が私生児だったことで、家庭的に普通の環境ってのを得られなかった。それが、大きいといえば大きいことですね。

河合　それは、すごい大きいことですね。

司　だから、さっきおっしゃった戦後の先生の顔でしょうか、そういう物の見方も、たぶん、その辺が多少は影響しているかもわかりませんね。

河合　そうですねえ。ですから、その父親像みたいなものを変革するすごい大きい人が、その中学のときにあらわれた人でしょうね。

司　そうでしょうねえ。そういう意味では、その辺の細かいことを話すと（笑）、長編小説のようになっちゃいますけども。

河合　それと話しづらいかもわかりませんね。

司　ええ。それで、その辺のことは、文章に書こうと思ってるんですが……。

河合　でも、ま、ちょっとぐらいどうでしょうか、少しだけでも……（笑）。

司　ただね、この間、といっても五年前ですけど、母親が八十三歳で亡くなったんです。母親が生きてる間ね、どこかで母親に反発してたという思いがして……。自分にとっては困ると思う存在だったんですよね。

河合　わかりますね。

司　ところが、亡くなってみたら、本当は必要だったのに、何であんなに避けてたんだろうっていう思いが非常にしてきたんです。今になって、墓に布団は着せられずということを、何かお経のように感じましてね(笑)。その母親に対するレクイエムっていうんでしょうか、それを書きすすめているんですけどね。

河合　小説で、ですか。

司　わからない部分は小説風に、わかる部分はエッセイ風に……。それはなぜかというと、今話しましたように、自分が常に避けていて、その母親があることによって、自分がいつも歪《ゆが》められていたみたいなことが、亡くなった瞬間に、むしろ逆だったのではないかという思いがしたんですね。むしろ、ぼくのほうが母親を歪めていた。コンプレックスを持ってたことに対しても、そんな自分への怒りっていうのが、逆に強くやってきたんです。そういう意味では、母親の死が、ぼくに新しい生き方を強いたような、そんな気がしたんです。

河合　そうなんですか。

司　絵を描く行為で母親にこたえていけない。つまり仏壇に捧げる花でいえば、花の形じゃなくて、匂いのほうでないと、母親には届かない。そんな思いがしてきたんですね。それはまた、母親のたましいに届かせることと、同時に自分にもはね返ってきてくれなきゃならないことのわけですね。花の形をいかに造形的に美しく置き換えるかという作業より、まったく正直に母親が亡くなったときの自分の悔しさとか、母親をずっと歪めてたぼくの線というんでしょうか、そういったものを、死ぬまでに伸ばしておきたいんですね。

河合　そうです。それは大事なことですね。

司　細かなことではいろいろありましたけれど、自分が曲げられていたという思いは、実は自分が曲げていたんだということを、今のぼくの問題として書きたいんですね。

河合　そうですね。いやぁ、しかしそれは残念だな。人間というのは、そういうときになるまでわからないんですからね。

司　死ぬ一年前にでもわかれば、それで十分なのに……。

河合　ほんとにそうなんです。しかし、それは、ほんとに残念ながらわからない。だから、ぼくはよく思うんだけど、人間の来世があるって考えるほうがよっぽど合理的ですね。これで来世がなかったら、ちょっとむちゃくちゃすぎますわ。

司　だから、そういう意味では、人間ってのは、亡くなった人を思う人がいるかぎり、たましいは生き続け、思う人がだれもいなくなったときに、その人のたましいってのが消滅するような気がするんですね。たましいの存在、それをぼくはやっぱり信じますね。

河合　そしてね、もっと考えると、たましいは死んでからも、まだ変化し続けるんじゃないでしょうか。我々の在り方次第によって、なかなか変化できないたましいとか、それこそ宙に浮いてるたましいとか、たくさんあるんじゃないでしょうか。

司　つまり、生きてる人間が何かを作ってるときっていうのは無限なわけだけども、その人が亡くなって、限定されてしまって、もしこの人がもう少し生きてて、この話なり、この理論なりを生かしたら、もっと大きくなるだろうと思うもの、それは限定されたときに初めて生きてくるっていう気がするんですね。

河合　そうです。

司　それが、何かこう、たましいと通うもののような気がするんですね。ぼくは、母親が死んだことで、自分がいちばんわからなかった部分がわかってきたという感じがあるんです。

河合　お母さんの死が司さんを新しい世界に導いていかれた……。すごいことですね。でも、さっきおっしゃった、お母さんに対する気持ちの揺れというのは、相当早くからありましたですか。何ともいえない、避けたい気持ちというのは……。

司　話にすると結局そういうふうになりますけれど、日常的にそう考えてるわけじゃなく、何かが起こったときにだけ、そんな考えが浮かんだりしました。でも、そうやって、ぼくがそこで得たものがいっぱいあるわけですけどね(笑)。

河合　ほんとにそうなんです。でも、それはわからないんですね。亡くなるまでわからない。もうちょっと早くわかればありがたいんですけどね。

司　もしわかればもっと違う展開になってるんですが……。

河合　ほんとにそうなんですけど、そこを心理学者でもよく間違えるんです。このお母さんから子どもを遠ざけると子どもは自立するだろうという（笑）、むちゃくちゃなアドバイスをする。喧嘩したり反発したりすることに人生の意味があることを知らない人が多いんですね。

司　母親のことをこんなに考えるなんて思ってもみなかったんですけど（笑）、死ほど人間に何かを伝え残していくものってないんじゃないでしょうか。

河合　いやすごく大きいことです。ただ、みんながそういうふうに受け止めるかどうかは問題ですけどね。ほんとはそうだと思いますよ。だから、できたらやっぱり生きてるときに死ぬってことを、ときどき考えるほうが得だと思います。それを忘れるから、みんな、どうも損をするみたいでね。

　死ぬってことを忘れて親子の対話をやってもだめなんですね。死というものが現前してきたら完璧な対話が成立するわけでしょう。

司　そうでしょうね。

河合　今はみんな死ぬってことを忘れすぎてるから（笑）。しかし、司さんのお母さんに対するレクイエム、すごく意味のあることだと思います。期待して待たせてもらいます

（笑）。今日はほんとにありがとうございました。

影の世界がよく見える人

河合隼雄

司さんの絵や装幀のお仕事には以前から感心させられることが多かった。どうしてこんなに心を惹かれるのか、と考えているうちに「影」という言葉が思い浮かんだ。司さんの作品には何らかの意味で、影が意味深く描かれているのだ。そんなわけで私はお会いするときに拙著『影の現象学』を謹呈しようと持っていったら、何となく影のことから話が展開していって、わが意を得たりと思った。

我々の共通の体験として、フランス映画ということがあった。もっともだいぶ年齢差があるので、司さんはフランス映画を十代のときに見ておられる。そんな年齢であのフランス映画がわかるのか、という人もあろうが、不思議なことに素晴らしい作品というものは、わかる—わからないの次元を超えて人の心を打つのである。もちろん、それが大きい効果を持つためには受け手の感受性ということも大いに関係してくるが。

オルフェの鏡の中に入ってゆくところが一番印象的だったそうだが、司さんはすっとあちらの世界へ行き、あちらから見た世界を描くことが得意な画家になったのである。そういえば、司さんはフランス映画を裏側から（あちら側から）鑑賞して育ったのだから、まことに大したものである。

影の世界がよく見える人になるためには、親分を持ってはだめである。親分の光のあたる世界に生きているかぎり人間は安泰である。だから司さんがいわれるように、芸術家たちも親分持ちになる。

司さんは親分を必要としない画家である。というよりは、司さんは生まれたときから親分を拒絶する運命の中に生きてきた人である。司さんは多くを語られなかったが、それがときに、どれほど過酷なものであったかは十分に想像できた。

親分持ちの人は陽の当たる世界で安泰に暮らしている。しかし、ときには親分に捨てられたり、親分に嫌われたりして、闇の世界を経験する。しかし、それはまったくの闇で何も見えない。親分を持たず光の当たらない世界に長く住み、目をこらし目をこらして生きてきた人だけが、影の中にうっすらとした光を見、それがまったくの闇でないことを知ることができるのである。そこでは影は黒一色ではなく、微妙な色合の変化を見せる。司さんはそんな世界を描いてこられた。

親分なしで、とくに子どもの間は、生きることなどできないのではないか、という人もあろう。人間の成長に役立ち、親分ではない人に導者というのがある。親分はあれこれと指示を与えてくれる。導者は指示しない。導者自身も親分を拒否しているのだから、指示できるはずがない。それでは何によって導き、導かれるのか。あえていうならば、我々の対話の中にも出てきた、「たましい」というものであろう。

あるのかないのかはっきりとしない、わけのわからない「たましい」に導かれるように導者は行動する。司さんはつぎつぎと必要な導者を人生の中で持たれた人のようである。中には、導者から親分に変わろうとして、司さんが離れていった人もあるのではなかろうか。

最後に、また残された難問として「母」ということが出てきた。かつては、母は限りなく善きものであった。それが最近になって、教育ママ、ママゴンなどのようなマイナスのイメージも強調されるようになった。そして、最初は母と一体であるが、子どもはだんだんと分離し自立してゆくという、自立神話が一般に現代人の心をとらえている。

確かにこれが間違っているとはいえないにしても、いつもワンパターンの自立神話もあきあきではなかろうか。子どもは生まれた途端に自立している面もあるし、死んでからだって母と一体かもしれない。影の世界から目をこらして見た母親イメージが司さんによって描かれることを大いに期待している。

子どもが個性をのばすとき

日高敏隆
（動物行動学者）

登校拒否児だった

河合　日高さんにはいつもおもしろい話を聞かせてもらっているんですけど、今日は子どものころの話を……（笑）。どんな子どもだったですか？

日高　まあ、相当困った子どもだったんじゃないですか。

河合　というと……？

日高　とにかく体が弱かったんです。どういう病気だかわかんないんだけど、冬は肺炎と称して、夏は疫痢《えきり》になって病院へ入ってましたね。

河合　それじゃ夏と冬はいつも……？

日高　そうです。病院でした（笑）。どういうわけだか、未だによくわかんないんですがね。

河合　それぐらい体が弱かった……？

日高　そうです、そうです（笑）。二・二六事件の日も病院でした。

河合　二・二六事件というと一九三六年ですか。

日高　ぼくが六つのときですね。病院の窓から外を見たら雪が積もってて、とっても静かで、電車も走らない。何でだろうと思っていたときに親が来た。それで、「何かあったの？」と聞いたら、うちの父親は気が小さくてね、「子どもは知らなくていい」ってなこといわれた。そのとき、こういう気の小さい人には一切なるまいと思ったんだけど……（笑）。

河合　六つというと、小学校の一年生ですね。

日高　その四月に入学したんです。ま、小学校の一、二年のころは普通の子どもだったんだけど、体が弱いもんだからよく休むんですね。それで休み癖がついたのと、これは今の人は知らないだろうけども、河合さんはどうかな、林銑十郎《せんじゅうろう》という……。

河合　知ってる、知ってる。ひげを生やした文部大臣（笑）。

日高　そう。陸軍大将が文部大臣をやってた。

河合　そう、そう。そういう恐ろしい時代がありましたな（笑）。

日高　その文部大臣からすごく褒められたという学校が全国に何校かあって、そのうちの一校にぼくが通ってたんです。

河合　東京ですか？

日高　渋谷の広尾小学校。山手線の渋谷から恵比寿《えびす》に行く環状線の内側の途中にあった小学校です。今は電車から見えなくなりましたけどね。

河合　そこで、二年生までは、よく休むけども、普通の子どもだった。あんまり普通じゃないみたいですがね（笑）。問題は三年生になってからですな。

日高　そう（笑）。三年になったら、担任が体操のすごく好きな先生だった。あのころは体育とか、スポーツっていう言葉はまだなかったんですね。

河合　そうですね。

日高　その先生が何か事があるごとにフットボールをやったりなんかして、もうそっちのほうにばっかり行っちゃってるんです。それで、ぼくはまったくだめだったんですね。すると、みんなが、先生までも一緒になって、ばかにするんです。だんだん腹が立ってきて、学校へ行くのが嫌になった。ま、今の言葉でいえば登校拒否ですわ。

河合　そのころはまだそんな名前はなかった。ずる休みといいましたよね。

日高　そう、ずる休みですね。ずる休みをすると、また学校へは行きたくなくなるもんですね。

河合　よけいにね。

日高　おまけに、おやじがその体操の先生に、しっかりしなきゃだめだからみんなの前でばかにしてほしいと頼んだわけですね。みんなの前でばかにすればかえって発奮するだろうと思ってたんですな（笑）。

「朝になって頭が痛いとかなんとかいって学校へ行きたがらないから、親が引っ張っていく。まるでどこかへ引かれていく豚みたいだ」とか先生がいう。ほかの子が笑うわけですよ。ますます行きたくなくなった。それ以来長いこと、体操とかスポーツの先生っていうのは、人間的に信じられなくなりました（笑）。

河合　御両親は何ともいわなかったんですか。

日髙　その反対でね。この程度のことで学校へ行かないようじゃしかたがないと、ワンワンいいました。とにかく林銑十郎に褒められた学校でしょう。朝礼のときに、校長がこぶしを振りあげて列の中を歩いていく。だれかちょっとでもわき見をしたら、バーッと殴り倒す。気持ちが悪くなって倒れでもしたら、蹴っ飛ばして列外にたたき出してね、そこへ寝かせてまた蹴っ飛ばすんです。「お前なんか、死んでしまえ」とか「日本の国も天皇陛下もお前みたいなのはいらない！死んじまえ！　死んじまえ！」ってやるんです。それをしょっちゅうやられる。

河合　それは大変な校長ですな。

日髙　ひどいもんでした。ある朝礼の日だったけど、中に一人けなげな子がいてね、その子の顔に蜂が止まったんです。払おうと思っても、目の前に校長がいるでしょう。それでじっと我慢してたら、ブチッと刺された。子どもだから反応が早くて、ブクーッと膨れてきたんです。それを見て校長がもうもろに褒めそやすんです。「お前はほんとに広尾小学校の鑑《かがみ》だ」とかいって（笑）。

河合　そんなアホな！

日高　（笑）またね、学校じゅうで掃除をするんです。乾拭《からぶ》き隊とか濡れ雑巾隊とかに分かれて全員がやるんです。体操の先生が校庭で太鼓《たいこ》を鳴らすと、それを合図にやるんですね。夏はいいけども、冬はつらくてね。

冬でも半パンツにランニングシャツでしょう。足は痛いし、手は痛いし……。ぼくは霜焼けができるものだから、それが崩れて血が出てるんですね。痛くてしょうがない。手が動かなくなってるんですけど、泣きながらやるわけです。そうすると、例の校長が革靴で背中を蹴っ飛ばすんです。もう嫌になってね。断固いかなくなったんです。

河合　そりゃ大したものですね。ところで、そんなころですけど、女性に対する関心はありましたですか（笑）。ほのかな恋心というやつ。

日高　（笑）林銑十郎が文部大臣のころですな。

河合　そうです、そうです（笑）。

日高　あったみたいですね。

河合　大体、小学校の三、四年ぐらいで出てきませんか。

日高　よくわかんないですけど、覚えているのは、広尾小学校に入ったときに、学校の裏門のすぐ先に住んでた女の子が好きだったですね。色が黒いし、小さいけれど、すごく好きだったんですね。親なんかのいうところによると、ぼくはあの子と結婚するんだといってたそうです（笑）。それで、その子と数年前に会ったんですけどね。そしたら、向こうは全然覚えてなかったんだけど（笑）。

河合　きれいだったですか？

日高　きれいだったですね。なかなかいいセンスでね。ぼくと同い年でしょう。だけど、とてもそんな年には見えない。それがうれしかったですね。

河合　（笑）そりゃ感激でしたね。

日高　四年から麻布《あざぶ》の笄《こうがい》小学校というところに転校したんですけど、そこで好きな子ができました。

河合　それでも、よく話をしたりなんかはできなかったんじゃないですか。

日高　できなかったですね、全然。

河合　ね、心の中にずっとあるだけでね。クラスは男女別々でしたか？

日高　広尾小学校のときがよくわかんないんだけど……。

河合　ああ、そうでしょう。あんまり行ってなかったからね（笑）。

日高　うん。三年までが共学で、四年から分かれる。だけど、途中からポコッと入ったから、女の子には覚えられてなかったでしょうね。

真剣に自殺を考えた

河合　昆虫に興味を持たれたのは、転校したそのころからですか？

日高　いや、昆虫に興味を持ったのはそれ以前です。昆虫学をやりたいなんてことをいってました。だからそれを聞いただれかがおやじにいったんですね、昆虫採集をさせたらいいって。ところが「昆虫学で飯が食えるか！」って、親にはさんざん文句をいわれました。

河合　お母さんも反対したわけですか？

日高　そう、でも、とくに父親がいう。これはこたえた。お前は体操ができないけど、そんなことじゃだめだ、中学校へ行ったら軍事教練というものがあってもっときつくなる、それができなければ日本では生きていけなくなる、昆虫なんかいったい何の役に立つんだなんて、先生と同じことをいうわけです。

　これにはめげてしまいました。つらくて、将来もっとつらくなるんなら、もう死んでしまったほうがいいと思って、真剣に自殺を考えましたね。

河合　親がそういうふうにいうってのはきついことですね。

日高　学校の先生がいう、友達がいう、世間がいうのと同じことを親がいうってことで、ぼくは参りましたね。完全に参った。

河合　ものすごく大事なことですね。

日高　もう何にも救いようがないわけです。完全に救われなくなってしまった……。

河合　そうでしょうね。

日高　これはもう死んでしまったほうがいいと思って、真剣にそう考えてナイフを買ってきたりして……。そんなときにね、担任の先生がふらっと家に来て、親とぼくが座ってる前に向かい合って座り、いきなり「敏隆、お前は自殺することをいいと思うか」って……。

河合　ほう。

日高　それで、ぼくは思わず「悪いと思います」といっちゃったんです。そしたら、その先生がものすごく声を荒らげて、「お前は自分が悪いと思ってることを何でやろうとするんだ!」って怒鳴ったわけです。もうひとたまりもなかったですね。

河合　そりゃそうでしょう。

日高　その後で先生は親に向かって、「お父さん、お母さん、突然にとんでもないことを言い出して申し訳ございません。ただ、教師ってのは親御さんよりも、子どもの考えていることがわかることがあるんです。今、敏隆君は自殺することを真剣に考えています。だから、お父さん、お願いがある。敏隆君に昆虫学をやらせてください」っていうんです。

河合　それはものすごい先生ですな。

日高　おやじは焦っちゃってね、「はい、やらせます、やらせます」(笑)。そしたら先生がすかさず、「ほら、お前、お父さんからお許しが出たぞ。ちゃんと手をついてありがとうございますっていいなさい」って。おまけに、もう一回念を押して、「お父さん、本当に敏隆君に昆虫学をやらせてくださいますね」っていうと、おやじが「はい、やらせます」。すると、先生は、「それじゃ、敏隆君と二人きりにさせてください」といって、親に引きあげてもらったんです。

河合　その光景が見えるようですな（笑）。

日高　そのあとが傑作でね。許しを得たから昆虫学をやりなさいといわれたんですけど、こっちも子どもだったんですね、先生がね、昆虫学をやるためにはまず本を読まなくちゃいけない、それには国語がいるという……。

河合　（笑）なるほど。

日高　それだけじゃ済まない。たとえばこの虫はどれくらいの暑いところで生きられるか、どうしてこの虫が跳ねられるか、そんなことを調べなければいけない。それには物理がいるだろう。また、中には臭いを出す虫がいるから、この臭いは何だろう。つまり化学がいる。それから、この虫は世界のどこにいるのか、地理がいる。本を読むったって日本の本だけじゃだめだから英語がいるだろうと……。いま、そんな具合に歴史が、数学が、理科がってことになって、こっちはなるほど、なるほどってなわけで、これじゃ中学校へ行かなくちゃならない。そのためには、小学校でちゃんと勉強しておかなければならないと思って……（笑）。

河合　うん、そんな具合だと、これはちゃんと勉強しなければいけないと思ってしまうでしょうな（笑）。

日高　はい、はいとうなずいてたら、「それなら、今の学校はお前に合わない。すぐに転校しなさい」っていうんですね。

河合　そこで、さっき話に出た学校に転校したわけですか？

日高　麻布の笄小学校ってところに変わったんです。そこは、前の学校に比べると天国みたいなところでした（笑）。

河合　校長が殴ったりはしなかった（笑）。

日高　朝礼のときでも、一分もすると、「気分の悪くなった人は手を挙げてください」。もうほんとにびっくりしたですね（笑）。

河合　その担任の先生はほんとの恩人ですな。

日高　そう。命の恩人です。米丸三熊っていう名前なんです（笑）。

河合　ええ名前ですなあ（笑）。

日高　戦争に行って死んじゃったらしく、いろいろ探してみたんだけど、見つかりません。

人間より昆虫が好き

河合　話を伺ってると、日高さんは学校へはほとんど行ってませんな（笑）。

日高　小学校で行ったのは三分の一ぐらいでしょうか。中学校も、ま、基本的には行きましたけれど、二年から工場動員が始まった。

河合　そう、そう。同じ世代ですよね。

日高　だから三年生なんてのは、もう工場ばっかりでした。四年生になったら戦争が激しくて学校どころじゃなかった。だから、中学校も通算すると、結局三分の一ぐらいしか行ってないですね。

河合　高等学校は？

日高　成城へ行ったんですけど、学校が空襲でやられて、相模原《さがみはら》にあった陸軍の工兵校だったところに引っ越したんです。片道二時間ぐらいかかるところなんですね。二時間かけて行っても、教師が来ない。たまに行っても、教師は芋ばかり植えてて、授業は休み。行ってもばかばかしいと思って、ほとんどサボってました。だから高校も三分の一ぐらい。

河合　ついでに大学も聞きますか（笑）。

日高　東大の動物を受けたら入ったんだけど、おやじが結核で喀血《かっけつ》して引っくり返っちゃったんです。金がないし、岩波でアルバイトしてたんだけど、とてもじゃないが医者代がだめなんです。それで、今の言葉でいうと蒸発ですね、蒸発したことにして、息子がどっかへ行っちゃったということで生活保護の医療保護というやつ、つまり医療費だけがただになる手続きをしてもらってたんです。

ぼくはいないことになってるから、昼間は帰れないわけです。夜中にこっそり見にきて、こっそりまた帰るってなことを二年ばかりやってました。ま、アルバイトはやってたんですけど、結局はアルバイトばっかしで、大学もほとんど行ってない。そんなのが今、教師をしてるんだからね（笑）。

河合 そこが京大のいいところなんです（笑）。じゃあ、昆虫採集なんてのは、主に中学校のときにやられたんですか？

日高 いや、小学校の四年からですけど、六年ぐらいになるとだんだん嫌になってきてね。

河合 そりゃまたどうして？

日高 夏休みが終わると、たくさん標本箱を作って学校へ持っていくわけですけど、当時は箱代だけでも高くてね。それで、坊ちゃんはいいよなんていわれて、標本箱を持って歩くのが嫌になったんですね。すると、そのうちに、虫を採るのも嫌になって……。

河合 そうですか。あらゆる昆虫を採集してたんですか？

日高 何でもよかったですね。主に蝶と甲虫ですけどね。ただ、その当時、採集が嫌になっても、シデムシだけは集めてました。

これは、おもしろい虫でね、夫婦でもって鼠《ねずみ》なんかの死体を埋めるんです。埋めないとハエが来て卵を産むんです。そうすると、孵《かえ》った蛆《うじ》が食べちゃうから、自分たちで食べられなくなっちゃうんですね。だから蛆がつかないうちに、死体の皮を剝《は》いで肉の塊だけにする。そうすると、ハエは卵を産めなくなってしまう。ハエは毛に卵を産みますからね。肉の塊は早いとこ地面の中へ埋めちゃうわけです。そして団子にしてね。その脇にちょっとした坑道を掘って、そこに卵を産むんです。それで幼虫に、親がちょっとかじって食べて、口から吐き戻して与えてやる。そういうおもしろい虫なんです。

河合　それは、飼ったりしてたんですか？

日高　そうです。またね、当時はあちこちに野良犬や野良猫が死んでたんです。だから、どこかで犬が死んだとか、猫が死んだとか聞くと、すぐにとんでってね。学校帰りに行くでしょう、冬なんかだともう薄暗くなってるんです。でも、死んでる犬の前に座って、じっと見てるんです。いろんな虫が来ていろいろやってるのがおもしろくてね。

河合　薄暗い中でじっとですか？

日高　そう、じっと座って（笑）。すごい鬼気迫るものがあるでしょう。

河合　そうですね。

日高　大きな犬の、歯や目玉を剝《む》き出して死んでる前に子どもがしゃがんで一人、それも小学生がね。これは変ですよ。ま、それでお巡《まわ》りに捕まるんですけどね（笑）。

河合　説明しても納得してくれなかったでしょうね。

日高　そう、実に大変でした（笑）。下手したらどっかへ送られてたでしょうね。でもね、シデムシというのは、家で飼うと大変でね（笑）。

河合　そうでしょう。臭くてたまらない。結局うまく飼えなかったですね。

日高　いろいろ試してみたけど、結局うまく飼えなかったですね。

河合　でも、どうしてシデムシにそれほどの興味を持ったんですか？

日高　いろいろあるんだけど、叔父の一人が、虫の研究も立派な研究だからちゃんとやれ、だけど、解剖をしたりするときは気をつけろ。たとえば人間の解剖なんかしてて、そのメスでもって自分の皮を切ったりするとプトマイン中毒になって死ぬときがある。虫とても同じだからそれだけは気をつけろとね。そのとき、腐った肉を食べるシデムシがどうしてプトマイン中毒を起こさないのかと興味を持ったんですね。

河合　なるほど。

日高　いろいろ調べてみたんだけど、でも、そのときは結局はっきりしなかったですね。

河合　もともと昆虫採集ってのは、だれのアイデアだったんですか？

日高　ぼく自身が好きだったんですね。ま、昆虫が好きだったというより、人間が嫌いだったというべきかな。例の体操の先生以来ね。

河合　ああ、それがありましたね。そのあたりからね。

日高　信頼できないでしょう。だから、犬とかなんかそんなものが好きになる。

河合　それと親が世間についてしまうでしょう。だから自分には頼るものがないというね。

日高　そう。ないですね。あれがいちばん怖いですね。

河合　ものすごく怖いですね。もう、世間対自分一人、一個の人間になりますからね。
日髙　でも、そのことをだれにもいわないですね。あれがいちばんいけないんでね。だいたい自殺してる子どもなんてのは、みんな、母親が悪いんですよ。
河合　原因はいろいろと絡み合っていますけどね……。
日髙　母親ってのは、自分が小さかったころってのを、みんな忘れちゃうんです。どうしてあんなに忘れるんでしょうね。完全に忘れてる、ほとんどね。
河合　子どものころを覚えているっていうのは大変な才能でね。なかなか覚えられないんです。子どものころの思い出を持ったまま大人になってくるってのはすごく大変なことなんです。
日髙　そうですか。
河合　そうです。学校の先生なんかでも、もう少し自分の小学校時代のことを覚えていたら、ものの言い方も違ってくると思うんだけど、完全に忘れてるんです。
日髙　でも、つまんないことをよく覚えてたりするでしょう。
河合　大体、つまんないことを覚えすぎてるんですよ。
日髙　実につまんないことをね（笑）。
河合　それでも日髙さんの場合は、ちょうどいいときにいい人と出会った。結局、出会えない子どもが多いわけでね。

日高　それと、昆虫ですか（笑）。

河合　でも、昆虫を集めることよりも、飼うというか、生態を研究するってのが珍しいですね。

日高　ぼくはね、物を集める執念ってのがあまりないんですね。たとえば、全集なんてのを集め始めても、結局、買い損ねて揃えられない。三十いくつかのときに、趣味は何ですかと聞かれたことがあって、よく考えたんだけど、ないんですね。ま、昆虫採集は趣味じゃないし、昆虫研究は商売だからね。音楽は嫌いだし、スポーツはもちろんでしょう。年とってから困るとかいわれて、それじゃ何かと思い、結局いちばんつまんないけど切手をと思った。でも、動物学者は動物の切手を集め、昆虫学者は昆虫の切手を集めるというのが多いんです。それじゃつまんないから、いろいろ考えて、成熟した女のついた切手を集めることにしたんです（笑）。

河合　（笑）成熟した女じゃなくて、切手を集める。

日高　だけど、世界じゅうのとなると、なかなか集まらない。

河合　やっぱり、収集よりも観察のほうに向いてるんですな（笑）。

おやじのようにはなりたくなかった

河合　お父さんはどんな方でした？

日高　最初にいいましたけど、気の弱い人でしてね。

河合　どういう職業でした？

日高　よくわからない（笑）。なんかいろんなことをしてたんですね。おじいさんというのが大分県の臼杵《うすき》で造り酒屋をやってたそうなんですけど、明治の終わりごろに一旗挙げようと東京へ来たらしいんですね。

河合　おもしろいですね。

日高　ま、そのころあった一種の実業家ってやつですね。昔ね、家の中を探してると、いろんなものが出てくるんです。新しいカメラの輸入元になったり、ナヒモフ号ってあったでしょう。

河合　ああ、金塊を積んだまま沈んだというロシアの船ですな。

日高　そう、そう。その金塊を引きあげるから一口出せとか、要するに詐欺ですな、そんなパンフレットがたくさんあったんですね。また、本当か嘘かは知らないけれど、秩父鉄道を敷いたという話もあるんです。当時は鉄道を敷いて国鉄に買ってもらってたでしょう。それもやったことがあるってんですけど、ま、要するに山師で、大金持ちになったりしたことがあるんですね。

　ところが、残念なことに、ぼくが生まれたころは完全にだめになってたんだけど、それでも池袋の駅前で映画館と食堂をやってたんです。おじいさんが脳卒中で死んだ後、おやじが映画館を引き継いで、おやじの弟が食堂を引き継いだわけだけど、この二人の仲の悪さは格別でね、とにかくむちゃくちゃに仲が悪かったですね（笑）。

河合　日高さんは映画館に住んでたんですか？

日高　いえ、いえ。別に住んでました。映画館に連れてってくれといったことが何度かあったんだけど、絶対に連れてってくれなかったですね。

河合　またどうしてでしょうな……。

日高　映画館なんてのは子どもの行くところじゃないなんていって、絶対に連れてってくれないんです。その後、当時の写真なんかを見ててわかったんだけど、映画館の横に看板が立て掛けてあってお産の映画なんて書いてある。どうもそういう怪しげなたぐいの映画をやってたようですね（笑）。

河合　（笑）だから子どもを絶対に連れていけなかった。

日高　おそらくね。石橋をたたいて渡らないみたいなところがあるおやじでね、酒なんかは一合飲んだら酔っちゃうし、泣き出す。泣き上戸《じょうご》なんです。それを見てて、ぼくは、こういう男にだけはなりたくないと思ったですね。

河合　もう嫌だ、そういう感じですか（笑）。

日高　そう。それがすごく強かったですね。でも、今になってみると、ぼくの何気ないしぐさやなんかが、おやじにひょっと似てるんですな。これが実に嫌でね（笑）。

河合　でも、大学のときは、アルバイトをしながらお父さんの薬代を稼いでた……。

日高　その辺がね、親孝行だったというかなんというか……（笑）。でも、アルバイトばっかりで大学も行かなかったし、ぼくも結核に罹《かか》ってしまって、もう死ぬかと思ってましたね。ぼくの治療費なんてないから人工気胸療法をやってたんですけど、ま、そのときもいろんなことを感じましたね。

みんなはお父さんを大事にしてあげなくちゃとか、親だとか、親孝行というのは古いけれど、やっぱり親というのは、なんていうでしょう。こっちにしてみれば命と引き換えになるんじゃかなわないと思ってたんですけど、そんなときでしたか、アルバイトに行ってた岩波の編集部長がね「大変だろうけど、そういっちゃ悪いが、お父さんのほうが年が上だから順番からいったら先に死ぬ。君が無理をして先に死ぬようなことをしたらだめだよ」といってくれた。それがすごくホッとしましたね。

河合　なるほどねえ……。

日高　正直いっておやじが死んだときはホッとしましたね。ああ、これで自分は生きられる、ほんと、そう思ってホッとしました。

抵抗するのがむずかしい世の中で

河合　日高さんの場合、大学の学部のころはアルバイトばかりで、ほとんど行ってないでしょう？

日高　ほとんど行かなかったですね（笑）。

河合　外国語なんてのは、どういうふうに覚えられました？

日高　中学の時代にね、英語なんてのは敵国の言葉だから禁止されてましたよね。でも、ミッドウェイの海戦のときに、先輩がね、この戦争は敗ける、そのうち英語は必ず必要になるってんで、ひそかに隠れてやってました。

河合　それはすごい先輩がいたものですね。

日高　ドイツが敗けたけど、ドイツ語は絶対になくなるはずがないと思ってました。

河合　中学のときでしょう？

日高　四年のときですね。

河合　それもまたすごいことですね。で、フランス語は？

日高　フランス語の塾がありましてね、そこへ通ってたんです。先生というのが、詩人の菱山修三でね。最初の日は、ABC《アーベーセー》……てな具合にやってたんですが、突然、先生自ら「つまんないですな」とかいうんです。だから次の日から、いきなりボードレールの『パリの憂鬱』をテキストにして始めたんです。ま、そんな具合に外国語をどうにか身につけたわけですけどね。

河合　ほとんど独学みたいなもんですね。

日高　そうですね。

河合　この対談で、今までたくさんの人に登場していただいたんだけど、日高さんを初めとしてそのほとんどが学校教育のおかげをこうむってない人ばっかりですよ。

日高　それは不思議なことですね。

河合　学校教育ってことについて、ほんとに考えさせられますね。しかし、ほとんどの人がそうなんですけど、その中におもしろい人、たとえば、米丸三熊先生みたいな人が出てきたりするんですね。さっきの自殺を考えたときですけど、米丸先生は直観的に悟ったんでしょうかね。

日高　よくわかりませんけど、きっと、そうなんでしょうね。そういうのが全然わからない先生もいるんですよね。例の体操の先生なんてのはまったくわかってない……。

河合　そうですね。

日高　だからスポーツなんかの人はだめだ、と思ってたんですけどね（笑）。

河合　その米丸先生に出会えたというのは大変なことでしたね。

日高　そうです。それは本当に幸せだったと思いますね。

河合　でもね、それも日高さんの力のうちなんですね。そういう人が出てきても、出会えない人もいますからね。やっぱりそこがほんとのおもしろいところでね。

ぼくはね、米丸先生が、転校させたっていうのがすごいと思いますね。普通は「よし、それならおれが……」ってことになるでしょう。それを、ここの学校は、林銑十郎が褒めそやしているからだめだという(笑)。それがすごいんですね。

日高 それはすごいと思いますね。

河合 自殺を思いとどまらせて、その上にちゃんといい学校へ行かせたということ。ここがすごいんですね。

日高 当時は、広尾小学校に比べると、ほかの学校はそんなにひどくなかったんでしょうね、どこへ移っても、きっと。

河合 あのころはすごく差があったでしょう。とくに東京はね。国民精神のほうで頑張って有名になろうとしている学校と、それに抵抗している学校があったんですね。で、それに抵抗しぬいた学校は、文部省ににらまれたり、文部大臣ににらまれながらも、すごく自由な雰囲気を持ち続けたんですね。その辺をもっと研究する必要がありますね。

日高 そうですね。

河合 ぼくら同期生でしょう。いろんな話を聞くと、やはり東京の学校で、最後の最後まで相当に自由だった学校がありますものね。

日高 成城学園なんてのは、多分そうなんですね。その点では、ぼくはおやじに感謝してるんですがね。

河合 だから、その辺は、お父さんもやっぱり偉かったと思いますよ。

日高　授業料を払うのが大変だったみたいです。

河合　今は、あのころの成城みたいな学校はないですよ。

日高　結局、抵抗しにくくなったでしょう。

河合　今、いい学校といったら、点のいいのを集めるだけですからね。

日高　成城なんて、軍事教練反対の同盟休校（ストライキ）をやってますからね、戦争中に。ところが、戦争が終わったら民主主義の世の中でしょう、当たり前になってしまった。いいところがなくなってしまって、勉強ができないとこだけになっちゃった。要するに、東大とかにほとんど入らない高校になっちゃって、それが特色になった。

河合　ああ、なるほど。むずかしいですね。でも、今の世の中でね、抵抗するってのはむずかしいし、大変なことですよ。

日高　大変ですよ、きっと。

河合　だから、下手すると、自分は抵抗してると思っていながら、まったくばかなことをしている人がたくさんいますね。現代における抵抗とは何かっていうこと、これは非常に大きい問題ですね、ほんとに。

日高　大変ですよ。

河合　ひとつ、その辺をじっくり考えてみる必要がありますね。ま、子どものころの話から、ずいぶんむずかしいところへきてしまったけれど、その後は席を変えてからということにしましょう。今日はほんとにありがとうございました。

精神的勇敢さを身につけた人

河合隼雄

日高さんとは、これまでもいろいろなシンポジウムでよく顔を合わせている。ちょっと毛色の変わったシンポジウムで、毛色の変わった者の組み合わせ、という趣向のときに我々はよく一緒に呼ばれるようである。もちろん二人とも、自分はまともだが一人変なのを呼ぶためにあの人が呼ばれたのであろうと確信しているのであるが。

いつ会っても日高さんの話は、めっぽうにおもしろく、今日も期待していたのだが、期待に違《たが》わず興味深い話がつぎつぎと出てきて、私はひたすら聴かしていただくだけになった。

日高さんは勇敢な人である。日本では勇敢とか勇壮というとすぐに身体的、暴力的な姿を連想して、それこそ八字ひげの林銑十郎陸軍大将のイメージなどが出てくるのだが、日高さんは精神的な勇敢さを身につけている人である。軍国校長に反抗して、小学四年生のときに、断固学校に行かなくなる、などということはよほどの勇気がないとできることではない。

その結果、自殺に追いこまれそうにさえなるが、ここで〝たましいの導者〟米丸先生が登場するところが素晴らしい。そして、米丸先生が「おれにまかせてくれ」とか「おれについてこい」などと言わず、日高少年にとって適切と思われる学校への転校をすすめたところが、とくに素晴らしいのである。何でもかでも自分が指導したがる人は、本当の教育者ではない。

日高少年が自殺を思いつめるほどの絶望を体験したことの要因として、自分の親までもが世間の側についてしまったと感じたという事実は、大変に重要なことである。親が世間と一体化して自分を責めてくるのだ。だからといって、単純に日高さんの両親を非難するのも早計である。このようなパターンは、現在においても、日本のほとんどの親がとる態度ではなかろうか。子どもの個性を本当に伸ばそうとするなら、親も教師も命をかけた勇気を必要とするのだ。

日高さんの個性は昆虫採集という突破口を見出していった。しかし、それはむしろ「採集」よりも「観察」のほうへと重点を移してゆくことになった。シデムシを飼育したり、それが腐肉を喰ってもプトマイン中毒を起こさないかを解明しようとしたり、その知的好奇心の強さには感心させられる。あくまで、自分の目で見て確かめようとする姿勢が子どものころから強く存在したのであろう。

「見ること」、「見とおすこと」が日高さんの武器であり、それが勇敢さを支えている。この大切な「見とおす」能力が、わが国の学校教育とは無関係に育ってきていることも見逃すことのできない事実である。

小学校から大学まで、三分の一くらいしか学校に行かなかった人が、わが国の第一級の研究者になっているのである。私も教育者の端くれにいる者として、反省させられる点が多い。教育ということは実にむずかしいことだ。

流れるように話が続いたが、「母」について日高さんはほとんど触れられなかった。私は迷いながら、一言もいわないことも一つの表現と思い、あえて質問しなかった。こういうのはインタビュアーとしては落第になるのだろうか。いろいろと考えて、まだ結論は出ない。

かつての成城学園の自由教育の持った意義を我々は高く評価したが、現代の教育を考える上で、二人とも「現代におけるよい学校とは何か」という問題に突きあたって、はたと困ってしまった。

「見とおす」力を相当に身につけている日高さんも、現代の体制はあまりにも巧妙であり、何に対していかに抵抗するかは大変むずかしい問題であるといっている。私もまったく同感である。勇気も読みも関係のない、おざなりの抵抗などしたって何の役にも立たないのである。このために現代の若者たちは抵抗を放棄しているようにさえ見える。日高さんがこれから何を見とおして、いかに抵抗を開始するか、楽しみにしている。

子どもが兄弟を意識するとき

庄野英二（作家）

損なめぐり合わせに生まれて

河合　子どものころでいちばん印象強かったことからお話しいただけませんか。
庄野　母親のことがいちばん強く残ってます。
河合　それはまたどんな……？
庄野　私には未だに母に怒られるといった強迫観念がありましてね、それでついそんなふうに思ってしまうんでしょうね。
河合　強迫観念、ですか？
庄野　はい。たいていは、子どものときは母親に甘えて、父親を煙たがりますわね。しかし、私は、父親には何を話しても相手にしてくれるという親近感があるのに、逆に母親は怖いんですね。
河合　母親が怖いというのは、またそれもあるんじゃないでしょうかね、一つの形として。

庄野　そうですかね。私の母親というのは、ひとり娘で育ったせいか、きつい性格でしてね。おやじを養子にとったんだけど、そりゃ、きつい性格でした。ま、まま子いじめほどじゃないけれど、とにかく厳しかったですね。

河合　きついというよりも厳しい。線が一本ピシッと通っているみたいですね。

庄野　そう、厳しい。ピシッとしてました。

河合　そういう感じですね。

庄野　たとえば今日、こうして河合先生と対談してますね、そこで私がニヤニヤしてたら、何だお前はニヤニヤして、別に恥ずかしくもないことなんだから堂々としてたらいいじゃないか、と怒るような厳しさでしょうか。

河合　わかります、わかります。それはあのころのお母さんの一つのタイプですね。

庄野　はい。確かに明治の人は誇り高い。ある意味でね。着物は清潔でなくちゃいかん。人に借金はもちろんのこと、物を借りたりとか、恥ずかしいことはしてはならんとかね。

河合　そう、そう。とにかく人様に迷惑をかけない。

庄野　そりゃ、厳しかったですね。私の弟、潤三がね、海軍から帰って今中で学校の先生をしていたときですが、いとこが死んだからお悔やみに行けといわれたらしいんですね。そこで学校の帰りに寄ったら、ひどく怒られてしまったんです。お前はそもそも庄野家を代表して行ったのに、学校の帰りに寄るとはなんと失礼な……。

河合　（笑）そう、そう。

庄野　そういう厳しい人だった。ま、今の世の中だったら通じなかったでしょうけど、そりゃ怖かったですね。

河合　そうでしょうね。お母さんのそういう筋の通った厳しさというのは、非常に小さいころからでしたか。

庄野　ええ。もの心ついたときからですね。ま、兄弟がたくさんいて、私は次男なんですね。兄は目鼻立ちがはっきりした可愛い子でしてね。潤三は末っ子みたいなもんだから気ままに甘やかされてね。

河合　（笑）わかりますね。

庄野　私は子守ばかりさせられてました（笑）。そういう損な年のめぐり合わせというか……。

河合　（笑）それ、よーくわかります。私も兄弟が多いですからね。秀才で可愛いという役割を長男がとってしまったら、次男はほかの役割をするしかしようがないんでね（笑）。

庄野　そうですね。

河合　先生は子守の役割でしたか。

庄野　ええ。子守ばっかり。兄は可愛いお坊ちゃんで、私はお丈夫そうな坊ちゃんなんですね（笑）。それで、ひがみがついたんです。女学生なんか、私の顔を見ると、お兄さんはどうしてるかってね。私なんか相手にもしてくれない。おまけに、私は小学校を出ると、農学校ですからね。

河合　その農学校へ行かれたということで感激したんですけど、それはお父さんのアイデアですか。

庄野　はい。おやじはせっかちな上にロマンチストだったんです。というのは、あのころ、宮崎に新しい村ができたり、白樺《しらかば》運動がありましたね。その影響をとても受けてたんです。大正リベラリストというんでしょうか……。

河合　ああ、リベラリストの時代でしたね。

庄野　徳島の田舎から出てきたおやじですけど、作家になりたいとか早稲田でも出て政治家にでもなりたいという青雲の志があったんでしょうね。独学で英語の勉強していて、「英語毎日」に投稿したり、修学旅行で上京したら、その紀行文を徳島の新聞に連載したりしてたんです。そのころ、専検という制度がありましたね？

河合　ありました、ありました。

庄野　あれに通って新聞に出たんですね。

河合　いやあ、あのころ専検に通るというのはすごいことでしたよ。

庄野　ええ。それも独学でしたからね。

河合　そう、そう。

庄野　それで山口県の萩中学にスカウトされたわけですね。その最初の教え子に志賀義雄がいたそうです。もっともおやじが感化を与えたということじゃないんでしょうけど、そのころの萩というのは先進的な気風があったんですね。おやじは着任したとき、英語で挨拶したそうです。後で聞いて気恥ずかしい思いがしましたけどね。

河合　そのお父さんのアイデアで農学校へ……。

庄野　そうです。

河合　お気持ちはどうでした……嫌じゃなかったですか？

庄野　そりゃ嫌でしたね。

河合　ねえ。

庄野　士農工商の時代でしたからね。母親は士族の直系でしょう。それに当時の私の戸籍謄本なんかはちゃんと士族と書いてあるんですもの。こんなふうにいうと差別になってしまうんですけど、当時は、なんで農民みたいなことをしなけりゃいけないんだと思いました。母親だってもう真剣に怒りましたね。

河合　そりゃそうでしょう。

庄野　ハイカラな父親で尊敬してたのにね。

河合　でも、そのハイカラ好みの一環として農学校が出てきた。つまり、自分の意志ではなくて、お父さんのロマンチシズムがあって農学校へということですね。

庄野　そうです。ヨーロッパなんかへ行ったりしたときに、向こうの農学校のきれいなところを見てきたんですね。てっきり日本もそうだと思い込んでたんですね。
河合　（笑）子どもは犠牲者ですな。
庄野　そう、犠牲者。

キリスト教が救いだった

河合　私らのころでも農学校というのは大変でしたから、先生の時代というのはなおさら大変だったんじゃないですか。
庄野　そう。脚半《きゃはん》を巻いて、地下足袋《じかたび》はいて。それに、鍬《くわ》を担いで南海電車に乗らなければいけない。女学生はいるし、そりゃ、屈辱的でしたね。
河合　それは大変な体験でしたね。
庄野　ハイカラな家の子どもが、サラリーマンの子どもなんか二、三人しかいない、言葉が乱暴な柄の悪い農学校へ行かなければならない。つらかったですねえ。
河合　いじめられなかったですか。
庄野　それはもうしょっちゅうでした。
河合　ま、あのころの上級生といえば、下級生を見ると、理由もなしにやりましたからね。
庄野　当時の百姓の子どもというのは、劣等感がありましたから、都会的なあか抜けした私みたいなぼんぼん（笑）を見ると……。今でこそあか抜けしてませんけど、当時は容貌は別にして（笑）、ほんとぼんぼんでしたからね。

河合　（笑）うん。ぼんぼんですな。

庄野　もう憎しみの対象でしたね。

河合　そういうことは、お父さん、お母さんは知らなかったんですか。

庄野　こっちもいいませんでしたね。ま、あの時代というのは、鉄拳《てっけん》制裁とかいって、師範学校でも上級生が下級生を殴ってましたからね。

河合　そう、そう。

庄野　だから、こっちもそれぐらいは耐えなくちゃならないと思ってましたからね。でもね、二、三年になると、キリスト教と結びついて、ムード的なんですけど、それが救いになりましたね。

河合　そうですか。

庄野　しかし、農学校を出ると、だんだん信仰どころじゃなくなった。芸術や文学のほうで救いがいくらでもあるわけですね。神さんや天国以上にね。

河合　（笑）もっとすごいのがある。

庄野　そこでキリスト教とはさよなら。ちゃっかりしたもんですな。でも、年が年だから、ぼつぼつ考えないと……（笑）。

河合　そのうちお世話になりますなんてね。

庄野　ほんと、ほんと。主はいつでも許してくれるというから（笑）。ありがたい神さんですからね。もう明日死ぬぞとわかったら（笑）、悔い改めて、悪口雑言お許しください（笑）。あのさむらいみたいな中山義秀だって死ぬ前の日に洗礼を受けてるそうだし、福永武彦だって、いつの間にか洗礼を受けたというからね。ま、ありがたい神さんだから……。

河合　そのころ、教会、キリスト教というのはどうでしたか。救いでしたか。

庄野　救いでしたね。ステンドグラスから差し込む光の中で、いい話を聞いて、聖書を読んで、讃美歌を聴いて……。ほんと、気持ちよかったですね。

河合　キリスト教にいかれたというのは……？

庄野　潤三の下に四郎という弟がいたんです。おやじがヨーロッパへ行っている間に疫痢にかかって、三日ほどで死んでしまったんです。私なんか泣いて、泣いてでしたけど、母なんかはもう錯乱状態になって……。ことにおやじがいない間に死なしたことでね。

河合　そうでしょう。

庄野　その死の恐怖というのが非常にしみ込んでまして、それがキリスト教にいこうと思った動機じゃないでしょうか。

河合　それは何歳ごろでしょうか。

庄野　小学校六年生のときです。六年生の九月から十月の間でしたね。それから、死の恐怖というものを覚えた。

河合　あのころは、疫痢というと、もう助からなかったですね。

庄野　そうです。臨終のときなんかは大声で泣きました。

河合　そのころというのは、みんな、身近に死ということを体験していることが多いですね。何らかの形でね。

庄野　そうですね。

河合　キリスト教に入っていかれるときに、御両親はどうでした？

庄野　両親が、本物か贋物《にせもの》か、クリスチャンだったんですよ。おやじは徳島出身でしょう、徳島中学時代に賀川豊彦が一年上だったんです。

河合　ああ、賀川豊彦さんが一つの星になってますね。

庄野　また、英語を勉強してましたから、聖書を読んだりしてね。まあ明治青年だし、思想的には影響を受けてたみたいですね。

河合　お母さんはどうでしたか。

庄野　母は士族ですから、禅宗。それでおやじのキリスト教とは無関係みたいな顔してました。私はおやじを好きだったし、誇りに思ってましたから、うちのおやじにはこんなところがあるんだなんて、友達に吹聴《ふいちょう》してました。

河合　なるほど。お父さんは、どういったらいいんだろう、すごく一生懸命になって英語をやったり、何でもどんどんやられる。何ともいえないユーモアみたいなものがありますね。

庄野　よそから電話がかかっても、裸で尻をかきながら応対している。すると、母が「なんですか裸で。相手に失礼じゃないですか」と怒るんです。親父は「電話だから姿が見えない」といってまた尻をかくんですね。

河合　お母さんはやっぱり士族的、士族としてのモラルというか、それもほんとに儒教的なモラルが。筋が通ってたんでしょうね。

庄野　それで偏狭というか、きつくてね。おやじが死んでからだけど、よその人が物を持って訪ねてくると、「こんなの、たたきつけろ」といったようなことを、その人が帰ってからいったりするんです。そんなきついところがありましたね。

河合　しかし、それはすごくわかりますね。日本の女性の、儒教的にピッチリ筋を通して生きておられたというのはね。

庄野　だから、子どものころといっても、牧歌的に懐かしむなんてことはないですね（笑）。

算数は劣等生だった

河合　ところで、農学校へ入る前ですけど、勉強なんかはどうでした？

庄野　ほんとにできなかった。国語なんかはいいんですけど、算数なんか劣等生の部類に入ってましたね。

河合　ほんとにできなかったんですか。

庄野　真面目に先生のいうことを聞いてたら勉強はできるというけれど、私はどうも嘘みたいな気がするんです。a＋bの平方といったって、なんでそうなるのかよくわからないんですよ。

河合　算数だけは特別そういうことがありますね。

庄野　つるかめ算なんかね、まったく腹が立つんですね。

河合　そう、そう（笑）。

庄野　それから、あれも腹が立つんです。電車が擦れ違って離れるのに何秒かかるかとか、樽《たる》に水を入れるのだけど、何秒でいっぱいになるかってのね。必要ならストップウォッチで見てて（笑）、ほんとに必要あるのならね。

河合　そう、そう（笑）。

庄野　それに、電信柱が百本、その間にいくつあるか。これがどうしてもわからない。十本や二十本ぐらいなら指で数えられるけど、百本だとちょっと勘定できないでしょう（笑）。

河合　私の知ってる男が、やはりその算数のことで、どうしてもわからんといってました。隣村へ行くのに、だれそれは何キロで歩いていったけど、後から何キロで行くと追いつくかという問題で、先生が黒板に線を一本引いたんです。ところが、その男がいうには、隣村へ行くには、道をいっぱい曲がらなければいけないのだから、線を一本引くのはおかしいのじゃないか。それでどうして問題が解けるのかというのが、いくら考えてもわからない(笑)。それから算数が嫌いになったということがありました。

庄野　なんかばからしいんですね。そんなことで先生とはどうも気持ちが合わなかった。たとえばね、展覧会をするから、絵を描いて額縁に入れてこいということがあった。そこで、私はね、おやじがやってた真似をして、茶色のハトロン紙をぐしゃぐしゃにして、広げてしわを伸ばし、額縁に入れたんです。波のようになっておもしろいんですね。私は得意になって学校へ持っていったんです。ところが、先生に「何だ、庄野!」ってかみつかれた。「こんな汚らしいものは替えてこい」ってね。

河合　それは小学校のころですね。

庄野　そうです。小学校の五、六年生でしたか。そのとき、ああ、うちのおやじは芸術がわかって偉いんだ。この先生は真面目で熱心だけど、これはわからないんだって批判してましたね。

河合　ああ、心の中で。

庄野　ええ。また、ボール投げをしてたときに私の投げたボールが偶然、水たまりに入って、泥が先生の顔にとんだんです。それまで無邪気に子どもと遊んでた先生が一瞬、嫌な顔をした。ほんとに一瞬だったけど、嫌な、冷ややかな顔をしたんですね。見たんですねえ。

河合　一瞬の顔をですね。それはもう作家の目ですね。作家になる運命だったんです（笑）。

庄野　だから、そんなことを考えると、まんざらばかでもなかったような気がするんですけど、世間的にはできない子で通ってましたね。

河合　しかし、なにも農学校へ行かなくても、ほかの学校へは行けたわけでしょう？

庄野　行けたけれども、代数とか幾何はついていけなかったでしょうね。おやじもそうだったらしいですけどね。

河合　潤三さんはどうでしたか。

庄野　できないほうだけれども、辛うじてそこそこ以内には入ってたんでしょうね。

河合　そうですか。

庄野　そうです。

河合　しかし、ロマンチシズムはあまりにも農学校の現実を知らなすぎましたな。

庄野　そうですね。

河合　そのころはどんな遊びをしてましたか。

庄野　とんぼを捕ったり……尻尾のつけ根のところがきれいなコバルト錦のやつ。あれは王者の風格がありましたね。

河合　鬼やんまですね。どんな捕り方をしました？
庄野　鳥もち竿《さお》とか石をつけて……。
河合　ああ、石で捕る方法がありましたね。やんま釣りというのをされませんでしたか？
庄野　ええ、やんま釣りね。やりました。
河合　指の間にとんぼを挟んでね。それがいっぱいになってきて……うれしくて、うれしくてね。
庄野　ああね、久しぶりに思い出しました。そうでした、そうでした。楽しかったですねえ。そのころはそういう少年の日々だったから、学校も楽しかったですね。
河合　スポーツはどうでしたか。
庄野　やりたかったんですけど、何しろ、農学校でしたでしょう。
河合　ああ、農学校はスポーツはないようなものでしたね。
庄野　運動会とか陸上競技大会みたいなものはありましたけど、農業の実習で体を鍛えるから、それ以外は必要ないという校長の考えがあったようでしたね。でも、当時は、配属将校が学校に来たりして体操をやるんですね。
河合　ああ、もうそのころは来てましたか。
庄野　来てました。軍事体操というのをやらされましたね。それでも、反逆精神というんでしょうか、アホらしくてやってられないから、抵抗しましたね。

河合　それは勇気がありましたね。

庄野　相手が軍人だからやったみたいなところがあるんですけど……。

河合　でも、それは大したものです。にらまれませんでしたか。

庄野　それほどでもなかったですね。

河合　私らのときは大変でした。でも、その反骨精神は小学校の時代からありましたか。

庄野　やっぱりあったんでしょうね。もともと気の弱い、普通の子より気の弱い、涙もろい人間なんですけどね。

河合　いざとなったら（笑）。

庄野　そうです、そうです。

河合　お父さんも反骨精神というか、負けじ魂というのがあった人なんでしょうね。

庄野　相当あったみたいですね。

なぜ兄弟でこうも違うのか

河合　潤三さんとの年はどれくらい離れているんですか。

庄野　六つですね。

河合　だいぶ違いますね。

庄野　あれはずいぶん得しましたね。

河合　そうでしょう。よくわかります（笑）。

庄野　末っ子みたいに可愛がられたでしょう。私は農学校だけど、あれは大阪外大、それから九州へ行ってね。戦争中で物のない時代だけど、母親が大事にしてましたから、卵や餅やいろんな物を送ってました。友達から、お前の家はお菓子屋かと聞かれたぐらいに（笑）。

河合　そういう育てられ方の違いは、作品なんかに反映してますか（笑）。

庄野　育てられ方の違いというより、性格の違いはよく出ていると思います。潤三はケチなんですよ（笑）。たとえば、大きな鯛《たい》をもらったとするでしょう。弟は、骨の間から、頭から全部しゃぶって、しゃぶって、食いつくしてしまう。私はいちばんいいとこを刺身にして、残りはほっとく。

だから、これ、姉がいってたんですけど、弟の小説というのは、道端に座って弁当を食べている道路工事人の談話を聞いてて、それを小説にしたみたいなところがある（笑）。材料といえば、その話だけ。私はね、豪勢なもんです（笑）。たっぷり材料を使って、あるいは金をかけて取材して、その中の一部、ほんのちょっぴりだけ、それもいいとこだけしか使わない。その違いですね。どうして兄弟でも、ケチと気前のいいのと違うんでしょうかね（笑）。

河合　おもしろいですね。兄弟でも、そういうところが出てくるんですね。

庄野　おもしろいですよ。

河合　それはもう小さいときからありましたか。

庄野　勝手な性分でしたね。食事なんかでも、みんな揃って食べなければいけないのに、弟は二階の自分の部屋にじっとしててね。呼ばれるとしかたなしに下りてきて、一言もしゃべらずに食べてる。済むとすうっと二階へ消えてしまう。そんな男は、おやじの故郷では、二階の猫といわれてたんですね。だから、弟も二階の猫だといわれてました。そのくせ、今なんかは、家族が揃わないと食事をしないし、一日の出来事を話したり、食後に歌を歌ったりして、まったく勝手なもんですよ。

私なんか母親の顔色をうかがいながら、もうほんとに気がねしてたのに、得なやつでしたよ。

河合　家全体のことを考えたり、それをみんな背負わなければいけない、先生はそういう役割だったんじゃないですか。

庄野　そうでしょうね。だから、祖先の墓、大した墓でもないけど、その墓参りも年に一回は欠かさずして……。弟は「すまん、すまん」というだけでね（笑）。

河合　兄弟というのは、そんなところはほんとにおもしろいですね。役割分担がちゃんと決まってて……。

庄野　そうですねえ。

河合　変えようと思っても、なかなか変えられない。そのパターンができてしまってますな。

庄野　ほんとにそうです。でも、弟があんな小説家になるとは夢にも思わなかったですね。

心をおどらせた本の話、映画の話

河合　子どものころ、本は読まれましたか。

庄野　読みましたね。幸せだったことは、おやじが教師だったことで、家にいろんな本があったことでしょうね。

河合　どんな本を読まれましたか。

庄野　おとぎ噺から童話、そして文学と、いろんな分野に及びますね。『クオレ』なんかは愛読しました。あれは戦争と結びつけて、みんなよくいわないんだけど、私は好きでした。

河合　純粋に感激された。

庄野　ええ。今日なんかも『飛ぶ教室』を読んでたんですけど、『クオレ』との共通点をいろいろ思い出したりしてね。とにかく『クオレ』が不当にしか評価されないのが不満ですね。

河合　「少年倶楽部」なんかどうでしたか。

庄野　友達に借りて読みました。『あゝ玉杯に花うけて』とか『敵中横断……』。

河合　（笑）はい、はい。『……三百里』ね。

庄野　それから、佐々木邦の『苦心の学友』。ああいう作品が、私の小学時代は花と咲いたでしょう。全部、読んでます。

河合　それは大したものですね。

庄野　ただ、惜しいことは、立川文庫を読んでいないんですよ。『猿飛佐助』。

河合　それは、やっぱりはやらなかったせいでしょうな（笑）。

庄野　そうなんだけど、みんな読んでるんですね。だから、読まなかったことが未だに惜しくてね。

河合　いいとこの坊ちゃんは立川文庫を読まなかった（笑）。

庄野　そう、そう。いいとこの坊ちゃんでしたからね（笑）。

河合　ほかに、読んで感激されたというと？

庄野　『ロビンソン・クルーソー』ですね。それと芥川龍之介の『アグニの神』なんかでね。

河合　ああ、魔法つかいのやつですね。初版で読まれたんでしょう？

庄野　そうです。みんな初版です。

河合　「少年倶楽部」では？

庄野　樺島勝一の挿絵。佐藤紅緑《こうろく》と佐々木邦の小説ですね。
河合　佐々木邦のユーモア小説は私も好きでしたね。
庄野　あのころは、ああいうユーモア小説がなかったですからね。
河合　『苦心の学友』のほかに『トム君・サム君』とか。
庄野　それは、もうちょっと後ですね。
河合　戦争に近づいたころですか。
庄野　そうですね。「少年倶楽部」の黄金時代に戦争をやってたわけですからね。それから、児童文庫は、アルスのね。
河合　ああ、アルスね。印象に残っているのはありますか。
庄野　白秋《はくしゅう》の撰《せん》した『児童自由詩集』ですね。
河合　やっぱり詩を読んでおられた。大したものですね。
庄野　それに薄田泣菫《すすきだきゅうきん》とか雨情《うじょう》、西条八十《さいじょうやそ》ですか。アルスにはいい詩がたくさん載っていました。応募した子どもの詩も載っていましたしね。
河合　映画はどうですか。
庄野　ずいぶん観ました。「モロッコ」のいちばん最初のを観てる。それから「巴里の屋根の下」。女優でいえば、グレタ・ガルボだとかクララ・ボウとかね。映画史上のいいやつを、そのころにみんな観ました。

河合　それは何歳くらいのときですか。
庄野　十七、十八ぐらいですね。デートリッヒのせりふ一言だけ覚えている。「今日は砂漠の匂いがする」っていうの。「会議は踊る」なんて興奮しましたね。
河合　「会議は踊る」ね。
庄野　学校の帰りにそっと映画館へ行ってね。後ろめたさと怖さで、急ぎ足で帰ってきたりした（笑）。
河合　あのころ、外国人の美人を見るっていうことは、感覚が今と全然違いますね。
庄野　そうですね。
河合　こんな人がほんとにいるのかなっていう感じでね。トーキーだから、それが歌うと実際に聞こえてくる（笑）。日本の映画は？
庄野　鈴木伝明の映画。
河合　古きよき時代ですね。
庄野　ほんと。戦争に入る前の古きよき時代でしたね。
河合　日本にリベラリズムが花咲く、ちょうどそのときですね。
庄野　それから急激に変わっていく。
河合　先生が幼いころは、それこそハイカラの花が咲き乱れて、という時代でしたね。いろいろ話は尽きませんが、今日はほんとにありがとうございました。

日本人離れしたユーモリスト

河合隼雄

私が日本ウソツキクラブ会長をしていることは、だいぶ有名になってきたようだ。毎年四月一日に例会を開き、ウソツキ比べをして一等の人にはン万円を与える。もっともこのような大会開催の案内状をもらって、ノコノコと出席してくるような人は、ウソツキクラブ会員の資格がないので、すぐに除名される、したがって私もせっかくの大会に未だ一度も出席したことがない。

このようなふざけたことをある新聞のコラムに書くと、さっそく手紙が来て、次の総会は欠席するので委任状を同封したとか、私の欠席した総会の食事は素晴らしく「タンシチュウは、舌ビラメよりも大きなものが二枚も重なっており、一同から舌讃されました」と愉快なことが書いてある。差出人を見ると庄野英二とある。庄野英二さんはそのファンタジー作品などを読み、感心して、前から会いたいと思っていた人だ。

こちらも負けじと「八月二日（ダブルフールデー）に役員会を開きます」などと返事し、以後ウソツキクラブ役員会で何度もお会いして意気投合、我々はカンタンアイテラス仲となった。といっても何しろ本当にお会いするのは今回が初めて、どんな方かなという楽しみもあったが、そもそも本当に来ていただけるかなと心配していた。

定刻きっかりにあらわれた庄野先生は、赤いヴェストに身を固めて、七十歳などというのは真赤なウソという感じ、話はつぎつぎと尽きることを知らず、その若さに感心してしまった。まさに「古きよき時代」について語られる、その雰囲気はまことに素晴らしく、聞いている者たちを心楽しくさせてしまう術のようなものを感じさせた。

日本人は一般にファンタジーを書くことが下手である。しかし庄野さんはファンタジーが得意であるのみならず、そこに漂ってくるユーモアという点でも、どこか日本人離れしたものを感じさせる。その要因の一つとして、対談の中に語られているお父さんのハイカラさが挙げられるだろう。

しかし、そのハイカラな父親が英二少年を農学校に行かせたということは、ちょっと考えられないほどのことである。当時、ハイカラ家庭の少年が農学校に行くことが、どれほど型破りのことだったかを現在の若い人はおそらく了解できないだろう。

英二少年は農学校のつらさに耐えながら、一方ではキリスト教という正反対ともいえる世界を知ることになる。このような苦労の中から、すっきりと垢抜《あかぬ》けした上品さと、土の香りのする、ほんわかした温かさとを共に感じさせる庄野さんの名作群が生み出されてきたのであろう。

インタビューの後で、教育委員になられたとき、「痛み」のわかる学校長を作りたいと思ったとおっしゃったが、これは庄野さんの真髄《しんずい》をよくあらわしている。人の心の痛みを知る、ということは庄野さんの全作品の根本にあるのではなかろうか。そして、その痛みは庄野さんの強い人格によって客観化され、温かいユーモアの中に包みこまれるのである。楽しい話に私も編集部もつり込まれていたら、ずいぶん遅い時間になった。「私は新幹線で帰りますから」といわれるので、京都駅まで行ったが、もう電車など走ってないのではないかと私は心配だった。庄野さんは意気軒昂《いきけんこう》としていったんいったことはやり抜いてみせるとばかり階段をさっと登ってゆかれた。おそらく新幹線の線路を伝ってお宅まで疾走して帰られたのではないかと思われた。

ポール・ギャリコに『ほんものの魔法使』という愉快な作品がある。自称魔法使たちがまやかしばかりやってるところに「ほんものの魔法使」があらわれて、魔法使たちが茫然自失するのである。

私は庄野さんとお別れした後で、ひょっとするとあの人は「ほんもののウソツキクラブ会長」なのではないか、と思ったのである。

子どもが孤独を生きるとき

大庭みな子
(作家)

切なさの記憶

河合 子どものころでいちばん印象に残っていることからお話しいただけますか。

大庭 そうですね。印象に残っていることというと、どうしても日中戦争に関係したことでしょうか。ちょうど日中戦争が始まった年に小学校に入学しましたから……。

河合 似た年代ですね。私は昭和三年生まれですから。

大庭 少しお兄さまでいらっしゃいますね。でも同時代ですからとてもお話ししやすいんですけど、戦争が始まった当時、子ども向けの漫画やあるいはニュース映画などで、爆撃された中国兵の持っていたヤカンとか傘なんかが散っている光景を描いたり、映し出していたことを覚えていらっしゃいませんか。

河合 はい、よく覚えています。

大庭 漫画は、きっと日本が勝っていることを宣伝するためのものだったのでしょうけれど、ヤカンや傘を持って従軍している中国兵の姿というのが、今でも忘れられないくらい子ども心に深く残ったんです。日本の兵隊さんというのは、ヤカンとか傘なんかを持って従軍しないでしょう。

河合　（笑）そうですね。

大庭　そんなことに感動したというのは、そこにある切なさといったものを感じたんですね。そのころ、自分の周りにはたくさんの兵隊さんがいたんですけど、兵隊さんの実態というのがわからなかった。大人たちがなんといってもわからなかった。その漫画を見たときに、ああ、この人たちは戦場でも雨が降ると思って家を出てきたんだなあ、それから中国は水が悪いと聞いているから、沸かして飲むためのヤカンなんだろう、なんてことを考えてしまいました。そのことが未だに忘れられないくらい強く印象に残っているんです。それがね、今の私の仕事に強くつながっているんじゃないかと思うんです。

河合　そうでしょうねえ。よくわかります。

大庭　この間も中国へ行ってきたんですけど、そのときに子どものころを思い出すような経験をしました。あの国は大陸ですから、空気がとても乾くんです。だからホテルはもちろんのこと、たとえば駅の待合室なんかに大きな魔法瓶を置いてあるんです。それを見たときに、それこそパッと子どものころを思い出して、ああ、あのころの印象は間違いなかったと、本当に感激しました。

それに、あの国は、今でも制服を着た人たちが町の至るところにいるんです。聞けば警察なんですけど、制服は着てても、靴がみんな違うんです。どうやら靴がファッションのようなんですね。国から支給された靴は履かないで、自分の好きな靴を履いてる。

河合　おしゃれのつもりなのでしょうか……。

大庭　きっとそうなんでしょうね。でも私、そのことにすごく感動して……。日本の警察官だったら、支給された靴以外のものを履くなんて考えられないことですものね。

河合　絶対に履かないでしょう。でも、子どものころにその漫画を見て、大庭さんのように思われた人は非常に少ないでしょうね。そうした漫画というのはみんな侮蔑的に描いてたわけでしょう。

大庭　そうだろうと思うんです。非常に滑稽化した感じでしたもの。でも、あれを描いた漫画家は、意外にそういう当局の意図を逆手に取っていたのかもしれません。もちろんそんなふうに私の心に映ったせいかもわかりませんけれどね。

私は意外に好意的に解釈してたような気がするんですね。とにかくそのことが強烈な思い出として残っているんですね。

河合　その当局というか、大人の意図とまったく違ってね。

大庭　まったく違うふうにといいますか……。

河合　真実のほうが子どもに伝わってね（笑）。

大庭　そのことは最近になりましてもよく思い出しますね。

河合　しかし、子どものころから「個」ということを思っておられたのは、日本人としては非常に珍しいですね。

大庭　そんなこと、自分ではわからなかったんですけどね。

好きな本を読めばいい

河合　読むほうはいかがでしたか。

大庭　昔話というのでしょうか。たとえばギリシャ神話とかグリム。とくに西洋のものをおもしろく読んだ記憶がございます。

河合　日本のものは……？

大庭　もちろん読みましたけれど、どちらかというとおばあさんが話してくれたりしたものですから、むしろ耳から自然に入ってきた感じですね。読むということですと、どうしても西洋のものが多かったですね。

河合　私も子どものころは昔話をずいぶん読みましたけど、西洋のものはおもしろいのに、日本のはあまりおもしろくなかった記憶があります。グリムの中では何がいちばんおもしろかったですか。

大庭　そうですね、『ヘンゼルとグレーテル』とか『ラプンツェル』でした。

河合　ああね『ラプンツェル』、はい、はい。

大庭　それと、ほかに心に残ったのは、これもたしかグリムだったと思うんですけど、漁師の女房が魚にいろんな望みをかなえてもらう話。

河合　はい、はい。

大庭　つぎつぎにいろんなものになりたいというんだけど、とうとう最後は神様になりたいなんていって、望みが果てしなく大きくなってしまう。でも、ついに何もかも無くなってしまう。ああいうのはやっぱり心に残ってますね。それに『ヘンゼルとグレーテル』の中に、魔法使いが子どもに指を出してみろという場面がありますでしょう。

河合　はい。あります。あります。

大庭　子どもは指の代わりに小枝を出す。すると、まだ痩せてるから、もうちょっと太らせてからじゃないとだめとかいって猶予してもらえる場面ですよね。あれ、たまたま英訳から日本語に訳したんですけど、みんな実の母なんですね。

河合　そうです。シンデレラだって実の母親なんです。

大庭　でも子どものころはそういうことを知らないから、親に捨てられるというところで、そういう恐怖ってあるんだろうなとか、親だって捨てざるをえないんだろうなとか思いました。子どもって案外、そういうところで読むでしょう。

河合　そうですね。だから好きなんだと思いますよ。

大庭　私、最近の日本の児童文学はまったく読みませんのでどうなのかはわかりませんけれど、グリムなんかは酷薄な物語っていうのが多いですね。

河合　そりゃあ大変なものです。

大庭　『ラプンツェル』なんかもそうですね。最後は突き落とされて目が見えなくなっちゃうんですものね。おなかの大きくなったお母さんが魔法使いの庭にあるラプンツェルというサラダ菜を取って食べると、子どもを取られちゃう。そういう欲しくて欲しくてたまらないみたいなものを得られない悲しみとか、それを得たときに襲ってくる不幸というんでしょうか。

河合　そう、恐ろしいことっていうんでしょうかねえ……。

大庭　そうですねえ。結局、子どもの感性っていうのは大人とまったく同じであって、あんまり区別して考えないほうがいいですね。

河合　ある意味では大人より鋭いですね。大人は、普通の人だとだんだん常識的になりますからね。ほかにはどんな本を読まれましたか。

大庭　そうですね……。なぜか一足飛びに大人の本のほうへいったような気がします。

河合　そんなことを書いておられましたね。

大庭　本当に不思議なことですけど、相当に早い時期から大人の本を読んでましたね。でも「少女の友」なんていう雑誌を買ってくれてたんですけど、ほとんど読まなかった。

本なんか読むなという時代でしたでしょう。だから学校では隠して読んでました。

河合　雑誌には興味がなかったんですか。

大庭　はい。まったくなかったですね。

河合　そうすると、たとえばどのくらいの年齢にどんな本を読んでおられましたか。

大庭　小学校の五、六年のときに、大人の文学全集、新潮社の『世界文学全集』なんか……。もちろんちゃんとわかりやすいものを選ぶんですけどね。大人のものを読んでても、文章が美しいなんてわからないんです。そんなことはどうでもよくて、その作家が何を見ているかということにしか関心がありませんでした。

河合　そういうものを読まれているとき、お父さんやお母さんは何ともいわれなかったんですか。

大庭　はい。

河合　どういう方だったんでしょう。

大庭　父は文学書を読む人じゃなかったけれども、母はそういうものをたくさん置いてたからわりあい好きだったんじゃないですか。

河合　西洋のものではどんなものを読まれましたか。

大庭　『レ・ミゼラブル』とか『モンテ・クリスト伯』なんかでした。でもわからないところは飛ばすんですよ。飛ばしておもしろいところしか読まないんです。

河合　『モンテ・クリスト伯』は私も中学のときに読んでとてもおもしろかったことを覚えています。すごく好きになって、家じゅうでモンクリなんていって真似したものです。ほかには？

大庭　『椿姫』ですね。

河合　文学的には早いですね。女の子はませてますから、少し早かったんじゃないでしょうか。

大庭　とても腹立たしいことだったけれど、私が女学生のときは、西洋のものは読んではいけないという時代でした。今になって考えるとばかげたことなんですけど……。だから読書に関しては大人を信用しないというところがかなりありましたね。

河合　西洋のものはいけないけれど、日本のものはそうでもなかったでしょう？

大庭　そうなんです。たとえば『源氏物語』なんて読んでても何もいわれなかった。そのほうがよっぽど危険なのにね（笑）。

河合　軍当局は何も知らないから（笑）。

大庭　『源氏物語』にかぎらず『更級日記』とか『落窪物語』とかを読んでるとご機嫌なんです。これはいい案配だと思って私、戦争のひどい時代に日本の古典をずいぶん読みました。そうじゃなかったら読んでなかったと思います。

河合　よっぽど危険なものを読んでたわけだけど（笑）、そのときに読んだものというのは何ともいえない残り方をするものだから、とてもよかったですね。ところで、友達なんかとの関係はどうでしたか。

大庭　とても孤独でした。

河合　お話を伺いながら、そんな気がしました。でも、子どものころにそうした本をたくさん読まれたことが、大庭さんのベースになっていますね。

大庭　そうですね。だから私ね、読書に関してだけは、あんまり指導しなくていいと思うんです。好きなものを読めばいいんです。大体、大人がすすめるものってあまりおもしろくないでしょう。子どもが本当に興味を持って読み続ければ自然に目は……。

河合　肥えていきます。それはすごいと思います。好きなものをドッと読めばいいんです。

大庭　子どもの周りにいろんな本をたくさん置いといて……。

河合　それを読めというふうに置くんじゃなくて、ついでに読むななんていうと、よけいにいいかもわかりません（笑）。

大庭　本当にそうかもわかりませんね。

河合　でも、子どもの本は今、ずいぶん素晴らしいものがあります。私らが子どものころはほとんどありませんでしたけど。

大庭　ただどうなんでしょう、私ね、子どもの本と大人の本をあんまり分けて考える必要はないと思いますね。

河合　本質をいえば、もうありません。

大庭　大人が読んでおもしろくないものは子どももおもしろくないと思うんですね。子どもが本当に好きなものは、大人が読んでもおもしろい。

河合　それはタッと本質のところへいけば、もう完全にそう思いますね。ただ、大人にとってはおもしろいけれど、子どもにはおもしろくないというものはありますね。でも、今の児童文学は本当に大傑作がありますよ。

大庭　私、外国やなんかを旅行したときに子どもの本を買ったりするんですけど、そういうのを読んだりすると、本当はそういうものを書くほうが向いているかもしれないなんて思うことがあります。

河合　私も大庭さんの小説を読んで、そんなことを思ったりしました。

大庭　ほんとにね、ときどきふうっとそんなことを思ったりするんですね。

三代つづいた個人主義

河合　ご兄弟は……？

大庭　三人男の五人きょうだいです。

河合　そうですか。実は大庭さんの小説を読んで、男の気持ちがすごくよくわかっていられると思ったのです。女の気持ちはもちろんですけどね（笑）。また、男の気持ちだけでなく、男の弱さが非常にうまく書かれていると思ったんです。その三人の男のご兄弟との付き合いに意味はありますか。

大庭　ないとはいいきれないんですけど、二つ違いの妹を除いて、上も下も年がずいぶん離れていましたから、あんまり感じないんです。年が近ければもっと違う感じが出てきたと思いますけどね。それに私、ぼんやりしていたというか、兄弟なり異性の親なりに対して、異性に対するロマンティックな感情というものは比較的、希薄だったですね。もしかしたら、それが私の文学の特徴かもわからないんですけど、心理的にはちょっとバイセクシュアルなんじゃないかと思いますね。

河合　いやあ、そういう感じがありますね。読んでて思いました。だから、それが大庭さんの生い立ちから説明できるものなのか、もちろんそういうことも関係しているんでしょうけれども、非常に関心がありましてね。

大庭　さあ、どうでしょう。自分ではよくわからないんですが……。

河合　外国の生活が長かったでしょう。だからそういうことも大きいのかなあと思ってみたりするんです。つまり、男性的な目でものが見られるんですね。確かにバイセクシュアルだけど、ただし男の目でばかりじゃなくて、女の目でもずいぶん。本当に両方の目で見ておられる。だからすごくおもしろいんですけど、その目がどっからきたのかと思って……。

大庭　意識的にやっているわけじゃないんですけど……。

河合　そうでしょう。創作ですからね。

大庭　そうなんです。だからなんていうんでしょうか、それがどういうふうなのか自分ではよくわからないんですけど、ただ、書き手というのは、多かれ少なかれバイセクシュアル……、なんていうか、感情移入ができる人でないと向かないみたいですね。そういう人が多いみたいですよ。

河合　アメリカにはどのくらい行っておられましたか。

大庭　そうですね、十年ばかりおりました。いろんなところにおりましたけど、いちばん長くいたのは田舎、本当の片田舎でしたね。だからわりあい人間関係が濃密っていうのか、そういうことがまだ可能だったような気がします。今と違って日本人はまだ少ないときだったものですから、ずいぶん珍しがられました。

河合　そういうところですと、大都会で暮らしたよりは、得るものが多かったんじゃないですか。子どもさんもそこでお育てになりました？

大庭　はい。子どもを異国人の中で育てますとわかりきったものの中でやってるよりも、何か発見みたいなものがございましたね。

河合　確かにそうでしょうね。

大庭　びっくりすることも何回かございました。でも、外国のそういうことって、十年やそこらいたって本当にわからないものですね。半世紀以上生きたって、日本のことも何もわからない。それと同じです（笑）。

河合　しかし、十年も外国へ行ってますと、日本のことはかえってよくわかるでしょう？

大庭　そうですね。あまり日本にだけいると、日本のことはわかりませんねえ。

河合　やっぱり外国へ行くと、日本のことはよくわかりますよ。

大庭　ですから、外国へ行って見出すのは自分なんですよね。ほかの珍しいものがわかるわけじゃなくて、やっと自分のことがちょっとわかるというのかな。

河合　外国へ行くというのは、よい照明器具をもらうことになりますね。

大庭　そうですね。

河合　違う角度から光を当ててくれるということになりますからね。

大庭　そうなんです。本当にその通りでございますねえ。

河合　しかし、書いておられるものを読みますと、小さい子どものときから西洋の国へ行かれるような感じがしますねえ。

大庭　そうでしょうか。そういうことって自分では何もわからないんですけど……。

河合　お父さん、お母さんは、いわゆるハイカラな人だったのですか。

大庭　今から思えば、わりにハイカラな人だったと思うんです。というのは、子どもというのは自分の世界しかわかりませんでしょう。だから、それは当たり前だと思ってるわけですよ。

河合 なるほど、なるほど。

大庭 ところが大きくなりましてからね、あ、あれはかなり変な家だったんだなと、そういうふうに思うようになりました。アメリカへ行きましても、周りに多少は日本人の方もいらっしゃったんです。そういう中で、私はほかの方に比べてアメリカのコミュニティに溶けこむのが早かったみたい。アメリカの個人主義的なものの考え方にとてもスムーズに入っていけました。それは、自分の育った家の環境が原因のような気もするんです。

河合 どうもそういう感じがするんですけど、それは、御両親、どっちもですか。

大庭 どっちかというと、母のほうかもしれませんけど、両方かもわかりませんね。祖父母という人たちもずいぶん変だったんですよ。父方の祖父母は安政の人なんです。父はずいぶん遅い子どもでした。そして母方のほうは明治初年の生まれですから、その時代に西欧的なものの考え方に入った感じですね。

河合 入っておられる感じがありますね。

大庭 ですから、私で三代目。両親はすでにそういうものの中で育ったっていう感じがしますね。そのときは当たり前だと思っていたんですけど、大きくなってから、自分は、日本の中では変な育ち方をしたんだなって思うようになりました。

河合 日本人は、個人主義っていうのをわからない人が多いですけど、大庭さんはそれを持っておられるから、やはり三代くらい続いているんでしょうねえ。一代や二代ではなかなかできませんから。

大庭　そうなんでしょうけど、その個人主義に対する落胆っていうのか、それに裏切られたみたいな、そういう感じっていうのも強いですよね。それによって追い込まれた孤独というんでしょうか……。つまり、祖父母は文明開化みたいなものに憧れた人なんだと思うんですね。彼らが青春だったころというのは自由民権運動が盛んでね。西洋の書物なんかをせっせと読んだ。そして母たちはそういうところに育てられて、新潮社の『世界文学全集』や『世界思想体系』なんかを読んだ。私の両親はそういうようなものに洗礼を受けた世代ではないかと思うんです。だけど結局ね、晩年は、そういうものに追い込まれた孤独感みたいなものに悩まされたんじゃないかと思いますよ。

河合　わかります。

大庭　それと同じ感じが、私がアメリカに行ったときにありました。

河合　その通りです。アメリカという国全体が個人主義に悩みましたからね。今もそうですけど。

大庭　で、それはヨーロッパの文学作品なんかもそうなんですね。私の若い時代に自我の確立なんていう言葉がはやったんですけど、今になって思うとちょっと見当違いに自我の確立なんていってた。あの時点で、西洋人はみんな自我というものに苦しんでた。

河合　そうです、そうです。

大庭　アメリカだってそうだったわけです。そういう感じが日本の中では多少ズレておりますから、普通の人たちは西欧化される過程が少し遅かったかもわからない。私の育ち方では、両親が持った不安みたいなものの感じっていうのがわかるんですね。アメリカ人の在り方を見てますと、いろんな意味で絵解きをしてくれるんですね。日本の場合でも、まったく同じではないにしても、驚くほど似通ったパターンがありますね。

河合　そう、そう。ただ、もう少し個人主義ということがわかってればいいんだけれど、残念なことにわからないままできている。

大庭　そう思いますね。その洗礼をちゃんと受けないままスキップしちゃってるみたいなね。

河合　そう。またその問題がもろに家族の中に全部入ってきてますから、家族の中でゴチャゴチャ。何に頼ったらいいかセオリーがわからないですからねえ、本当に大変な時代だと思いますよ。

異性のことはわからないから救いがある

河合　話が変わりますけれど、子どものころに異性に対する関心とかはどうでしたか。

大庭　そうですねえ、やっぱりね、多少は。だれも異性は好きじゃないでしょうか。

河合　女性の方はどうなのか、とても知りたいんですけどね。

大庭　やっぱりね、憧れって、そういうものがあるんじゃないでしょうか。
河合　何歳ぐらいからそういうのは意識されますか。
大庭　どうでしょう……。それは、本当にもう、思い出せるかぎり子どものころからではないでしょうか。
河合　それも人によるでしょうけどねえ……。
大庭　でも、文学作品なんかを読むと、女の方はみなさんそういうふうに書いてらっしゃるみたいだし、それが普通じゃないんでしょうか。
河合　いや、そうとばかりもいえませんね。
大庭　そうでしょうか……。男の方はどうなんですか。
河合　もちろん、すごく意識しますけど、意識のしかたがずいぶん違うんですね。それと、それがはっきり出てくるのは小学校の三、四年ぐらいで、それからまた意識的に避ける時代がきます。関心があるからこそ避けるという時代が。
大庭　関心があるんですけど、案外、意地悪しますでしょう。
河合　そう、そう。
大庭　私も男の子に意地悪された記憶がいっぱいあって……。すんなり一緒に遊んだりとはいかなかったみたい。
河合　関心が意地悪という格好で出るのが一般的ですね。マイナスの格好であらわすわけですから。だから、意地悪されてるほうも腹が立つんだけど怒ってばかりもおれないという。

大庭　本当にそうなんです。ただ男の子の意地悪は、女の子の意地悪と違うんですよ。ちょっと妙なところがありますねえ。

河合　女性のほうから積極的に何かの表現をするってことはありますか。

大庭　何かの表現……？

河合　つまり、自分が好きだとか憧れているってことを相手に表現する……。たとえば、男だったら意地悪するって方法があるでしょう。女性の場合は、ただ自分の心の中で思っているだけか、何か違う方法で表現してみるとか。

大庭　やっぱり同じような意地悪するんじゃないですか。どうもほかに方法がない（笑）。

河合　それでもどうでしょう。小学校三、四年のころっていうのは、もうちょっとストレートに表現できるときもあるんですね。もちろんプラスの格好で。

大庭　たとえば、非常に困ったときとか何かのときに助ける……。救うっていうのか、救ってやりたいといった気分。

河合　そうですねえ。

大庭　そのくせ何かのときに意地悪したりするんだけど、自分もね、やっぱり何かのときに救われるような感じがあるんですね。意地悪はされるけれど。

河合　はい、はい。とくに非常に困ったときに救ってくれるんですね。

大庭　でも、私たちの時代はね、女の人はあまり表現なんかしないでね、非常におとなしくしといたほうがよい、男性はそういう女性を好むと教えられました。

河合　そうだったでしょうね。

大庭　でも、そういうのは嘘みたい。

河合　そりゃ、そうです。ところで、小学校のときはもう男女共学になってたんじゃないですか。

大庭　一年と二年のときだったかしら……。

河合　上級で別れて、中学のときはもちろん男女別々。そして高等学校でまた一緒になられたでしょう。

大庭　関西地区はそうだったようですけど、私の場合はそうならないで、大学も津田塾へ行きましたからまた女子大学……。

河合　それは残念でしたね。

大庭　だからアメリカへ行って初めて……。

河合　私の弟なんかは高等学校で男女共学だったけど、あれは忘れられん、あんな何ともいえないことはなかったっていってました。

大庭　どういうふうにですか。

河合　つまり女の子と一緒に勉強するのかと思うだけで、うれしいというようなものではなく、怖いような、もう表現できないようなすごい気持ちがしたらしいです。

大庭　そのところが、私にはないんですね。でも、さっきの、男性はおとなしい女性を好むといった世の中一般の常識というか、世の中が教えてくれることを守っているかぎり、絶対に男の子にはモテないわけですね（笑）。

河合　そうですね。

大庭　それで、男の子というのは、世の中が要求しているのとはまったく反対の子が好きなんだと気づくのが非常に遅いわけですね。

河合　（笑）なるほど。

大庭　それと同じようなこと、男の方にはおありになるんですか。

河合　それはもちろん。今だってそうかもしれません。だから、描き出す一つの理想型みたいなものっていうのは、全然、現実に合っていないでしょう。

大庭　歌舞伎なんか、もう驚くほど女性が積極的なんだけど、実際その時代にそういうことがあったのかというと、どうでしょう。結局、あれは男の人が書いて男の人が演じますから、男の人たちの夢かもわからないんですね。

河合　そうかもしれません。そういうふうに考えると、すごくよくわかるところがありますね。

大庭　私なんか、いろんな一般的にいわれているようなことを信じてきたから、なんか損をしたみたい（笑）。今ごろになって気がついても遅いですけどね。どうも私は男性に対していろいろいわれすぎて育ちましたから、若いときには男性のことを非常に悪く思ってたんですよ。

河合　そうだったんですか。

大庭　ええ。今のほうがはるかに……。

河合　マシだと？

大庭　そう。というのは、小さいときから青春期まで、もっともっと、変な変な、自分には理解不可能な、非常に変なものだと思ってましたからねえ。ですから用心というのか、恐怖っていうのか……。

河合　そうです。危ないものですからね（笑）。ま、それにしても、いくら研究したところで男と女のことに関しては、わからないことが多いですね。

大庭　わからないから救いがあるんでしょうけれどね。わかったら味もそっけもないんで……。

河合　いや、これはもう絶対にわかることはないですね。

大庭　私にとっては、これはもう永遠に永遠に神秘で不可解ですね。神秘といえば聞こえはいいけれど、不可解といえばちょっと絶望的でもあるんですけど。

河合　お互いさまです（笑）。ま、この問題はキリがありませんからこの辺で。今日は本当にありがとうございました。

「個」を体験し、成長してきた人

河合隼雄

大庭さんのお書きになるものは、興味を持って読ませていただいていたが、そのご意見には同感するところが多く、以前からお会いしたいと願っていたお方である。

われわれは同世代に属するので、そのような点で話が合うところが多く、話はつぎつぎと展開していったのだが、まず最初に出てきた、中国兵の漫画の話には感心してしまった。当時の日本政府は中国人がいかに劣等であるかということを日本国民に植えつけようとして、あのようなばかげた漫画を描かせたと思うのだが、それを見た日本の少女の中に、一人でもそれをまったく逆の感情を持って見ていた人があったという事実は、感動的である。「子どもの目」は大人の浅はかな意図をつき抜けて、真実を見るのである。

それにしても、このエピソードは大庭さんがいかにお仕着せに抵抗し、自分自身の「個」としてのありようを大切にしたかを如実に示している。

おそらくそのような姿勢によって、よほど小さいときから大人の文学を読みこなしてゆかれたのであろう。小学生のときからどんどんむずかしい文学書を読んでゆく大庭さんを「早熟」という言葉で表現するのは、少し理解が浅いと思われる。

大庭さんも大人の文学とか子どもの文学とか区別して考える必要がないといわれ、私はわが意を得たりとうれしかったのだが、確かに、人間を考えてゆく上で、大人と子どもの区別というものが問題にならない、両者は同じだという視点が存在する。違った言い方をするならば、大人の中にも子どもはあるし、子どもの中にも大人はある、ということになるだろう。

これは、男女についてもいえるようで、男の中にも女はあるし、女の中にも男はあるといえる。人間を深く追求してゆくと、一般にいわれている区別や、ステレオタイプがほとんど意味を持たなくなるような点にまで至るように思う。

そのような点からものごとを見ると、いろいろおもしろいことが見えてくる。おそらく、大庭さんは子どもの頃から、このような点に立つ才能を持っておられたのだろう。そして、そのことが大庭さんの文学の支えになっているようにも思われる。

こんな人が子どもの頃から孤独を体験しなくてはならなかったのも当然であろう。孤独はそれに耐えられない人には、強い破壊力を発揮するし、それに耐え得る人にとっては、自分を鍛えてくれるものとして意味を持ってくる。このようにして、大庭さんは「個」ということの表と裏、光と影を十分に体験し、それによって成長してきた人と言える。

大庭さんのようなタイプの人は、したがって、だれの影響を受けて、とか、両親のどのような点を引きついでとかいった類の分析が、ほとんど意味を持たない人だといえるだろう。人間の成長の過程を、その人の環境の分析によってすべて説明できると考えるのは浅はかな考えである、と私は考えている。ただ、厳しい孤独を体験しつつ、それに破壊されないような守りが、何らかの意味で両親から与えられていた、という点では、よき親を持ったといえるのではないか、と思われるが。

大庭さんとお話ししていて、「子どものころの話」、「大人になってからの話」という区別があいまいになってきて、何も「子どもだったころ」にこだわることはない、という気がしていた。どこかで一般的なルールが破られてしまうスケールの大きさ——というのも陳腐な表現で、——どう考えても、どんな制服を着せても似合わない人とでもいうべきであろうか。

あとがき

本書は『飛ぶ教室』第13号より第22号までに、「あなたが子どもだったころ」という題で連載したインタビューをまとめたものである。

インタビューの連載ははじめてのことで、うまくゆくかと危惧していたが、そんなのは最初の鶴見先生のお話で、すっとんでしまった。お話を聴きながら、私は体がふるえ出すような感激で一杯であった。何かを尋ねるとか、訊《き》き出すとか、そんなことを超えて、豊かに溢れ、流れ出してくるものに、私は自分が溺れてしまわないように身を持ちこたえているだけであった。

滑り出しがよかったせいもあって、どの回も、それぞれの方の個性を反映した、素晴らしいお話を聴くことができた。私はインタビュアーというよりは、ただ感激して拝聴していることの方が多かったが、時には、「先生、そんなこと公表されてもいいのですか」とお尋ねしようかと思うような、「秘密」の話も聴かせて頂いた。

そのような秘密のなかには、「暗い」とか「重い」とかの形容詞が似合いそうなのも多くあったが、御本人の口から出てくるときは、それは重くも暗くもなく、むしろ、ある種のさわやかささえ感じさせるのである。いったいこれはどうしてなのだろう、と私は何度も考えてみた。それをまだ的確に表現することはできないが、次のようなことが考えられる。それぞれの方は、極めて個人的な、個人の内奥の世界へと深く下降しながら、それが個人を超えて、人間存在という普遍への道につながるところに達しているので、そこに何らかの「開け」を感じさせる。深く深く沈んでゆきながら、それは、どんづまりにならず、かえって、ある種の展望をさえ与えてくれるのである。しかし、一般的に言えば、暗く重いことを、ここまでしてくるためには、どれほど長期間にわたって、それを「抱きかかえ、暖める」ことが必要であったろうか、とつくづく感心させられたのである。

インタビューの相手をして頂いた方々は、私がまったく身勝手に選ばせて貰ったのだが、後になって気がつくと、ほとんど全部の方が、わが国の小学校から大学に至る教育の路線をまともに進んできて居られないのである。(日高さんは東大出だが、あまり学校と関係なかったことは、本文のとおりである。)インタビューをする私だけが——途中でひっかかったりしているものの——大学を出て、教育に関係しているので、わが国の学校教育の在り方という点でも随分と反省しながら、お話を伺っていた。

最後になったが、この企画に賛同して、貴重なお話を惜しみなく聴かせて下さった方々に、心からお礼申しあげる。また、光村図書の常田寛、紀伊萬年、両氏をはじめ、『飛ぶ教室』の編集の方々には、インタビューのときのみならず、本書の出版についても大変にお世話になった。ここに厚くお礼申しあげたい。特に、紀伊萬年さんには、編集全体にわたって随分とお世話して頂いた。あらためてお礼申しあげる。

河合隼雄

Ⅱ　子ども力がいっぱい

人の考えないことを考えてみせる力

山本容子
（銅版画家）

大家族がやんちゃを引き出した

河合　山本さんに会うというので『おこちゃん』（一九九六年、小学館）をあらためて読んできたんですよ。あれは子どもが喜んだでしょう？

山本　はい、とても喜んでくれました。

河合　そうでしょう。すばらしい絵本でした。

山本　絵本には書かなかったのですが、まど・みちおさんの「ぞうさん、ぞうさん、お鼻が長いのね」というあのメロディに合わせて「おこちゃん、おこちゃん」と歌いながら読んでほしいという意図があったんです。

河合　実際に子どもはそうして読んだのではないですか。

山本　はい。そう言ってくれたお母さんがいました。子どもに説明したわけではないのに通じたと思って……。うれしかった。

河合　絵本にもありましたけど、山本さんのおうちはものすごく大家族ですね。

山本　祖父、祖母、それに父と母。みんな仕事をもっていましたね。

河合　それに何か開かれた自由さがあるんですね。

山本　それは大阪の商人の家だったからでしょう。私はとにかくやんちゃでしようがなかったらしいですよ（笑）。

河合　あんな大家族のなかでやんちゃをしたんだから、相当なものですよ（笑）。

山本　大家族だったから、いろんな価値観をもった大人がいたわけですね。そういう大人をびっくりさせるというのが、私の目的だったような気がしているんです。それがやんちゃを引き出したんでしょうね。

河合　大人を見ていて面白かったということはありましたか？

山本　いろんな意見があるんだなあっていうこと。母はだめと言う、父はいいと言う、祖父はだめ、祖母はすごい喜んでいる。事柄によってそれぞれの反応がまったく違うんです。それが大人なんだということがわかってとても面白かった。

河合　理屈屋はね、みんなの意見が一致していないと子どもが迷うからいけないとすぐに言うんです。しかし、そんな馬鹿なことはない。子どもは迷わないと面白くない。子どもはね、そこは上手にやりますよ。都合が悪いときはおばあちゃんに抱きつくとか。

山本　そうですね。よく子どもが大人の顔色を見て嫌らしいとか言うでしょう。でも、顔色は見るものでしょう。そこで学んでいくんです。

河合　そうそう。それで、本当に生きていく勉強になるんです。

山本　褒められてもうれしいし、怒られてもうれしい。要するに自分が認められてうれしいということだから。

河合　おじいさんはどういう人でしたか？

山本　鮨屋《すしや》でしたから職人気質で、文字も書けなかった人なんです。人のやっている仕事なら仕事を見て、見て覚えるだけではなくて、そのなかから自分ができることを見つけろとよく言われました。その生き様がいかにも関西人でしたね。

河合　そういう調子でやられたら、お父さんはご苦労だったでしょうね。

山本　そうだったと思います。高校時代は秀才だったらしいけど、京大受験に失敗してるんです。祖父は鮨屋に学は要らないと言う人だったけれど、父は勉強がものすごくよくできたし、一番年下でもあったので、京大ならよかろうということで受験を認めたんです。ところが失敗した。自分より成績が下の人が合格したというのにね。

河合　その後のお父さんは大変だったでしょうね。

山本　そうでしょうね。それで祖父は父のためにということで旅館を建てたんです。旅館は女房がしっかりしていたら男は遊んでいても、つまり勉強していてもよろしいからというのが理由。財産を残してくれたということですね。でも祖父が亡くなってしまうと全部売ってしまって……。

河合　それもまたすごいですね。

山本　親の世話にならない。嫌だと言うんです。立派な旅館だったのにもったいない。

河合　今でも残っているんですか？

山本　あります。奈良の山の中に。旅館のままで空き家。この間、見に行ったら、祖父が晩年に何十年もかけて普請したから、建物は傷んでないんです。買い戻せたらいいのにと、孫である私は思いますけど……。

河合　昔というのは、ああいうのでちゃんと成り立っていたんだから、面白い時代だったと思いますね。

父の病室のベッドで

山本　父は、発明家と言ったら聞こえはいいんですけど、時代の先を読まなければあかんでとよく言ってました。時代の先を読んで結局、お金を全部使って死んじゃった人なんですね。

河合　儲ける人も偉いけど、全部使う人も偉い（笑）。本当ですよ。なかなかそうは使えないですよ。

山本　父はまたものすごくめんどくさい人だった。何か訊《き》こうとすると、ま、座れと言って、前に座らせる。そんなにたいそうなことを訊いてるわけではなく、ちょっといいかどうか、そのお許しを得たいだけなのに……。とにかく結論を得るまでの道のりが長すぎるんです。

河合　具体的には？

山本　中学から高校に入るころに、お茶を習いたいと言ったんです。私は女子中、女子高でしたから、友だちもみんなはじめるころなんです。父は、うん、いいなと言う。自分もやっていましたからね。そのあとで、おまえな、裏や表とあほなこと言わんとけや、そういうあほなことやったら許さんと言うわけです。なんでやねんと訊くと、おまえな、お茶はなんのためにやるんや。うまく歩いたり、開け閉めしたり、要するに美しい人として気持ちもすべて美しい人になるためにやるんやろ。そういう人になったらすぐに嫁に行く。嫁に行ったら、そこの先でのお母さんやらお姉さんがだいたい裏か表をやってはる。おまえはお免状を一個しか取らないで、嫁に行った先が五つも十もお免状を持ってはる人やったら、おまえはそこで負ける。それは許さんと言うわけです。それでも、負けない方法がひとつある。石州《せきしゅう》をやれと言う（笑）。

河合　武家の茶ですね。

山本　はい。父はそれをやっていたんですが、当時はもうだいぶ傾きつつあった。なんでこうなるのやろうと思いながら渋々、行ってたわけだけど、今になってお茶会などに呼ばれて、山本さんは何を、はい、石州ですと言うと、みんなは「よっ」とびっくりする（笑）。それはみんなをびっくりさせることをやっていたから偉いということではなくて、よくそんな傾いたお茶を伝承してきはりましたなということなんです。

河合　お母さんもそういう人と一緒にいるからたいしたものですね。

山本　そうですね。女性の問題と子育ての問題などが原因で、途中で別れてしまいましたけれど、父を最後に看取ったのは母ですから許していたんですね。今になって思うと、私は父の立場もわかるし、母の立場もわかるし、最後死ぬ前に仲良くなったんだからそれでいいと思っているんです。

河合　最後に仲良くなったらたいしたものです。最後はそうならずに別れたままになってしまう人が多いですからね。

山本　だからというわけでもないんですけど、父が死んで教えてくれたことは何かなと考えてみたんです。それで、父は入院していた病室のベッドでどんな風景を見ていたんだろうと思って、実際に死んだベッドに寝てみたんです。そしたら涙が止まらなくなっちゃって……。父が見ていたのは、窓の上から見える狭い空と、つまらない天井と、先生や私が入ってくるときの顔だけ。カレンダーとか絵は掛けてあるけれど、そんなのは見られない。なんてつまらない部屋で死なせたんだろうと。私、病院の天井をアートしたいと思っているんです。

河合　なるほど。

山本　実際にある病院の院長先生にそのお話をしたら、特別室を二部屋だけやらせてくれることになりました。

河合　そのアイデアは欧米でもあまり聞いたことがありませんね。

山本　病院で、治りたい、癒されたいという人たちに対して、どういうサービスをするかっていうこと。これはアートの分野でもあるんです。

河合　それは面白いと思いますよ。

山本　それは、実際は父の死が教えてくれたことではなくて、私が年齢のせいでひょいと気がついたことなのかもしれないけど、そういうのを積極的にやってみたいんです。

緑色で塗ったキリン

河合　お母さんはハイカラだったわけですか？

山本　そうですね。私の子どものころの時代というと昭和三十年代だから、三種の神器に代表されるような文化的生活が突然やってくるわけですね。母はすぐに影響を受けて、すぐにモダンになっちゃうんです。祖母はというと、着物の洗い張りをしたり、障子も自分で張り替えたりと、昔ながらの伝統的な和の生活。同じ家のなかでその両方の風景を見ていたというのが、今、とても私の財産になっていると思います。

河合　そうですね。

山本　音楽だって、母は洋楽のほうが好きで、なんでも西洋風になったものが好き。ところが祖母は日本舞踊とか、歌舞伎とか、文楽とかが好きなんです。同じ家のなかに西洋音楽も邦楽もにぎやかにありました（笑）。

河合　そのころだったら、童謡もいっぱいあったでしょう？

山本　はい。私、二歳ぐらいからソルフェージュをやらされたんですけど、音感教育のあとで童謡も習いに行ってたんです。

河合　今でも口に出てくる童謡はありますか？

山本　あります。赤い鳥、小鳥、なぜなぜ赤い、赤い実を食べた、という歌。その童謡は今の私の根幹になっているんです。

河合　それはどういうことですか？

山本　小学校の一年生のときに、クラスのみんなで動物園へ行ってお絵描きをしたんです。そのとき、私は、黄色いキリンを緑色に塗ったんです。そしたら、先生が、この子は家で何か暗いことがあるんじゃないかと母に言ったんです。たぶん色彩心理学の影響があったと思うんですけど。

河合　それでお母さんはなんと？

山本　そんなの私はわかりませんから、子どもに訊いてください。

河合　それはすごいですね。

山本　先生が真剣な顔をして、容子ちゃん、キリンは黄色でしょう、どうして緑で描いたのって言うから、だってキリンは草を食べているからと答えました。赤い鳥は赤い実を食べたから赤い、それの反対で単純な発想ですけど、キリンは緑の草を食べるから緑色。それは、さっきも言いましたけど、今の私の絵を描くときの根幹になっています。

河合　ほかには？

山本　「かなりや」という曲。あれは歌い出したら悲しくて、未だに歌えない。なぜ歌を忘れたかなりやは殺されてしまうんだろう。後ろの山に棄《す》てられて、背戸《せど》の小藪《こやぶ》に埋《い》けられて、象牙《ぞうげ》の船に銀の櫂《かい》、なかなか豪華だけれど、黄泉《よみ》の国に行くわけでしょう。こんな悲しい歌はない。涙が出ちゃってだめなんです。

河合　西條八十《さいじょうやそ》ですね。彼がそもそも逆境にあったときにつくったといわれてますね。自分のことを絡ませてあるんでしょうね。

山本　そうでしょうね。子どもが亡くなったとか、昔の人はそういうのがありますね。その子どもを、ちゃんとして黄泉の国に送りたいとか。

河合　そうそう。それが子どもの心にピタッとくるんでしょうね。

山本　知らなくても、そのぶんだけ悲しみがこちらにも伝わってくる。今でもそのときのイメージが喚起されてしまって歌えないんですよ。

河合　イメージが喚起されるということは、ものすごく大事なことではないでしょうか。普通は忘れてしまう人が多いんです。子どものときにもったイメージをね。なんの気なしに歌って、なんの気なしに忘れる人もいる。

山本　それで、昔は童謡と一緒に絵があったんですよね。

河合　たくさんありましたね。たとえば武井武雄《たけいたけお》さん。

山本　武井さんの美術館が長野県岡谷市にあるんですが、そこで童画コンクールをやっていて、その審査員をしているんです。武井さんの絵を見ると、子どものころに武井さんの絵を見た記憶とか、怖い絵だったとか思い出して、自分の子ども時代にひょっと帰るような気がするんです。

自分が自分だと思った瞬間

河合　子どものころの記憶って、どのくらいまでさかのぼりますか？

山本　私、自分が自分だと思った瞬間がはっきりあるんです。

河合　それはまたどんな？

山本　私ね、おもらしがすごかったんです。何かに夢中になっていると、おしっこを忘れておもらしをしちゃうんです。それで母が小っちゃなパンツをいっぱいつくっておいてくれたんです。濡れたら自分ではき替えるわけだけど、そのうちにはき替えるパンツがなくなってしまった。それで濡れたパンツを自分でイチジクの木に干していたんです。
河合　イチジクの木がさびしそうだったからと絵本にもありましたね。
山本　干す前に怒られているんですね。わーんと泣いて、ぽこんと気がついたら、パンツと金だらいと空と私がいて……。それがはじめての記憶です。
河合　それは何歳ぐらいですか？
山本　おしめが取れて自分でちゃんとしなさいと言われた時期だから、二歳ぐらいかしら。
河合　だいたい言葉が出てこないと記憶に残らないんですね。
山本　私が最初に言ったのは、「まあ、ちれい」という言葉だったそうです。お花の好きな母に抱かれながら、チューリップを見て「まあ、ちれい」と言ったのがいちばん最初だったらしいの。
河合　それは珍しいですね。
山本　本当にそう言ったのかどうかわからないけれど、大家族でしたし、愛情を注がれて育ったということがよくわかります。
河合　本当ですね。それは、子どもが育っていく根本ですからね。
山本　でも、そんなに満たされていたのに、なんであんなにいたずらで、意地悪だったんだろう。それがわからない（笑）。
河合　意地悪というのは？

山本　当時はね、家から道路に出たら怒られたんです。それで、外を友だちが、男の子なんかが歩いていると、ちょっと、ちょっとと呼び止めるんですって。なあにと言って寄ってくるとね、垣根から手を出して頬《ほお》をぎゅっとつかんで放さない。最後は泣かしてしまうんですって。こっちは家から外に出てはいけなくて、檻《おり》のなかにいるようなものだから、外でうろうろされると頭にくるんでしょうね。

河合　外へ出たいのと、友だちが欲しいのと。頬をぎゅっとつかんで放さないのは獲得したいからなんですね。

山本　それからね、種明かしが好きだったらしいのです。たとえば芝生が水でべちゃべちゃに濡れているの。お隣の芝生も水浸しになって騒然としている。誰もそんなことするわけがないのにと言って不思議がっている。それをこっちで、えへへという感じで見ているの。そのうちに、これは水道の蛇口をひねらないとぜったいに水浸しにならないということがわかって、誰がやったの、あたし（笑）、そういうことをするのが大好きだった。

河合　それは意地悪と違って、人の考えていないことを考えつく面白さでしょうね。

山本　あと、昔は夕方になると電信柱に明かりを点《つ》けたでしょう。

河合　外灯ですね。近所の人が順番に点けていましたね。

山本　夕方に点けて朝になると消すわけだけど、それが昼になっても点いている。電気がもったいない、誰が点けたのかと大騒ぎになったんです。近所の人は私が点けたと思っているのだけど、母が、これは違う、なぜならスイッチが子どもの手の届かないところにある。これは大人の仕業だろうということになった。しばらく見張りましょうということになってはじめて、それをやったのは、あたし、とまた言ったらしいの。そんなことできるわけがないじゃないのと言うから、こうやって台を持ってきて、それに乗ってと、実際にやって見せた。ほらね、というふうに。たぶん、人に見せたりするのが好きだったんですね。

河合　やっぱり意地悪とは違う。そのころから人の考えないことを考えてみせる才能があったんですよ。

山本　人に言ったり、表現したりするのが好きだったんですね。

河合　作品がそうですね。みんなびっくりするわけです。種明かしをすれば。

山本　しゃべりたくて仕方がないわけです。

河合　そういうのを怒られながら楽しんでいたんですね。親のほうも、怒りながら楽しむという気持ちがあったでしょうね。

山本　そうですね。びっくりして大変だったと思うけれど、ひっくり返って、腰を抜かして終わり。オチがそういうところにあったから健全だったと思うんですね。

河合　芸術作品がそうでしょう。だいたい、みんなびっくりする。

山本　目が裏返ったり、うろこが落ちたり。

大阪弁だからいじめられた

河合　小学校の時代はさっきのキリンの話が印象的ですけれど、ほかに印象に残っているようなことは？

山本　小学校時代は転校生だったんですよ。父が会社をつぶしたりして家がいちばん大変なときだった。大阪で小学校を二年、東京で二年、また大阪へ帰って二年。はじめの二年間は大きなお屋敷のお嬢ちゃんで、次の東京へ行った二年間は、家にお風呂もないような、長屋の端っこみたいなところに住んでいた。家がだんだん没落していく、そんな小学校時代でしたけど、私にしたらすごく面白かったですね。子どもにとっては、貧乏にリアリティがないんです。家が狭くなったり、お風呂がなかったりしても、毎日ごはんは食べられるし、子どもの生活には何も響かないんです。母がポジティブシンキングな人だったせいもありますけど、私たちは貧しいのねという言葉はぜったい言わなかった。

河合　いろんな人に会って思いますけど、家全体の姿勢みたいなものがあったら、金があるとかないとか、どのくらいの家に住んでいるかとかは、まったく違う問題ですね。嘆く人はいくら金があっても嘆いてますからね。あれがあったらよかったのにとか、これさえあったらよかったのにと、いいことはこれっきり言わない。

山本　そうですね。でも、母は、環境が変わったから子どもに友だちがいない、友だちをまずつくってやりたいと考えて、私をそろばん塾と習字塾に入れたんです。学校だけでなく、まず地域の友だちを見つけなさいということだったんですね。そろばんや習字なんてどうでもよろしい。まずまわりの友だちと仲良くなりなさいと言うんですね。

河合　それでも言葉で苦労されたでしょう。

山本　そうなんです。大阪弁だから、いじめられました。なんか変やと言ってね。何を言っても笑われるんです。すごくショックでした。

河合　それでどういうふうにしましたか？

山本　担任の先生がね、詩を書いてごらん、自分の気持ちを言葉にしてごらんと言ったんです。それで、関西弁と東京弁とでは、同じ意味なのに言い方がこんなに違うということを書いたら大笑いになって、それで仲良くなったんですね。

河合　言葉の違いが、はじめはいじめのあからさまな対象になるんだけど、それをもうちょっと突っ込んでやると面白いということになったわけですね。

山本　まりつき歌もそうでした。関西と東京は、同じメロディでも詞が違ったんですね。それを私たちはこうやっていたと教えると面白がって、一緒に遊んでくれるわけです。それはすごく覚えてますね。

河合　ほかにはどうですか？

山本　二年間はうまくいったんだけど、仕事で大阪に行っていた父が交通事故に遭って、私たちもまた大阪に呼び戻されるのです。そのときに、私をよくいじめていた男の子がいて、私が大阪へ帰る前の日の夕方にひとりで来たんです。

河合　何年生のときですか？

山本　小学校の四年生。本を一冊持ってきて、これをやると言うんです。その子は本なんか嫌いで、私が読んでいるのをすぐに取り上げるような子だったんです。苗字も名前も未だに覚えていますよ。

河合　その男の子にとっては初恋だった。だいたい三、四年生というところでみんな初恋を経験するんじゃないですか。ものすごく淡い初恋をね。

山本　私は一年のとき。

河合　さすがに早い（笑）。

山本　でも想われたのが四年生。

河合　そういう本を持ってくるところなんていうのは児童文学になりますね。

山本　ステレオタイプですけれど、そんなもんですね。この間「ようこそ先輩」というテレビ番組で当時の場所へ行ったんですけど、男の子の家はなくなっていました。おふろ屋の横にあった材木屋だったんですが、今はどうなっているのかな？

絵にならないものを絵にしよう

河合　「ようこそ先輩」ではどういうことを教えられましたか？

山本　絵にならないものを絵にしよう、いちばんつまらないものを絵にしようというのをやったんです。というのは、私が最初に描いたのはバンドエイドの絵だった。下ろし金とか、つまらないものを絵にしているんです。はじめにそれを子どもたちに見せたら面白いと言うんです。

河合　すごい。こんなものが絵になる（笑）。

山本　そう。感動の嵐だった。それで、まず絵にならない自慢大会をしようと言って、なんで絵にならないか、どういうものが絵にならないかという条件を出し合って、その条件に合致したものを家から持ってきてもらって、みんなで絵にするという授業をやったんです。

河合　みんな持ってきましたか？

山本　持ってきました。水道の蛇口とか、付箋《ふせん》とか、掃除機の端っこを掃除する長いやつとか、ストローとか、ビンの蓋だとか、そういうものを持ってきた。それは結局ある部分なのだから、それがいったい何についていたか、蓋ならどんなビンについていたか、欠落した部分を想像させて絵に描くんです。すごく楽しかった。二十九人の生徒がいたんですけど、二十九の個性が表現できた。

河合　子どもはたいしたものだと思ったでしょう？

山本　たいしたもの、本当に。

河合　僕も教えに行ったことがあるんです。子どもは反応もいいし、本当にたいしたものですよ。

山本　それに、子どもは毎年毎年生まれてくるものでしょう。子どもって、新しいものなんです。だから、新しいものに対して尊敬しなければという感じがある。

河合　本当です。なかなかいいこと言うしね。

山本　よく見ていますしね。

河合　見ていますよ。しかし、行かれてよかったですね。

山本　よかったです。びっくりした。

河合　相手の子どもだってびっくりした。

山本　また行って、びっくりしたり、びっくりさせられたらいいですね。

河合　そうすればいいんです。考えつく面白さを楽しみ合えるのはすばらしいことですよ。

山本　子どももしゃべりたくてしようがない。私もそう。子どものころの種明かしをするあのうれしさが今でもあるんでしょうね。

河合　当然です（笑）。なくなるはずはありません。子どもにも、それがうまく伝わっていくんです。

（二〇〇五年二月二十三日＝山の上ホテル）

びっくりのなかに個性が輝いている人

河合隼雄

驚きのない人生というのは、実につまらないと思う。山本さんの人生は「びっくり」に満ちている。そして、ひとつひとつのびっくりのなかに、山本さんの個性が輝いているのだ。びっくりのなかから個性が生まれ、個性がびっくりを生み出している。

バンドエイドを見てびっくりする人があるだろうか。しかし、山本さんはバンドエイドに「驚き」を感じたに違いない。それが作品を生み出す原動力になっているのだ。

山本さんが子どものときから、これほどのびっくりを享受できたのは、やはり家族の力が大きいと思う。大家族のもつ懐の広さと多様さが、山本さんの生み出す「びっくり」を見事に消化してゆく。ここで家族の容量が少しでも小さいと、びっくりっ児はただちに「問題児」に転落させられることを知っていなくてはならない。

子育てのことを考えるとき、すぐ頭で考える人は、家族の意見が一致していないと子どもが混乱するなどと言うが、これは単純な発想である。子育ての「理論」を考える人は、知らぬ間に精密な機械をつくりあげるようなモデルを考えるので、間違ってしまうのだ。しかも、これらの理論は首尾一貫しているので人を惑わせやすい。人間は機械ではない。矛盾やら不連続性などがあるから面白いのだ。

「母はだめと言う、父はいいと言う、祖父はだめ、祖母はすごい喜んでいる」という家庭からこそ、山本さんのようなユニークな人が育ってくるのだ。

山本さんが、亡くなられたお父さんが死の床でどんな風景を見ていたのだろう、とそのベッドに実際に自分が寝てみたとの話には、じーんと胸を打たれた。

家族が考えや生き方を異にしても、愛情による一体感をベースにしているから、それが生きてくるのだ。何もなしのバラバラだったら子育てはうまくゆくはずがない。

緑色のキリンをはじめ、いろいろな意表をつく行動とその「種明かし」とは、おそらく、現在の山本さんの芸術作品を支える大切な要素になっていると言っていいだろう。

山本さん自身も「子どものころの種明かしをするあのうれしさが今でもあるんでしょうね」と言っておられる。いくら成人しても、このような「子どもらしさ」（「子どもっぽさ」とは異なる）を保持することは、人生を豊かに生きるために必要なことだと思う。芸術家の場合は、まさにそうであろう。

山本さんが「ようこそ先輩」で、「絵にならないものを絵にしよう」という授業をされたとき、子どもたちがどんなに喜んだか目に見えるようである。子どもたちは、それまでは「何が絵になるか」を探すのが図画の授業と思っていたのではなかろうか。この「おどろき」効果によって、二十九人の生徒が、二十九の個性を表現できたのである。お話し合いをしながら、やっぱり自分の専門に結びつけ、「カウンセリングと驚き」などということも考えていた。

創造性を身につける力

鶴見俊輔

不良少年の時代

河合　前に「飛ぶ教室」にご登場いただいたのが一九八五年ですから、もう二十年が経《た》ちましたけど、あのときのお母さんとのすさまじい対決の話は今でも忘れられません。あれは、ほんと、すごい話だった（一〇ページ参照）。

鶴見　厳格なおふくろだった。私が十五歳でアメリカへ行かされるまで折檻《せっかん》するだけの人だった。とにかく小学校の六年間というのは、ずいぶん長かったね（笑）。

河合　それは長かったと思いますね。鶴見さんの学歴のなかでは最長ですから（笑）。

鶴見　ハーヴァードでさえ二年半ですから、ほんと長かったね、あの時代は（笑）。最後の六年目は、私の成績はビリから六番だったんですよ。教師もびっくりしてすぐおふくろを呼んだんです。もちろんおふくろもびっくりした。ものすごく怒られたわけだけど、あんなにひどいとは思わなかったね。とにかく私の家は、親父がずっと一番です。姉もまた一番。姉はいつでも一番だった。ところが私がビリから六番だったから、もう学校へ行かないで家で受験勉強をしなさいということになった。ビリから六番ということは、推薦で中学校へ上がれないわけだから。

河合 それで受験勉強をしたわけですか。

鶴見 そのときに手に入れた教科書が牧口常三郎《まきぐちつねさぶろう》と戸田城聖《とだじょうせい》の書物だった。牧口は創価学会の初代会長で戸田は二代目の会長ですね。

河合 またすごい教科書ですね（笑）。

鶴見 ものすごくいい教科書なんだ（笑）。毎日十時間ぐらい必死で勉強した。

河合 それで中学の入学試験は受けたわけですか。

鶴見 私は俗物だから、推薦で付属中学校へ行った連中を見返してやろうと思ったんだね。こっちは推薦の見込みなんてないから、猛勉強したわけ。七年制の高校の尋常科というところに入ると同級生より一年上に行ける。そこで小学校の同級生より一年上に行って睥睨《へいげい》してやろうと思ったんだね。

河合 それで合格した。

鶴見 そう。牧口や戸田の教科書にうまく引っかかったんだ（笑）。ところが、入学するには入学したけど、不良少年だから続かない。朝起きることができないんだ。それで結局、クビになった。それから府立五中の編入試験を受けて入るけれど、せいぜい二学期までしかもたない。女性に夢中なんだもの、学校なんか行けるはずがない（笑）。親父がね、雄弁家だからお説教するんだ。そのお説教には型があるんだね、一高弁論部の。「日本は英国と違う」というところからはじまるんです。今の親父やおふくろは説教するのかね。それを知りたいね。型はどうか。「飛ぶ教室」で調査して統計として出してもらいたいね（笑）。

河合　調べる必要はありますね（笑）。

鶴見　親父は「英国ならそこそこの家に生まれれば外務省ぐらい入れる。日本ではそういうことはできないんだ。帝大（東京大学）を出なければだめなんだ」と言うわけ。そのときの私というのは、付属小学校をクビになっちゃってパスポートを失っていたんだね。七年制の府立高校の尋常科だって、定員割れのところの東大なら入れますよ。これも失った。五中にしても入ったがまたこれも失った。親父はもうあきれ返っていた。

河合　そこでアメリカへ行けと……。

鶴見　いや、まだ前の話がある（笑）。親父はね、「もうしようがない。太平の逸民として暮らせ」と言うんだ（笑）。「十四歳で結婚するなんて法律に違反してけしからんが、とにかく金はやるから蜜蜂を飼って暮らせ」と。だけど十四歳で蜜蜂を飼って暮らすって難しいんだ（笑）。

河合　それは難しい。大変難しい。受験勉強より難しい（笑）。

鶴見　女との関係を続けるというのも大変難しい、十四歳で。うまくいかないんだね、これが。

河合　繰り返し自殺を図ったというのはそのころですね。五回くらいやったとか。お母さんに対して、はっきりオープンに世の中で復讐《ふくしゅう》したかったと、前回の対談で言っていましたけど。

鶴見　動機はそうですね。回数も、五回くらい、うん、それくらいやった。カフェ街へ行っては睡眠薬のカルモチンを飲んでふらふらしてた。

河合　死体をお母さんに突きつけてやりたかったと……。

鶴見　そうなんだ。それが私の理想だった。でもね、カフェ街でふらふらしていると、おまわりさんに引っ張られて交番まで連れて行かれる。そのうちに睡眠薬のためにぶっ倒れると、そのへんの病院に担ぎ込まれ、管を入れられて薬を吐かされるわけ。おまわりさんは当然、家に通報するわけだから、親父とおふくろはそれで参ったわけだ。そこでアメリカへ行かせた。そのころ、親父は渋沢財団との関係で、日本で図書館をつくるためにアメリカへ行ってたんです。そこでハーヴァード大学の歴史の先生、アーサー・M・シュレジンガー・シニアに助言を求めたんです。後に私の保護者になってくれた人物だけど、そのシュレジンガーは私を学究的なタイプと思って、ある予備校を紹介した。私が英語を勉強するために来ると思ったらしい。英語なんてからきしだめの劣等生だというのにね（笑）。

河合　その予備校というのはハーヴァードへ入るためのものですか？

鶴見　コンコードのミドルセックスと言って、グロートンという予備校よりランクはちょっと下だけど、学生の大多数がハーヴァードへ入る、そんな予備校でしたね。これは前回では話してなかったんだ（笑）。

河合　そうです。もう前回の続きに入っています（笑）。

不良少年がハーヴァードに入る

鶴見　自分のなかのその子どもがどうなったか。そういう話になりますね。

河合　いいですね。すごくいいです。

鶴見　アメリカへ行ったらね、それは不思議なもので、行ったその日からもうケロッとしてた（笑）。

河合　要するに、家がすべてだった。

鶴見　そうなんだ。アメリカへ行って全部、うまくいった。でもね、言葉ではすごく苦しみましたね。とにかく不良少年だったから英語も知らないでしょう。それは、もう、ものすごく勉強した。

河合　アメリカへ行ったときに急になぜそれができたんでしょうね。

鶴見　親から金を出してもらっているから、また不良をやるというわけにもいかない。しかし、何よりもおふくろから離れて拘束がなくなっちゃった。それがいちばんの理由かな。抗議する相手がいないんだもの、自殺を図っても仕方がないんだ。不良少年というのは、校則を破るから面白いんで、アメリカへ行くと煙草《たばこ》を吸ったって別になんてことはない。

河合　何が不良かわからない。

鶴見　そうそう。日本だと、どこで捕まっても、鶴見と言ったら後藤というのが出てくるんです。

河合　ああ、後藤新平。母方の祖父に当たる方ですね。台湾総督府の民政長官や満鉄の総裁、東京市長などを歴任された明治の政治家ですね。

鶴見　はい。とにかく鶴見と言ったら家族合わせみたいにその名前が出てくるんだもの、こっちにしてみればろくなことがないわけだ、がんじがらめでね。ところが、アメリカへ行ったら、鶴見なんて言っても、要するに黄色人種の子どもみたいなのがいるというだけで、後藤なんか出てくるわけがない。だからなんてことがない。これでやっぱりやらないとまずいという気になった。第一、親父に悪いなと思った。そんなに金もないのに出してくれてね。

河合　お姉さんの和子さんも留学なさってたんでしょう?

鶴見　姉は奨学金をもらって行ってるんですよ。私とはまったく身分が違うんです。姉はね、アメリカの大学の学長に会いに行ってね、自分は津田塾大学でこれこれの成績である。

だから自分に奨学金をくれと頼んだ。すると学長は学資をくれた。私とはまったく違ったんです。
河合　そうですか。けれど、ハーヴァードへ入るわけですから、大変な苦労をされたでしょうね。
鶴見　英語をまず勉強した。これがもう大変な苦労で、一時はもうだめだとあきらめかけた。それで私の保護者だったシュレジンガーに「小学校からやり直したい」と言ったら、シュレジンガーの息子と同じ寮に住んでいた日本人の学生を呼んできた。それが都留重人さんだった。その都留さんに「英語は学問ではなく手段だ。手段は早く手に入れたほうがいい。次の年に大学を受験しなさい」と言われた。都留さんにそう言われたらね……。
河合　もうしようがないですよ（笑）。
鶴見　カレッジボードと呼ばれる他の大学との共通試験を受けた。採点だけ志望校でするんです。
河合　どんな問題が出たんですか？
鶴見　問題を六つ選んで、エッセーを六つ書く。日本でやったのと全然違って、○×じゃない。六問のうち一問だけ落としたことを覚えている。できたのは忘れちゃったけどね。落とした一問というのは「ポーランドの分割について」（笑）。これは相当難しいんだ。
河合　だけど、とにかく試験は終わった。

鶴見　そう。先生が「君は入ったそうじゃないか」と言うんだよね。私は断固として「いや、落ちました」と言った。すると、先生は確信がなかったのか、向こうへ行ってしまった。私は少し変だなと思ったから、ハーヴァードの事務所まで行って調べたんだ。そしたら入っている。まったくびっくりしちゃった。でも、ハーヴァードに行ったはいいが、なにしろ小学校しか出てなかったからね……。

河合　いきなり大学へ入ったわけですから。

鶴見　ほんと、大変だった。「君はどうして小学校しか出てないの」なんて誰も訊かないし、そんなことは訊くわけもないから、誰も私の大変さがわからない（笑）。

河合　最初から哲学をしようと思われた？

鶴見　興味をもっていたことは確かですね。それから四年だけど三年の飛び級を考えていたから、いろいろ研究して哲学にした。それがよかったの。

河合　それで卒業できたんですね？

鶴見　飛び級できなければ、二年半しか行ってないんですから、卒業証書をくれるわけがなかった。

優等生の学習方法

河合　ハーヴァードのインストラクターをやっていた記号論理学者のヴァン・オーマン・

クワインが鶴見さんのテューター（個別指導教官）でしたね。

鶴見　そう。当時、彼は三十歳だった。記号論理学というのは大変若い学問だけど、アメリカ人ではじめてそれを体系化したのがクワインなんです。

河合　記号論理学は、僕は京大数学科でだいぶ習っていますから思い出しますよ。

鶴見　習って覚えることはできるけれど、それを使って創造というのはちょっと無理でしょう？

河合　それは別の話になりますからね。

鶴見　クワインというのは、当時はハーヴァードの哲学教授のなかでいちばん若かった。バートランド・ラッセル、当時はハーヴァードでもう大家だったけど、その彼を呼んで「計測不可能な概念」について質問したことがあった。すると、この問題についてはクワイン先生のほうがよく知っていると思うと言ったんだ。驚いたね。ラッセルというのは、みんな知っていて、雲の上の人なんだ。それが三十そこその現役教授のほうがよくできると言うんだ。日本だったら考えられない。ぜったいにそういうことは言わない。アメリカの学会というのはそういうふうに違うのかと、本当にびっくりした。それから私はクワインを尊敬する気持ちになって毎週のように通ったんだ。

河合　どんな学習方法だったんですか？

鶴見　日本の小学校で優等生がよくやる方法ですね。先生が言うことをそのとおりに書くわけです。当時のハーヴァードにはナチスドイツを追われてアメリカに亡命したルードルフ・カールナップがいた。偉い学者だったけど英語は下手で、テキストを全部書いてくる。それを下手な英語でしゃべるのですが、こっちはそれをメモして、下宿に帰ってから清書するんです。試験のときには清書した講義録を持って受けるんです。だから優等は取れる。たとえばそういう学習方法でした。

河合　優等とは、それはまたすごいですね。

鶴見　学生にとってはBが優等なんです。院生になるとAでなければ優等じゃないんです。

河合　それでも優等だから、それはもうすごいものですよ（笑）。

鶴見　小学校のときは、教師が何か言ってるなと思いながら外の空を見ていたり別のことを考えて、自分の空想と混ぜて自分の話をつくっていた。成績が悪くてもおふくろに見せないし、学校へ行かない日が多い。学校へ行かないで映画を観たりしていた。『隣りの八重ちゃん』なんていう映画は一日中観ていたから、今でもぜんぶ覚えている（笑）。

河合　講義をきっちり聴きながらメモを取り、あとで清書する。なるほど、それが優等生の学習方法ということですね（笑）。

鶴見　ああ、これだったのかと（笑）。だけど、優等生として習った結論は、私はB、つまり優等は取れる。だけど自分の創造性はない。これをいくらやったって、私は記号論理学で自分の仕事をすることができないと、そう悟ったんです。

河合　むしろ小学校のときの『隣りの八重ちゃん』と自分の空想をミックスしていたのがずっと創造的だった（笑）。

鶴見　だからあっちのほうが自分の本来の勉強の仕方だと思ったの。さっきも言ったけど、習って覚えることはできるけど、それを使って創造するというのは別の話だということです。あとになって、アメリカから帰るとき、交換船に二ヵ月半も乗ったわけだけど、そこで数学だけにしか興味のない学者に会った。彼は私以外に自分の話をする相手がいないわけです。そうすると私相手に甲板を散歩して二ヵ月半、大きい無限と小さい無限とかの話をするんだ。それが頭に詰まっちゃうんだけど、創造的になるということはないんだね。大学でバートランド・ラッセルやカールナップやクワインのもとで体を悪くするほどに勉強したけれど、それだけやったって、こんなもので創造的な仕事ができるわけがない。それが交換船のなかでわかった。ビリから六番で小学校を出たほうが創造に近いんだ（笑）。

河合　それはそうですよね。

鶴見　ラッセルもホワイトヘッドも、私が講義を聴いたときはすでにそれをやっていた。ラッセルというのは、少し頭が悪くなってぼやけてきたら社会哲学、もっとぼやけてきたら小説を書いた。さらにもっとぼやけてきたら平和運動をやって、最後は座り込みで捕まってしまった。記号論理学から哲学へ入ってきたわけですね。その彼が壇上で言った。「おれの言っていることがぜんぶ間違いだということは、論理学としてはあり得ないんだ。

言えないんだ。嫌な約束なんだ。だけど疲れて家に戻ったとき、ああ、おれの言ったことはぜんぶ滅茶苦茶で間違いだなあという一瞬の感情がフラッシュして走ることは、人間としてさまたげることはできない」と。これを壇上で言ったんです。びっくりしました。

河合 そうですか。すごいですね。

鶴見 それは彼が今人間として語っているんです。記号論理学者ですから。

河合 そうそう。記号論理学者としてはぜったいに間違っていないですよ。

鶴見 ホワイトヘッドの最終講演を聞いたんだけど、最後に何かぼそぼそと言って壇上から下りたよ。もう八十歳ぐらいだったからぼそぼそとうまく聞き取れなかった。最後に何を言ったのかと、二十年経っても気になっていたから、講義録のコピーを取って調べてみた。その最後の言葉というのが“Exactness is a fake”。

河合 それはすごいですね。

鶴見 精密さなんていうものはつくり物だと。インチキだと。“Exactness is a fake”。名言ですよ。

河合 名言ですね。すごいですね。

鶴見 だからホワイトヘッドも人間としての立場で言っているんです。

子どもが終わるとき

河合　交換船に乗ったのは何歳のときでしたか？

鶴見　十九歳。十九歳だとまだ子どもですから、この対談のテーマからは外れていない（笑）。

河合　はい。おっしゃるとおりです（笑）。

鶴見　日米が開戦してから間もなくして、私はアナキストの嫌疑をかけられて連邦警察に逮捕され、留置場に送られたんですよ。最後は捕虜収容所にいたけど、そのときに政府の役人が来て「交換船が出る。乗るか乗らないか」と訊かれた。乗れとは言わない。乗るか乗らないか。おまえが決めろと言う。民主的でしょう。監獄の体験にしても、とても民主的だった。私がアメリカの民主主義に信頼を置くのはそこなんですよ。

河合　アメリカに残ろうとは思わなかったですか？

鶴見　思わなかった。留置場に入る前に、日本が戦争をはじめるかどうかについて都留さんとシュレジンガーと私の三人で話したことがあった。都留さんは戦争になるはずがないと言った。資本家と資本家が上海あたりでお互いの落としどころを相談していると。シュレジンガーも戦争は起こるはずがないと言う。日本は鎖国を解いてから自分たちの知恵でヨーロッパ並みの国に変えていったじゃないか。これは誰が手伝うということではなくて、日本人のなかからそういう指導者が出た。こういう指導者を出す国が、負けるとわかった戦争をやるわけがないと言った。

河合　シュレジンガーの立場からすると、当然そう思ったでしょうね。よくわかります。

鶴見　私はね、これから戦争になると言ったの。私が都留さんやシュレジンガーより頭がいいからというわけではなくて、私は政治家の家に育っているから、政治家がどう考えてもシュレジンガーの言うように頭がいいとは思えない（笑）。ぜったいにシュレジンガーのようには考えないとわかっていた（笑）。それに、私はね、日本はこの戦争に負ける以外はあり得ないと思っていた。日本には正義がないと思っていた。ナチスと組んでいるんですから。だけど、負けるときは負ける側にいたい、そう思った。これはさっきの“Exactness is a fake”ですね。そりゃ、収容所の中にずうっといれば、飯はうまいし、結核は治るし、入っている連中は面白いしね、こんないいところはない（笑）。だけど、ここでずうっと戦争が終わるまで飯を食っていたら、何か底のほうでまずいというか、自分自身の道義に反すると思った。それで負けるときは負ける側にいたいということで、交換船に乗ると言った。それで帰ってきたの。これは“Exactness is a fake”の fake でないほうのある種の道義感ですね。

河合　そうです。

鶴見　だけども、帰ってからだって、ぜったいに負けると思っていた。

河合　帰ってくる間に二十歳になったわけですね。

鶴見　子どもでなくなってしまった。すぐに徴兵検査ですよ。カリエスの異常が出ていたけど、親の金をもらって敵国へ行くなんてもってのほか、国民として教育してやらなきゃ、たたき直してやらなきゃということになって、徴兵検査は合格した（笑）。そのときはちょっと困ったね。

河合　海軍でしたね。

鶴見　まったく漠然として根拠がないんだけれども、陸軍よりは海軍のほうが文明的じゃないかと思って志願したんです。ここが子どもの終わりですね。突拍子もないでしょう？

河合　いやあ、すごい話ですよ。感激しますよ。ハーヴァードへ行ってとにかく一応記号論理学をやって、行けるところまで行ったというのがひとつの意味をもっていますね。そこでそれを終わってやめるわけだけど、やめる前に"Exactness is a fake"だと思うと、ある程度、Exactness をやらないとだめでしょう。やらずにはじめから fake と言っても、たぶんなかなかうまくいかない。

鶴見　記号論理学をつくった人が言うんだからびっくりするんだよね。

河合　それと、やっぱり負ける側に、負けることがわかっているけど、あるいは負けるから負ける側にいたいというのもひとつの決断ですよね。それはすごいと思いますね。

鶴見　気がつくのが遅かったけれど、ハーヴァードへ行って、なるほど優等生の学習ってこういうものかとわかったのもね（笑）。

河合　そうそう。それもちゃんとやっておられるから（笑）。しかし、アメリカ人が面白いのは、優等生の学習をやるのに、上へ行ったら、日本の優等生と違うようになっていくでしょう。日本人は大学院へ行ってもまだ優等生の学習をやっているんですよ。

鶴見　ハイスクールのオールAでもハーヴァードは受け付けないことがあるんですよ。つまり、オールAというのは、必ずしも仕事をするタイプじゃない。それと関係ないんですよ。日本では一高、東大に入って、東大でオールAだったらもちろん中央官庁に通りますよ。すぐに官僚になる。

河合　そうそう。そのパターンで上に行きますからね。

両世界を生き抜いた人間の大きさ

鶴見　アメリカにいた四年間から帰ってきたら、日本の知識人というのが、がらっと変わっていた。これにはびっくりしましたね。それに、学校のなかの成績で後の身分が決まるようになっていた。

河合　そうです。あれ、みんな身分って思ってなくて、実は身分なんです。それがすごいことになるんです。

鶴見　奏任官とか判任官というのも、東大法学部を出たらはじめから奏任官です。

河合　そうです。だから東大法学部出というのは身分なんですよ、力でなくて。

鶴見　そうそう。東大に入るということは、あれは実は自分では気がつかないけれど、二人連れで入っているんですよ。それは、欲と二人連れでね。

河合　なるほど。

鶴見　本人は死ぬまで気がつかない（笑）。

河合　そういう仕組みができたのはいつごろからでしょう？

鶴見　一九〇五年以降でしょうね。知識人のタイプが変わったように思います。日露戦争が終わって、何かとても偉い気分になってしまって、さっきも言ったように、それから学校のなかの成績で身分が決まるようになった。明治のはじめにはね、両世界の英雄がいた。つまり明治以前に生きていた人がね。一九〇五年以降から、この人たちがいなくなってくるんですね。敗戦後に、私は「思想の科学」で若槻礼次郎《わかつきれいじろう》にインタビューしたことがあるけれど、両世界を生き抜いた人間の大きさを感じた。

河合　若槻礼次郎は総理大臣までやりながら、日米開戦のときには反対して追われた人物でしたね。

鶴見　それが最後に出てきて戦争をやめることを支持した。伊東に住んでいたので、前もって手紙を出してありますから、「ごめんなさい」と言って入ったら、若槻礼次郎が裸で出てきたんです（笑）。褌《ふんどし》はしていましたよ（笑）。「今、細君が夕食の買い物に出ていますから私ひとりしかいません」と言いながら部屋に通された。椅子《いす》も何もないんです。私が彼の前に座って質問をして、テープレコーダーもなかったから、自分で書いていくわけです。そのときはさすがに褌ひとつのままではなくて、浴衣《ゆかた》に兵児帯《へこおび》を巻いていました。話し出すと「私は捨て子で父親も母親も知りません。島根県の村の小学校で……」とはじまって、とにかくものすごい記憶力なんです。小学校を出るとすぐに校長にさせられた。学校が終わって川で魚を網で捕っていると、村の人たちが「あれじゃかわいそうではないか。あんなに優秀なんだから東京に送り出してやろうじゃないか」と金を集めてくれた。明治ってすごいときなんですね。

河合　そうですね。

鶴見　それで彼は東京に出てきた。大学の事務所へ行って、試験はいつあるのか、試験の問題はどういうのが出るのかと訊いたら、『資治通鑑《しじつがん》』から出ると教えてくれたんです。『資治通鑑』ってものすごく難しいんですが、若槻礼次郎は図書館へ行ってそれを読んだんですね。それで試験になった。そうすると確かに『資治通鑑』から出た。だから入って、出るときは一番。日本にただひとつしかない大学の法学部を一番で出た。当然ずうっと行って総理大臣ですよ。丸太小屋から大統領までというのはそういうものなんですね。確かにこれはえこひいきではないし、両親の門閥でもない。私は大変に驚いた。それまでに会った日本人とはまったく違う日本人がいると思いました。

河合　まだ両世界を生き抜いた人が頑張っていたわけですね。

鶴見　しかし、たいていは一九〇五年で切れてしまった。あとはひとつの世界なんです。単世界の人は成績で考えますね。ずうっと一番できて、一高から東大を現役で通ったってね。前のひとつの世界を参照することがない。同じ一高から東大を現役で通っても、その中身がまったく違う。

河合　まったくそうですね。

鶴見　明治のはじめに国家がプログラムをつくるんです。それは非常に能率的で偉大なプログラムなんだけど、一九〇五年以降は賞味期限がきて違うものになってしまった。だから大正から昭和へ移って軍閥が出てくると、もうなんとなくそれに同調しちゃうんですね。抵抗しづらい、していないんですよ。江戸時代の痕跡をもって対した人間には、江戸が勉強の仕方、学問の仕方に痕跡を残す。一九〇五年以降は同じプログラムで勉強しても違うんだからね。

河合　そうですね。それからあとは本当に変わりますね。

鶴見　一九〇五年からだめなんですよ。

河合　これからの課題が大変ですね。それはまたあとのことで。お話はここまでということで、どうもありがとうございました。

（二〇〇五年五月十三日＝京都・室町和久傳）

自分自身の道義を貫いてきた人

河合隼雄

鶴見先生と久しぶりに対談できるのはうれしい。しかし、前のときの感動があまりに強かったので、果して二回目もうまくゆくのか心配であった。ところが、心配無用。「前回の続き」の子ども時代の鶴見先生の世界に私はぐんぐんと引き込まれていった。

なにしろ、バートランド・ラッセル、ホワイトヘッドの記号論理学と、私が京都大学の数学科の学生時代に頭を悩ませていたのが出てくるのだから驚きである。それを「小学校卒」の鶴見少年がやり抜き「優等生」になるのだから、まさにあきれてものが言えない。前回と同じく私はひたすら傾聴し、感激する。

ホワイトヘッドが最終講演の最後に、ぼそっと「精密さなんていうものはつくり物だ」と言ったというのは、何ともすごい。われわれの共通の友人、森毅さんの顔も瞬間的に思い浮かべた。彼がこれにどうコメントするか面白いだろうなと思う。私のようにいろんな点で、ひたすら「あいまい」に生きてきた人間は、こんなのを聞くとうれしくなるが、記号論理学という精密なことをとことんやり抜いて言うのが、やっぱりすごいと思う。

交換船に乗るかどうかと決断を迫られたとき、鶴見さんは日本が負けるに違いないと思っていたが、戦争が終わるまで、のうのうとして収容所にいるのは、「何か底のほうでまずいというか、自分自身の道義に反すると思った」というところも、心を打たれた。

鶴見さんは一生、「自分自身の道義」を貫いて生きてきた人だと思う。母親と争ったり、小学校でビリから六番になったり、それらすべてもこの一貫性に関連しているだろう。右か左か、上か下か、貧か富か。いろいろな一般的分類にまったく捕われることがなく、「自分自身の道義」を貫くことは、現在の鶴見さんの生き方にまでつながっている。

「子ども」だったころの鶴見さん、と言ってもアメリカへ行くまでと、行ってからとではずいぶんと異なる。しかし、それは外面だけで、内面の「自分自身の道義」は見事に一貫している。そして、それは現在の高齢者になってもつながっている。子ども時代の意味ということを深く考えさせられる。

鶴見さんはハーヴァードで「優等生」になる方法を身につけ、見事に優等生になったが、その路線を歩まなかった。一九〇五年以降の日本の「優等生」たちの通ってきた道を見てみると、鶴見さんの判断が正しかったことがわかる。

「優等生」ではあるが、優等生路線を歩まなかった人として、鶴見さんの道義にかなう人物、若槻礼次郎のことが語られ、これも興味津々である。鶴見さんは明治のはじめに国家のつくったプログラムを否定しない。それに乗って若槻のような人物が出てきているからだ。「明治のプログラムは偉大なんだけど、賞味期限がきてしまった」のだ。にもかかわらず、われわれは今もその賞味期限切れのプログラムに乗っているのではなかろうか。鶴見さんに大変な宿題をいただいたと思っている。

人を驚かせる力

筒井康隆
（作家・俳優）

室戸台風の最中に生まれた

河合　筒井さんがどんな子どもさんだったのか、えらい興味がありますね。

筒井　本質的には今の僕とあまり変わらないと思いますね。

河合　ますます興味が増してきた（笑）。

筒井　何を訊かれるかということよりも、何をしゃべらされるか、何を言ってしまうか。河合さんの前に座ると、まさに俎上《そじょう》の鯉で、冷や冷やしています（笑）。

河合　いやいや、なんでもいいですから。そもそも、どこのお生まれなんですか？

筒井　大阪です。大阪は東住吉区山坂町、山坂神社の近くです。今日は台風が来ていますけど、僕は台風にはなんとなく親近感があるんですよ（笑）。何かイベントがあるたびに台風が来るんです。僕は昭和九年のちょうど室戸台風がやってきたその最中に生まれたんです。

河合　なんだかわくわくしてきた（笑）。

筒井　すごい台風で、あとになって家族に訊くと、母の実家も一階が水浸しだったらしい。僕はそこの二階で生まれたそうだけど、停電で、おまえは大提灯の下で生まれたとか、たらいに乗って流されてきたとかね、まったくろくなことを言わんのですよ（笑）。

河合　嵐を呼ぶ男というのがありましたけど、それですな。いやあ、生まれからしてたいしたもんですよ（笑）。

筒井　しかし、子どものころの記憶というのはたくさんあっても、すべてが断片的で系統だってないですね。

河合　最初の記憶というのはどうですか？

筒井　出来事の記憶というのではないけど、僕がしゃべった最初の言葉について訊いたことがありますよ。

河合　小説家が生まれてから最初にしゃべった言葉、それをぜひ訊きたいですね。

筒井　近くに股《もも》ガ池公園というのがあって、そこに乳母車に乗せられて向かっていたとき、夕方になってあたりが暗くなってきて池の向こうに家の明かりが点《つ》いた。それを見て、「赤い、赤い」と言ったらしいんです。「明るい」という意味だったんでしょう、きっと。

河合　それもたいしたもんですね。いやあ、感激しますね。ところで、お父さんは何をしておられたのですか？

筒井　天王寺の動物園に勤めていました。京大の動物学科出身でした。大阪市の吏員になって、動物園に配属されたんです。だから子どもだったころはよく動物園へ遊びに行ったりしましたよ。動物園が閉園してから、しかもひとりで園内をうろうろするのが好きでした。いろいろなことがあって面白かったですよ。オットセイが逃げ出してそのへんを這《は》っているんです。事務所に連絡すると、また逃げ出したかと言うだけで、そう慌てない。ちょっと行って見てこいぐらいのものでした。しかし、閉園後の動物園というのは、もの寂しいもんですね。ハイエナの鳴いている声なんかを聞くと、それはもうもの寂しく感じて、なんとも言えなかったことをへんに覚えています。

寝たきりのおばあちゃんが起き上がる

河合　お父さんが動物園に勤めていると、学校では幅が利いたでしょう？

筒井　それはもう。クラスで見学に行くと、父親が出てきて解説してくれるんです。一度、ワニが動かないので、父親が柵のなかへ入っていって鉄の棒でワニの頭をぶん殴ったりして動かしたことがあった。それはもう自慢でしたね。

河合　そうでしょう。その気持ちはよくわかりますね。

筒井　それと、おばあちゃんにずいぶん可愛がってもらいました。三歳か四歳のころですけど。

河合　おばあちゃん、一緒に住んでおられたんですか？
筒井　中風で寝たきりだったんですけど。
河合　それでもいいですね、それは。いや、ほんま、それはいいですよ。
筒井　亡くなるときに、横山隆一さんが「朝日新聞」に連載した「スヌフクチャン」を僕に読んでやってと何回も何回も言ったらしいです。僕はいなかったんですよね。何回も何回もそう言って死んでったらしい……。
河合　そうですか。フクちゃんなんて懐かしいですね。僕も感激して読みましたもんね。
筒井　横山隆一さんとは、その生前に、僕が作家になってからですけど、一度だけ対談でお会いしたんです。
河合　それはうれしかったでしょう。
筒井　唯一の思い出ですね。そのときにおばあちゃんの話をしました。あ、そうだ、その中風で寝たきりのおばあちゃんがワッと起き上がったことがあった。それを今、思い出しました（笑）。
河合　寝たきりのおばあちゃんが起き上がったというんですか？
筒井　そう。ワァッと起き上がった。そのとき、寝たきりのおばあちゃんの横で弟も寝ていたんですが、いつもおばあちゃんの寝ている傍《そば》に大きな湯沸かしを置いて、湯をぐらぐら沸かしていたんです。もちろん危険がないように湯沸かしのまわりに木枠をこしらえていました。その木枠に僕が腰をかけたとたんに倒れて、湯沸かしがバーンとひっくり返ってしまったんです。すると、中風で起きられないはずのおばあちゃんが、隣で寝ていた弟を抱いて起き上がった。それもワァッと、立ったんではなくて、起き上がったんです。

河合　それはそれは、またすごいですね。しかし、そのとき、筒井さんはどうなったんですか？

筒井　僕は腰から下はもう、大やけどです。

河合　そうでしょう。むしろそのほうが大変だったのでは？

筒井　幸いに父親が家にいたものですから、死ぬ、死ぬとわめいている僕を抱えて近所の病院まで走ってくれました。

河合　いや、いや、それはほんと、大変だったですね。

筒井　やけどの痕《あと》は四十歳になるまでまだうっすらと残っていました。

河合　しかし、ほんと、うまく立ち直りましたね。

孫悟空に夢中

河合　筒井さんは僕と一緒で、人を笑わせたりびっくりさせたりするのが好きでしょう？

筒井　そう、河合さんと似ているところがあるのかな。ほんと、好きですね。

河合　子どものころからそうでしたか？

筒井　はい。好きでしたね。

河合　お父さんは、人を笑わせたりする才能はあったんですか？

筒井　酔っ払ってふざけたりはしましたけど、とくに芸達者とかそんなことはなく、真面目だったですね。だから僕がマンガを描いたりするのが気に食わなかったのか、マンガなんか描いてないで勉強しろとよく言ってました。

河合　なるほど、なるほど。

筒井　マンガを描き出したのは『のらくろ』の影響が大きかったですね。それから『孫悟空』。あれはマンガではなく映画で、『エノケンの孫悟空』。その影響もありますね。

河合　僕は孫悟空の映画は知らない。そうですか、エノケンの孫悟空の映画があったんですか。

筒井　はい。それはもうすごい豪華キャストでしてね。それを観て、孫悟空に夢中になりました。同じころに宮尾しげをさんの『孫悟空』というマンガが出たので、それを買ってもらって、孫悟空のマンガを描いてました。

河合　孫悟空の話というのは子ども心を捉えますね。

筒井　そうなんです。だからSF作家連中が普通、SFの古典は『ガリバー旅行記』と言うんだけど、僕にとっては『孫悟空』なんですね。

河合　それはそうでしょうね。僕だって兄弟で孫悟空の真似をどれだけしたかわからんですよ。そのときは兄貴が孫悟空なんです（笑）。

筒井　うちも長男の僕がいつも孫悟空（笑）。それで隣の家にね、和歌をやる人がいて、「隣では今日もやるらし孫悟空、隣家の男《お》の子は三人にして」という和歌をつくった（笑）。しょっちゅうやってたみたいですね。当時はまだ一番下の弟が生まれてなかったんです。もっとも、この和歌は、後年になってから見せてもらったものですが……（笑）。

河合　やることは似てますね。

筒井　ほんと、似てますね。

河合　『孫悟空』の映画を観られたのは戦前でしょう？

筒井　もちろん戦前です。

河合　そうすると僕よりだいぶ早くに観ておられるんですよ。僕は田舎ですから、映画なんか滅多に観られない。

筒井　奈良でしょう？

河合　いやいや、僕は兵庫県の篠山《ささやま》です。映画というよりも活動写真。弁士がついているそんな映画でしたね。筒井さんは終戦のときは何歳でしたか？

筒井　小学校の五年ですから十一歳ですね。

河合　小学校の五年ですか、そうでしたか。

筒井　そのときは市内にいるのが危ないというので疎開していました。疎開といったって千里山《せんりやま》です。そこに母方の叔父さんがいたんです。一般に疎開というのは安全な地域へ行くもんですけど、疎開した千里山のほうが危険でした。

河合　あ、そうか、山をひとつ越えると伊丹《いたみ》ですもんね。

筒井　そう。飛行場なんです。B29が落とし忘れた爆弾を落としていったり、行き帰りに機銃掃射をする。それはもう怖かったですね。

河合　僕はそのとき伊丹の軍需工場に学徒動員で行ってたんです。

筒井　そうだったんですか。大変だったでしょう？

河合　幸いに僕がいた軍需工場はやられませんでした。飛行場よりちょっと離れたところにありましたからね。しかし、僕の友だちなんかは機銃掃射に遭ったのがいますよ。

筒井　小学校に通う延々と長い道がありましてね、片一方が山、片一方が田んぼなんです。B29が飛んできて、頭上からバリバリバリと機銃掃射された。防空頭巾をつけて帰っていたみんなは一斉に田んぼへ飛び込んだものでした。

河合　すると、僕と筒井さんとは、当時、わりと近くにいたわけですね。それは面白いな。そのころの僕は中学校の三年生、いや四年生だったかな、篠山の中学校から伊丹の寮に入っていたんです。もうね、勉強どころではなかった。僕は旋盤工でね、しかも熟練工だったんですよ。だからみんなが失敗したものを直す役になったりしていた。

筒井　器用なんですね。

いじめは昔からあった

河合　でも筒井さんと僕が山を隔てたすぐ近くにいたなんて面白いですね。その筒井さんがB29に撃たれたりしていた。勉強なんかする時間はなかったでしょう。

筒井　いや。そもそも小学生のころから勉強なんかしなかった。だけど、小学校一年生のときから絵はすごくうまかったですよ（笑）。夏休みの宿題に絵日記があって、それが面白いからと言って未だに返してくれないくらいです（笑）。小説家になってからそれを見たいと思って、当時の担任に手紙を出したところ、「これは記念にいただいておきます」という葉書が返ってきた（笑）。

河合　それはけしからんな（笑）。

筒井　その先生にはわりと目をかけていただいたけれど、それでも優というのはなかったですね。その次年度の担任は、これがいいかげんな先生でしてね、生徒に自習させといて自分は耳搔《みみか》きで耳を搔いている。教壇の横の机でね。それが僕の絵がうまいからといって学校の玄関の横に張り出してくれたんです。それなのに図画の成績は良。ほかの成績が悪いからと言ってね。

河合　あのころ、勉強のできない子どもは、どんなに上手な絵を描いても成績は良だったんです。

筒井　ひどいですよ、あれは（笑）。

河合　わかります。僕なんかその逆でね。勉強ができるから、絵が下手なのに優がついていた（笑）。さっき『孫悟空』の絵を描いた話が出ましたね。だから絵が上手だったということはよくわかります。『のらくろ』とか『冒険ダン吉』はどうですか？

筒井　好きでしたね。それから『タンク・タンクロー』。『タンク・タンクロー』って小錦に似ていると思いませんか？

河合　なるほど、似てます、似てます。

筒井　それからクロカブトというのが出てきたでしょう、敵で。あれがね、ダースベイダーと同じなんですね。最後にやっつけられて、海の上で黒い兜《かぶと》だけがぷかぷか浮いている。どんな顔の奴だったか見たかったなというのがラストシーン。完全にダースベイダーです。あとはそのちょっと前になりますけど『正チャンの冒険』とか。

河合　『正チャンの冒険』がマンガのはじまりなんですよ。だからあれは何度も何度も読みましたよ。『日の丸旗之助』は『のらくろ』『冒険ダン吉』と共に三大マンガでした。

筒井　僕はそのころまだそれらを読んでいなかった。もっと古いところで『のんきな父さん』なんかも見ていないんです。

河合　僕も『のんきな父さん』となると名前だけしか知らない。ところで、そのマンガというのは、学校で描いていたんですか？

筒井　そうです。ノートなんかにね。今はマンガのうまい子というのはざらにいますけど、当時はちょっと珍しかったから人気者だったんですね。

河合　それはそうでしょう。それで、友だちを笑わせたりもしていたんですか？

筒井　ふざけたり、あほな話をしたり（笑）。

河合　先生には怒られませんでしたか？

筒井　先生には怒られなかったんですけど、僕が人気者になるのを妬む奴がいるんですね。みんな成績の良い奴ですが、級長面をしたそういう連中が、あいつは嘘つきだと僕の悪口を言い出してね。ギャグだから嘘に決まっているんです。ただ、別のクラスの級長の子とはずっと仲が良かった。僕は各時代に親友というのがいるんです。僕は成績が悪いのに、どういうわけか友だちはみんな級長とか副級長だった（笑）。

河合　頭が良いのに、成績が悪かったんですよ、だいたい。知能を学業以外に使っていたからね（笑）。

筒井　とにかく小学校の五年までは成績は悪かった。父親にしてみればそれは歯がゆかったでしょうね。僕が幼稚園のころから動物の英語の単語を教えてくれていましたからね。近所の中学生がびっくりするんですよ。「タヌキは？」と訊かれたら「ラクーン」、「キツネ」は「フォックス」。「カバ」は「ヒポポタムス」。みんな答えられるんですから、「ほんまかいな、こいつ」とびっくりしていましたね。

河合　それはすごいですよ。

筒井　それで父親も何か特別に勉強させなくても、そこそこいけるだろうと思っていたんでしょうね。何も言わなかったですね。でも小学校に入って成績がどんどん落ちてきた。それも年を追うにしたがって悪くなってきたものだから慌てて家庭教師をつけたものの、戦争で疎開ということになって、今度は疎開先の子どもにいじめられてますます悪くなった。

河合　いじめ方が尋常ではなかった？

筒井　とにかくひどいもので、つっころばして頭を土足でガンガン踏みつける。人間扱いしないんですね。なぜいじめるのかと質問しても、返ってくるのは「どついたろか」。言葉が通じない。

河合　そのいじめが一年以上も続いたわけですね。

筒井　それがなんで父親にわかったのかな。六年になってから、父親が大阪市内の学校に転校させてくれましてね。そこで急にバーンと成績が上がってトップになったんです。そのときはぜんぶ、優でした。それまでできなかった体操までそうなった（笑）。

河合　そうでしょう。今度、逆が来た（笑）。あのころの先生ってそうですよ。六年生だというと、もうそのころは戦後ですよね。

筒井　戦後二年目ですね。いじめも戦後です。戦争中はそれどころではなかった。しかし、なんでいじめたのかな？

河合　やっぱり異質なんですよ。村特有の一体感というのと違うわけだから。何も悪いことはしていないんだけど、こいつは何か違う奴だという、ただそれだけの理由でね。

筒井　いじめは昔からあったんですね。

河合　ありました、ありました。そんなの結構ありましたよ。

父親の蔵書を売って映画を観る

河合　中学時代はどうでしたか？

筒井　中学一年のときからぐれはじめました（笑）。

河合　いやあ、それはすばらしい（笑）。でも、成績が上がってから間もないころでしょう？

筒井　ええ。小学校のときに、大阪市内の成績の良い生徒だけ市役所に呼ばれて知能検査を受けさせられた。そのとき、僕は一問だけできなくて、成績は百八十七点だった。職員が残念がって、できない一問をなんとかやらせようと手を替え、品を替えて訊いてくれたんですが、とうとうできなかった。

河合　しかし、百八十七点だもの。たいしたものですよ。それでどうなりました？

筒井　その点数が百四十点以上の生徒を一ヵ所の学校に集めて、特別教室というのをつくって、持ち上がりで同じ中学校に入れたんです。だから学校全体のレベルがものすごく高かった。僕も勉強していればずいぶん上のレベルまでいったと思うんですけど、だんだん学校の授業が面白くなくなってきたんです。小学校の六年のときに、特別教室で代数なんてやっていたし、国語でも夏目漱石だとか、もののあわれなんてことを教えていたんです。ところが中学校に入ってからも同じことをやるから、授業が面白くなくて学校をさぼるようになった。

河合　学校をさぼって町を歩き回っていたわけですか？

筒井　そう。当時は闇市があって、おなかが空いていたからその闇市で何か食い物を買って食いたくて仕方がない。映画も観たくてたまらない。しかし、肝心の金がなかった。

河合　はい、はい。わかります。よくわかりますよ（笑）。

筒井　それで父親の蔵書を持ち出して町の古本屋で売りはじめた。学校へ行ってしまうと抜け出すのは大変だから、家を出ると映画がはじまる時間までたくさんの映画館を回ってどの映画を観るか決めるんです。そのなかで買ってきたものを食ったりしていた。あのころはありとあらゆる映画を観ましたね。

河合　そのときに観たたくさんの映画は面白かったでしょう？

筒井　それは面白い。面白くてたまらない。もう中毒ですよ。ただやっぱり基本的には喜劇、活劇。メロドラマは嫌いでしたね。映画の話をやりだすと、それはもうきりがない。

河合　そうでしょう。当時、お父さんの蔵書、高く売れたわけですか？

筒井　その反対で、きちんとした古本屋さんだともう二束三文でしたね。だけど、焼け跡に露店でやっていた古本屋さんがあって、天然パーマのお兄ちゃんがやっていたんですけど、この人とは今でもつきあいがあって、青空書房という古本屋をやってる、坂本健一という人ですが、この人が、良い本だと高く買ってくれました。たとえば岩波書店から出ていたオズボーンの『生命の起源と進化』なんかね。おまけに岩波書店の本はもっとないかと言われて、岩波書店の本なら自分でもわかるから、どんな本だと訊くと『三太郎の日記』だと言う。阿部次郎さんの本ですね。しかし、それはなかった。父親は哲学とは無縁でしたからね。それからですね、僕の頭に岩波書店というのが残るようになった（笑）。

河合　筒井さんの『文学部唯野教授』は確か岩波書店から出されたのではなかったのかな。

筒井　そうです、そうです。ずっと記憶に残っていたんです（笑）。いつか岩波書店から『三太郎の日記』みたいな本を出そう、出そうと思っていました。それで『三太郎の日記』の内容とは違ったけれど『文学部唯野教授』を出したらベストセラー。やったと思いましたよ（笑）。

河合　あれは面白かったたな。

筒井　しかしね、そのうちに父親の蔵書では間に合わなくなって、おふくろの着物を持ち出すようになった。

河合　いいお金になったでしょう？

筒井　そのかわりにすぐばれてしまった。着物を売った金で高いロードショーの前売り券を買ったりもしました。だけど何日かしてから、着物がないって母親が騒ぎ出してしまった（笑）。

河合　それは、すぐにばれますよ。叱られたでしょう？

筒井　ところが、父親というのは、言葉が下手なんですね。叱る言葉をもっていないんです。ある日学校で、「筒井君、お父さんが来てるからちょっと来なさい」と校長室へ呼ばれて、担任の先生とほかにひとり、もちろん校長と父親とが一緒のところで、みんなから詰問されました。たまらなくなって自分がやったと正直に白状したら「お前ひとりの知恵やないだろう」と言う。信じてもらえないから仕方なく「実は不良少年に脅されて……」と嘘の話をした。

河合　もうそのころから小説家の才能がおありなんですよ。

筒井　とうとう父親には死ぬまで言わなかった。母親も死んでるからいいけど。そういうことになっているんですけどね。

嘘や、悪いなと思いながら登校した

河合　不良少年に脅されてと言ったら収まりましたか？

筒井　いえ、いえ。脅された話を聞いて、僕を警察へ連れて行ったんですよ。僕ひとりの知恵であるなら、みんなで説教してなんとか収められるけれど、不良少年が絡んでいるのだから警察へ連れて行かないかんということになった。しまったと思ったけれど、もう仕方がない。曽根崎警察へ連れて行かれて、刑事に問い詰められると、こちらはちゃんとつじつまが合うように話しているつもりでも、刑事は何か穴を見つけてくるんです。

河合　相手は尋問のプロですからね。

筒井　「どんな格好をしていたか」と訊くから「普通の学生帽をかぶって」と答えると、「学校の校章はどんなやったか？」と訊いてくる。「校章は外していました」と言うと「それは嘘や。外しているわけがない。不良少年はこうやるか、あごひもでこうするとか、とにかく校章はぜったいに外さない」と。どんどん攻めてくるんです。

河合　刑事さんのほうが不良少年に精通していたわけですからね。

筒井　そう。ああ、もう嫌だな。河合先生の前に座るとどんどんしゃべらされてしまう。何をしゃべらされるかわからんと言ったけど、そのとおりになってしまった（笑）。これ言うのははじめてなんですよ。

河合　それは、感激ですね。それで正直に白状したんですか？

筒井　いいえ。嘘をつき通しました。とうとう刑事さんもたまりかねて、なんとか白状させようと思ったんでしょう。手錠を出してきた。すると父親が急に泣き出して、もう半狂乱になって僕をぶん殴ろうとした。それを刑事さんが一生懸命になって止めてようやく落ち着いた。それでも父親は、僕がまだ不良少年に会うと思っているから、いつも行く盛り場の通りを行けと言って、探偵をやっていた従兄弟《いとこ》に僕を尾行させたりしました。僕よりもだいぶ年上の従兄弟でした。

河合　不良少年が出てきたら、捕まえてとっちめようというわけですね。

筒井　そうです。でも、そんなもの出てきやしませんよ。僕は「嘘や、悪いな」と思いながら歩いていました。父親には死ぬまで嘘をつき通しました。未だに悪いことをしたと思っています。

河合　それから以後は真面目になった？

筒井　そのあとも続けていましたけど、中学校二年になって収まりましたね。

河合　ああいうのは、ほんま不思議に、自然と収まるんですよね。

筒井　そうですよ。なんぼなんでもこれではいかんと思いますもん（笑）。それでも、そういう不良でありながら、まだ副級長だったんです。ところが三年になって、一年のときにやったことがわからない。それで成績がダーッと下がったんです。副級長にもなれなければ、ほかの委員にもなれず、みんなに忘れられてしまった。あのときはショックでした。

河合　それはなんとも言えない経験ですな。思春期のそういうのというのは、本当に不思議ですね。

筒井　それからは映画も行かなくなりました。学校をさぼることはあったけれど、図書館へ行きましたね。ところが学校をさぼるということで、担任の先生がどこか悪いところへ行っているものだと思い込み、こんこんと諭すわけです。そうではなくて図書館に行ったというのがわかると、今度はえらいと褒めてくれて。女の先生だったけれど、それからさぼるのが直ってしまった。授業がわからなくてもずっと出ていました。

河合　そうでしたか。しかし、考えてみたら、中学校時代の体験は、作家になるために、いろんな意味で大いに役立っていますね。

筒井　もうすべて役立っていますね。とくに観た映画というのがいちばんで、砂が水を吸い込むみたいに入っていますね。

河合　学校の勉強というのは、作家にはほとんど役立ちませんものね。いやあ、すばらしいお話で感激しました。どうもありがとうございました。

（二〇〇五年九月六日＝福臨門酒家丸ビル店）

自分を語るのに照れる人

河合隼雄

筒井さんとの今回の対談を大変楽しみにしていた。というのは、ずいぶん以前に最初に対談したときの印象が強く残っているからである。そのとき筒井さんはノート持参で来られ、私の考えやその基になっているユングの考えについて、実に鋭く厳しい質問を連発され、たじたじとなった。

次に対談中にも触れているが『文学部唯野教授』を読んだときの印象も強烈だった。文字どおり抱腹絶倒して読んだが、その自由にしてのびのびとした語りにも感心。というわけで、「子どものころ」を語る筒井さんが、どういう語りをされるのか、楽しみにしていたのである。

対談をはじめてすぐ気づいたのは、何とも言えぬ「照れ」があって、語りは唯野教授のようにもいかないし、切れ味の鋭さもあまりなく、ただ何となく話すという調子である。内容を見られるとわかるように、それは実に面白いお話である。ところが、それがあまりにも「お話」として語られない。筒井さんの才を持ってすれば縦横無尽のお話になってもいいはずなのに。

作家であるのだから「自分」に対して興味がないはずはない。対談に登場する「筒井康隆君」は実に興味深い少年である。しかし、作家、筒井康隆の作品の主人公にならず、大いに照れ入り、ボサボサしたりしている。

お話をしながら、筒井さんは日本人お得意の「私小説」など書けないはずだと思った。自分自身に対する興味や、その分析がそのままの形では出てこなくて、それを心のなかで発酵させているうちに、それは他者の姿をとり——たとえば、唯野教授になったりして——物語のなかで活躍するのだ。

あるいは、今回の対談記録には出てこないが、筒井さんの作で私の好きな『わたしのグランパ』にしても、筒井さんの実際のおじいさんが作品の基本にあるのだが、物語で活躍するグランパは、筒井さんの心のなかから生まれてきた人物なのである。その方がはるかに、筒井さんのおじいさんのもつ「真実」をよく伝えてくれるのだ。

筒井さんが作家であると共に俳優であるのもわかる気がする。他人になることによって自分を演じるのが俳優だと思うと、前記のこととよく符合するのだ。

筒井さんの自分を語ることに対する照れの要因のひとつは、ずば抜けた頭の良さにあるように思う。あまりにも頭が良いと、いろいろなことが見えすぎたり、わかりすぎたりして、大変なのだ。

それにしても、中学時代の「ぐれ」の話には感激した。すぐに鶴見俊輔さんのことを思い出した。私の尊敬する二人の人が思春期にこれほどぐれているのに、私はマジメ少年だったことを思うと、芸術的や文学的な才能のないのも無理ないなと思う。今さら反省しても仕方のないことだが。

強い思いを蓄え成長する力

佐渡　裕
（指揮者）

大人には通じなかった表現

河合　今日はよろしくお願いします。
佐渡　こちらこそ、よろしくお願いします。ここんところ先生とは演奏会などでよくお会いしているんで、こうやって改まると何をどう言っていいのか。それに今日は音楽の話だけというわけにはいかないようなので、なんか緊張します（笑）。
河合　子ども時代の話、といっても音楽の話がついてまわるでしょうけどね（笑）。
佐渡　この対談のお話をいただいて、どんな記憶があるのかと考えてみたんです。
河合　それは、それは。話が一気に盛り上がりそうで安心しました（笑）。
佐渡　いいえ、安心していただくと困るわけで（笑）。というのは、僕は特別な記憶の才能があるのではないかと思っていたんです。小学校へ行くまでの記憶がやたらあって、それも幼くなっていけばいくほど鮮明に残っていたから、てっきりそう思い込んでいたんです。

河合　ほう、それがまたどういうわけでそうではなかったと？

佐渡　はい。それは記憶力がいいのではなくて、同じ写真を何回も何回も見ていたせいではないかと思いはじめたんです。僕の親父というのはカメラが好きで、撮ってはいつも自分で現像していたんです。家で現像していましたから当然それを見るわけですね。それこそ何回も何十回も見るわけです。だから記憶力ではなくて、その映像が頭にこびりついていたせいだと思うようになったんです。

河合　いや、いや、それも立派な記憶力です（笑）。

佐渡　もちろんほかの記憶もいろいろあります。たとえばおじいちゃんが運転する自転車の荷台に乗っていたとき、ふいにいたずらがしたくなって、履いている突っ掛けをわざと落としたりしたことがありました。それも一度や二度ではなく、もう何回もね。

河合　それはしかし意図的に落とすところが面白いね。そういうのは鮮明に覚えておられますか？

佐渡　はい。そのときの言葉の記憶はあまりないんですけど、自転車のスピード感とか、どこの場所で、どういう突っ掛けだったかまでよく覚えています。もちろんうれしかったこととか、幸福感とかもありますけど、悪い動機のときの記憶もたくさんありますね。

河合　それはよくわかりますね。

佐渡　僕ね、これはいたずらとは違うことなんですけど、作文とかお絵描きとかって、すごい得意な分野だと思っていたんです。ところが、一回も評価を受けたことがないんです。僕としてはものすごい傑作の作文が書けた、またものすごい傑作の絵が描けたと興奮していたんですけど、すごく低い評価だったんですよね。

河合　自分では、しかしちゃんとできたと。

佐渡　そうなんです。よく覚えている二種類の絵があるんです。ひとつはまだ幼稚園のときに描いた桜の木で、幹をいろんな色で塗ったものです。たぶん自分ではいろんな色に見えたんだと思うんですけど。

河合　それはそうですね。よくわかります。

佐渡　ところが、先生に、木は茶色やと言われて、ええっ！　と思った。先生からはマルすらもらえなかったんです。

河合　先生にしたら、木の色は茶色のはずやのに、いろんな色で塗ってあるから驚いたわけでしょうね。もうひとつはどんな絵を描いたんですか。

佐渡　消防自動車の絵です。消防自動車を描くという写生大会があって、小学校へ消防自動車が来たんです。僕は大きな画用紙の右の片隅に消防自動車を描いて、その消防自動車から、燃えている校舎に向かっていっぱい放水している絵を描いたんです。僕のなかでは、消防自動車はヒーローで正義の味方だったから、活躍しているその現場を描かなければいけないと思ったからなんですが。

河合　それがものすごく低い評価だった（笑）。消防自動車をバンと描いた子がよかったんですね。

佐渡　そういうことです（笑）。

河合　佐渡さんの表現したかったこと、それがわかる先生も時々はおられるんですけど、たいていの先生はやっぱり柳は緑、花は紅で来ていますからね。その絵は残っていますか？

佐渡　桜の絵は残っていたと思います。

河合　見たいですね。

佐渡　それは、僕自身もやっぱりバッテンをつけるかもわかりませんね。

河合　作文なんかはどうでしたか？

佐渡　何を書いても評価されなかったし、自分でも言葉が足りないということはわかっていましたね。子どものときからこんなふうに書いたら大人は喜ぶということを知っていたとおっしゃる人がいますけど、僕にはそういう感覚はなかったですね。僕の作文は短くて、文としては言葉をもっていなかったけれど、思いはいっぱいその行間に込められていたのにという気はしていました。

河合　佐渡さんの文章とか絵というのは、大人には通じなかった表現だったんでしょうね。

僕なんかは、本当は下手なんだと知っていたけど、大人が喜ぶ作文を書いていた（笑）。先生が喜ぶ作文を書くから良い点を取っているんだと自覚していた（笑）。それで、時々、自己嫌悪に陥ったりしてました（笑）。

象のおなら

河合　音楽のほうはどうだったんですか？

佐渡　音楽だけは突出してましたね。それは子どものときからピアノをやって音感教育みたいなことを受けていたので、ある程度のことは簡単にできたわけです。

河合　それは佐渡さんのなかでは決して特別なことではなかったわけですね。

佐渡　そうなんです。それでも、クラスのなかで僕よりピアノのうまい子が一人はいるんですよ。もうお嬢さんでね、「エリーゼのために」なんかをぱーっと弾く子でした。その子がいるから、僕はクラスのなかではほとんどピアノを弾かなかった。僕は人前でピアノを弾いたという記憶がないんです。

河合　そやけど、小さいときからやっておられたんでしょう？

佐渡　やってました。

河合　お母さんは、何が専門だったんですか？

佐渡　歌です。中学校の音楽の先生をしてたんですけど、親父と知り合って結婚してからは表立って大きな演奏活動はしていなかったんですね。家でもピアノや歌を教えていましたので、三歳ぐらいのときからピアノの前に座っていました。

河合　なるほど、なるほど。それでも、もう好きだったわけでしょう？

佐渡　というよりも、辛かったですね。だけど、自分からピアノのレッスンに行きたいと言い出した、誰かほかの先生についてね。なぜかというと、六つ上の兄貴がいて、ピアノが嫌いだったけれど、無理やりやらされていたんです。それが日曜日になるとおじいちゃんに連れられてどこかへ出かけ、たとえばアイスクリームを買ってもらったりとか、ピアノを練習したご褒美がついているということがわかったんです。

河合　お母さんはどうおっしゃいましたか？

佐渡　兄と違って裕はピアノが好きなんだからレッスンをさせようと言って（笑）。ところが、レッスンに行ったはいいけれど、アイスクリームにはありつけなかったし、ことに最初のレッスンではずいぶん嫌な思いをしたことを覚えています。

河合　先生はどんな人だったのですか？

佐渡　おじいさんでした。最初のレッスンは、鍵盤の前の黒い縁に指を置かされて、卵を包むようにとかと言われるだけでピアノは弾かせてもらえず、なんでやろうと思ったのを覚えています。確かその日はそれで終わったのではなかったのかな。それがすごく嫌だったような気がしていますね。

河合　日本の音楽の先生は、今はどうか知りませんけど、かつてみんな音楽が嫌いになるように教えていましたね。音楽の面白さを教えるよりも、音楽の苦しみのほうを先に教えるでしょう。

佐渡　そうですね。その傾向は今もありますね。結局、最初の先生は、僕が嫌がったので代わりました。次も厳しい先生でした。でも、その先生で最高に覚えているひとつのレッスンがあるんです。その先生が結婚されたからだと思うんですけど、うちから市バスで、乗り換えて乗り換えて一時間ぐらいかかるところに住まわれた。そこへ行くのが、それはもう楽しくて……。

河合　その楽しさというのは、ひとりで市バスに乗っていくという、いわゆる冒険心みたいな楽しさなんでしょうね。

佐渡　そうなんです。バスに乗ってることがすごくうれしいんです。伏見のストリップ劇場の前とかを通るけど、そこへ来たらすごいドキドキして……（笑）。子ども心にそこが何か怪しいということがわかっていたんですね。

河合　うん、わかります、わかります（笑）。

佐渡　ある日のことです。その日は楽譜を覚えて演奏しなきゃいけないレッスンの日なんです。全然覚えられず、行くのがとても苦痛だったけれど、バスのなかは楽しい（笑）。それで先生の家に着いたとたんに、どうもバスに酔ったみたいな気がすると嘘をついたんです。

河合　うまいね（笑）。

佐渡　すると、そうか、休んでいなさいと、ソファの上に寝かされました。でもずっと寝かされているのが退屈で、ふいにあることを思いついて先生を呼ぶと、先生、僕、作曲しましたと言ったんです。どんな曲をつくったのかと訊くから、「象のおなら」という協奏曲だと答えると、それはすごいねと言ってくれた。

河合　そのときはもう協奏曲って言葉を知っていたんですね。

佐渡　はい。どういうわけか（笑）。

河合　それで本当に作曲してたんですか？

佐渡　いえ、いえ。作曲なんかしていなかったし、できるわけもなかったです。「象のおなら」というタイトルのソノシートを思い出したんです。

河合　それはどんな曲だったのですか？

佐渡　はじめから終わりまで「ぶぅー」と言ってる曲でした（笑）。もう滅茶苦茶に長いんですよ。それを一週間の間、もう何回も聴いていたんです。

河合　それで、その「象のおなら」を実際にピアノで弾いたわけですか？

佐渡　はい。どうやったかというと、ピアノのいちばん低い鍵盤のところにお尻でバーンと座る、ただそれだけなんです。ずっとじーっとしているだけのピアノ協奏曲だったけど、先生は、はい、ではレッスンをしましょうと言って……（笑）。

河合 全然、通用しなかった。

佐渡 そうなんです（笑）。でも、厳しいけどすごくいい先生でした。その先生でもうひとつ覚えているのは、弾いて間違ってしまい、もう一度最初から弾き直そうとしたら、今日はもう帰っていいよと言われた。まだ四小節ぐらいしか弾いてなかったけど、今日は、音楽というのは一回きりだということを教えたから、それだけ知って帰りなさいと言われたんです。これは今、すごく役立っていますね。

河合 ほんまやね。

佐渡 間違うことがあっても、それもひとつの音楽やと。そのときつくった音楽なんやから、先に進みなさいということを言われたんですね。今もよく中学校の吹奏楽とかと一緒にやることがあると、いっぱい練習するやないですか。なんのために練習してるのかというと、たった一回のために、また明日やったら違う演奏になって、違うお客さんになって、今日この瞬間一回だけ音が鳴って消えていくことに、僕らはいっぱい練習してきたんやという話をよくするんですけども、それもそのピアノの先生に教えてもらったんです。

河合 それはええレッスンでしたね。「象のおなら」もたいしたものです。本当にいいレッスンでしたね（笑）。

佐渡 「象のおなら」、僕はすごい名案やと思った（笑）。

河合　名案ですよ、ぜったい。その、やるぞ、やるぞという感じは、今でもどこか残っていますね。
佐渡　そうでしょうね。厳しく堅苦しい、もう大嫌いなピアノの世界と、いつも何かこうおちょけなんやろうけど、自分が思いついて面白いなと思っている部分とが常に並行していたのは確かですね。
河合　そっちがあるから、支えられているわけですね。
佐渡　その先生が、また母親もそうですけど、厳しくなかったら途中でやめてたと思うし、このへんはうまくバランスをとって育ててくれたと感謝しています。

指揮棒は竹の棒

河合　音楽家になりたいと思ったのは相当早い時期だったでしょう？
佐渡　中学生になったときはもう思っていましたね。とにかく音楽で指揮者になるのか、フルート吹きになるのか、ピアノなのか歌なのかわからないけど、音楽の仕事につけたらいいなと思ってましたね。
河合　はじめて指揮をされたのが小学生のころだと本に書いてありましたね。読んで感動しました。
佐渡　六年生のときですね。学校の授業で、担任の先生が指揮者の物真似をしようと言ってね、カラヤンのベルリンフィルの「新世界」を流され、みんなで順番に指揮をしていくんです。僕の番がきて、目をつぶってカラヤンの真似をして指揮をしたらみんなに受けてね。それが動機になって、小学校の卒業文集に、大人になったら指揮者になりたいと書いたんだと思います。

河合　その先生は男ですか、女ですか？

佐渡　男の先生ですね。僕がフルートをはじめたのもその先生がきっかけです。子どもたちの前でよく吹いてくれました。当時は滅茶苦茶にうまいと思ってましたね。五年ほど前に、同窓会で吹いてもらったら、すごい下手やった（笑）。たぶん先生は子どもたちに聞かせたいという一心で吹いてくれたんでしょうね。

河合　そう、そう。それが子どもたちには、もう滅茶苦茶にうまく聞こえるんですよ。ところで、指揮の話ですが、もっと前から真似されてたんでしょう？

佐渡　はい。コンサートへ行って見ていたし、小学校の五年生のときから京都の少年少女合唱団のメンバーだったり、交響楽団の定期会員でもあったので、もういっぱいいろんな指揮者を見てたこともあったんでしょうね。レコードを聴きながら夢中になって指揮をしてました。

河合　ああ、それはもう物真似ではありませんね。物真似ではなくて、実際に指揮をされてたんですよ。

佐渡　はじめて指揮棒を買ったのもそのころでした。学校で校歌を指揮する順番が回ってきたんです。「新世界」を指揮したことが、先生の間で評判になっていたんですね。僕は指揮棒が要ると思い、親からお金をもらって買いに行ったんです。いくらぐらいするものかわからなかったけど、高いものだという思いがあった。でも、実際は百五十円（笑）。

河合　しかし、それでも、大事な魔法の杖《つえ》みたいなものだったでしょうね。

佐渡　そうなんです。ところが、当日、朝礼台に上がって指揮をはじめようとしたら、これでやりなさいと竹棒を渡された（笑）。これはショックでしたね。

河合　それだと応援団で、指揮にはならんですよねえ（笑）。しかし、それも小学校の六年生だから、佐渡さんにとって小学校の六年生というのは、とても意味のある時代になっていますね。フルートをはじめられたのも、そのころでしたでしょう？

佐渡　はい。さっきの男の先生から、おまえは縦笛がうまいからフルートも吹けると言われてね、先生が自慢しながら磨いていたフルートを渡してくれたんです。

河合　鳴りましたか。

佐渡　ふっと吹いたら鳴ったんです。指は縦笛のままでええからと言われて、そのとおりに吹いていたらドレミファソラシドが吹けたんです。

河合　それはすごい。

佐渡　その話を母親にして、しばらく経ったある日、家に帰ったらフルートがあったんです。なんであるのと訊いたら、あんた、フルートやって、中学へ行ったら吹奏楽部に行きって（笑）。実は、中学へ行ったらサッカーをやりたいと言ってたんですよ。ところが、いつも学校で問題を起こすのがサッカー部だったから、母親はサッカーに行ってほしくなかったわけですよ。

河合　ああ、サッカーをやめさせたい。

佐渡　そうそう。母親の思いどおり吹奏楽部に行きました（笑）。

豪快なおじいちゃん

河合　お兄さんは、全然違う道に行かれたんですか？

佐渡　はい。兄貴は、中学生になったらすぐに剣道をはじめて、今は五段ですかね。もともとうちは武道が好きな家系で、おじいちゃんは柔道八段だったんです。骨接ぎ屋をしてました。

河合　どっちのおじいちゃん？

佐渡　母親です。このおじいちゃんは滅茶苦茶に面白かったですね。豪快で、お酒も強くて、朝からビールにウィスキーを混ぜて飲んでるようなおじいちゃんだった。京都の警察に何十年も柔道を教えに行ったりしてたんですけど、ずっと無免許でバイクに乗っていたんです。免許が要るなんて知らなくて、生徒さんに教えられてはじめて必要だと知ったと言うんです。

河合　それはまた豪傑ですな。

佐渡　バイクの後ろにおばあちゃんを乗っけて京都から亀岡まで帰ってくるんだけど、家に帰ったらおばあちゃんがいない。途中で落としたらしくて戻って拾いに行ったり、兄貴がチンピラにからまれたときは、おじいちゃんがチンピラの胸ぐらをつかんで離したら、相手が気絶してしまったとか、とにかくそういう伝説がいっぱいあるんですよ（笑）。診察室へ行くといつも浪曲が流れていて、僕はもうクラシックばかりやってましたから、なんでこんな曲を聴くんだろうと思った記憶があります。いや、もう大好きなおじいちゃんでしたね。

河合　そうでしょうね。

佐渡　僕のなかの血としてそれを感じますね。

河合　入ってます。ぜったい、入ってますね。その豪快なおじいちゃんの娘が音楽をやっていたんですね。

佐渡　そうです。

河合　なんでやろ？　でも、それも面白いね。

佐渡　嫁入り道具にピアノを持たせたんですからね。

河合　お父さんはどういう人でした？

佐渡　中学校の数学の先生でした。退職してからはやっぱり教壇に立ちたいと言って塾の先生になりました。両親が先生、こんななかで育ったから、僕は先生が嫌で、ぜったいに先生にはなりたくないと思って、教員の免許も取らなかった。それが今は子どもたちに音楽を伝えるという機会が多くなって、これはやっぱり親父の血なのかと思うようになりました。

河合　面白いですね。実際に教えるということも今やっておられますもんね。僕も佐渡さんの授業を見せてもらったことがありますけど、その感じは、お母さんが音楽を教えられるというのと違って、お父さんが数学を教えているほうの感じでしょうね。

佐渡　たぶんそうだと思います。教えていることも面白いですけど、自分自身が子どもから刺激を受けるし、授業をしている四十五分か五十分の間にすごく勝負をかけなきゃいけない。その快感があるんです。

点数がつけられない演奏

河合　やっぱり勝負のしがいがいちばんあるのと違いますか、子どもというのはね。

佐渡　それはもう。これは大学生になってからの話ですけど、アルバイトで高等学校の吹奏楽部のコーチをやったことがあるんです。女の子ばかりで、めちゃめちゃ下手な吹奏楽部だったけど、ものすごいエネルギーがあった。このエネルギーを吹奏楽にうまく使わせたら、ぜったいにうまくなると思って、みんなを集めて説得したんです。みんなも本気でやると言って、次の年のコンクールに向けて、もう必死で練習したんです。それで大会の日が来て、すごい演奏をしたんです。終わった瞬間、会場に拍手とかではなくて、ほうっというどよめきが起こって。僕はもう自信満々でこれは金賞だと信じて疑わなかった。だけど、結果は銅賞。生徒はみんな泣くし、僕はもう腹立たしくて……。

河合　そりゃそうでしょうね。

佐渡　緞帳《どんちょう》がおりた瞬間、僕はもうぶち切れていましたから、審査員にかばんをぶつけてしまった。その行為でもう大問題になったんだけど、それからというものは、子どもたちに対する申し訳なさがずうっと胸に引っかかっていたんです。

河合　その生徒さんたちとはそれきりだったのですか？

佐渡　三十代の後半になるまでそうでした。三十代の後半になってから、そのときの生徒たちと同窓会をしたんです。でも当時の部長は来ていなかった。それが今年（二〇〇五年）の広島・長崎のコンサートのときでした。僕がタクシーに乗って浦上天主堂の坂を下りきったところで、「コーチ」という声がしたんです。僕をそう呼ぶのはあのときの生徒しかいませんでしたから、走るタクシーの窓からその姿を探したけれど、とうとう見つからなかった。そのことをメールに書いて当時のメンバーに送ったわけです。同窓会以後、何人かとメールのやり取りをしていたんです。するとすぐに部長だということがわかって連絡がつくと、その部長が僕のファンクラブの掲示板に書き込んでくれたんです。銅賞で申し訳なかった。佐渡さんには本当にすまないことをしてしまった……。
河合　向こうは向こうで先生に悪いことをしたと思っていた。
佐渡　そうなんです。それで音楽を続けられなくなって、やめてしまったけれど、また音楽に戻れそうだと……。
河合　それはよかった。本当によかったですね。
佐渡　その子から当時演奏した曲のＭＤが送られてきて、もう何十年ぶりかで聴いたんですよ。
河合　どうでしたか？
佐渡　自由曲と課題曲があって、自由曲はもう殺気立った演奏で、一人の音程が崩れると、全員が崩れてしまうほど見事に合っているんです。ところが課題曲がめちゃめちゃひどい演奏だった（笑）。
河合　わかりますね。
佐渡　思い出せば、この演奏には評価のしようがないと、自由曲には審査員の点数が書いてなかったんです。もうこれ以上の演奏はないくらいに殺気立っていたから、その審査員の気持ちはわからないでもないですね。
河合　でも、めちゃめちゃな演奏しかできなかった吹奏楽部が、エネルギーを集中させて練習したら、それだけの演奏ができるようになったということ、これはもうすごいことですよ。子どもたちにはそんなすごい力があるということですね。
佐渡　本当に子どもの吸収力というか、成長する力ってすごいなと思いました。
河合　勝負のしがいがあったという実に見事な、それも感動的な例ですね、それは。
佐渡　確かにそうですね。
河合　その力というのは、小学生から中学生の時代にかけての佐渡さんのお話からも強く感じました。ところで、勉強のほうはどうでしたか？
佐渡　これはきつい。もう話はおしまいだろうと思っていたのに（笑）。
河合　ちょっとお聞きしただけです（笑）。いわゆるお勉強は嫌いやったでしょう？
佐渡　嫌いでした。中学三年生になったらもう全然、だめでした。本当の勉強は大人になってからではないでしょうか。三十歳ぐらいになってからですね。
河合　それは、本物やと、僕は思いますね。自分のほんまに役に立つというか、必要性に応じてやるやつは自分のものになりますね。
佐渡　もうちょっと早くやっておけばよかったなと思いますけどね。
河合　それは、そう思うけど、そんなんできるはずがないですよ。僕も早いことしたらよかったと、なんべん思ったかわからない。英会話をやったのは結婚してからですからね。
佐渡　そうですか。

河合　必要に迫られたらできるんですね。人間というのは、不思議なもんですな。でも佐渡さんはずいぶんいたずら好きだったでしょう？

佐渡　いたずらはずいぶんやりました。

河合　そうでしょう。いたずら精神がなかったら、そんな創造的なことはできないと思います。何か難しいことを言うのではなくて、ちょっとびっくりさせたれとか、このへんで一発とかね（笑）。

佐渡　その気持ちはいつもありますね。

河合　そのへんのところは聞き出したらきりがないですね。今度またじっくりと、また実際に子どもに指導される話も、ぜったいに聞きたいですね。今日は本当にありがとうございました。

佐渡　ありがとうございました。

（二〇〇五年十一月七日＝ウェスティンホテル大阪・日本料理はなの）

測り知れないエネルギーをもった人

河合隼雄

佐渡裕さんは、そのすばらしい指揮による演奏も何度か聴かせていただき、そのたびに深い感動を体験している。そのうえ、対談をしたり、佐渡さんがフルートを吹かれるので私と二重奏をしていただいたり、と楽しいことも多い。最近は、「1万人の第九」を指揮される佐渡さんの姿に接して、そのエネルギーの測り知れない強さに、心を打たれた。「よし、僕も頑張ろう」と思ってしまうのだ。

佐渡さんの著書『僕はいかにして指揮者になったのか』を読んで、そこには子ども時代のことを書かれていたので、この対談は面白くなるに違いないと思っていたが、予想以上に興味深い物語になった。私は体中がジーンと反応するような感じを味わいながら、聴き入っていた。佐渡さんの人間性が直接的に伝わってくるのだ。

感心したことは多いが、佐渡さんが言語以前の記憶をいきいきと保持しておられるのには、なるほどとうなずきつつ感心した。一般の人間は記憶は言語によって保持されるものだが、佐渡さんは共通感覚によって捉えられたイメージとでも言うべきものを、そのままもっておられ、それを表現される。

おそらく、子どものころは、それらを作文や絵画に表現され、本人は自信満々だったろうが、残念ながら学識的な大人には理解不可能だったのだろう、と思われる。私などまったく対照的で、自分に才能のないことは知っていたが、大人が喜ぶだろうと思うことを書いて、良い点をもらっていたものである。

佐渡さんが指揮者として有名になってから、タクシーに乗っていたとき、学生時代に指導したブラスバンドの部長が「コーチ」と呼びかける。佐渡さんは「あれ？」と思うが、タクシーはそのまま去ってゆく。佐渡さんの心のなかには、審査員にかばんをぶっつけたときのシーンが思い浮かぶ、というような情景が、まるで映画でも見るように私の心のなかに生じてきて、深く深く感動した。佐渡さんの体験と、その語りが私の心のなかに、このような作用を及ぼしたのだろう。おそらく、これと同様のことが、指揮者の佐渡さんと楽員の間に生じるのだろう。他人の心のなかに内的イメージを喚起する力を、しっかりと身につけておられるのだ、と思う。

「象のおなら」はどうだろう。すごい表現力だ。それに勇気もある、と思う。先生には通用しなかったようだけれど、「厳しいけれどすごくいい先生でした」と佐渡さんは先生を評価している。佐渡さんも言っているように、厳しい堅苦しさと、おちょけの両方が常に並行して、今日の佐渡さんをつくりあげてきたのだと思う。

今回はあまりそれについてお話をうかがえなかったが、実は佐渡さんは子どもの音楽教育にも熱心で、授業も見せていただいたことがある。いつか、佐渡さんと教育談義もしたいなと思う。

環境をうまく受け入れる力

毛利　衛
（宇宙飛行士）

子どものころの原風景

河合　今日は楽しみにして来ました。なにしろ宇宙から来られた方の子ども時代のお話が聞けるわけですから（笑）。

毛利　無垢《むく》な気持ちでいきます（笑）。何も用意しないで来ました。

河合　どうですか、子どものころで、すごく印象に残っているというか、心に残っていることというのは……？

毛利　それはもう生まれ故郷、北海道の雪景色ですね。

河合　お生まれは北海道の、どのあたりだったんですか？

毛利　余市町です。小樽から積丹《しゃこたん》半島に向かって途中にある小さな町です。

河合　それでも、雪というと、嫌な思い出をもっている人が多いんじゃないですか？

毛利　そうなんです。それもよくわかります。しかし、僕の場合は、本当に楽しい思い出ばかりなんです。

河合　ははあ、このへんがもう普通の人ではない（笑）。

毛利　そうでしょうか（笑）。北海道に降る雪というのは、本州に降る雪と違って乾いているんです。もっとも、十二月とか三月くらいに降る雪は本州の雪と同じように湿っていますけど、あとはもうすごく乾いていて、ふかふかしているんです。そのふかふかした真っ白な雪野原を駆け回ったり、転げ回ったり……。それがすごく楽しかったですね。

河合　ああ、それ、面白いですね。そのまっさらなところを行くというのは、まさに宇宙を行く感じとそっくりですね。

毛利　そういえば、そうですね。それから、もうひとつ、余市町には海や山があります。とくに山では春から夏にかけて、リンゴとかブドウとかサクランボとかイチゴとかがどんどん出てくる。

河合　自然にすごく恵まれていますね。私の場合は、山はあったけれども海がなかったから、海の楽しみ方というのがわからない。毛利さんはどうでしたか？

毛利　僕の場合も海の楽しみ方がわからなかった。実は、泳げなかったんです（笑）。二十四歳まで泳げなかった。その劣等感がずうっとあって、オーストラリアの大学院へ行ったときに三つの目標を立てたんです。

河合　そのひとつが泳げるようになること、ですか？

毛利　そうなんです（笑）。あとはドクターを取ることと英語をしゃべれるようになること……。

河合　どうでした？

毛利　最初に実現できたのが、泳げるようになったことでした（笑）。

河合　ほかの二つの目標も実現したんですから、ほんと、たいしたものですよ。

毛利　子どものころの思い出でいうと、僕の原風景というものがあるんです。

河合　ほう、それは？

毛利　冬の雪景色です。それも吹雪が終わったあとの……。吹雪が終わると、見わたすかぎり真っ白になっていて、しかも空が真っ青なんです。日が暮れるにしたがって、真っ青の空がしだいに赤く染まり、そこにひときわ鮮やかな金星の輝きがある。それが子どものころの原風景ですね。

河合　その原風景は宇宙につながっていますね。ほんとに、そうだ、さっきのまっさらな雪の上を歩くことと、今おっしゃったイメージはまさに宇宙へ行く感じだ。面白いですね。

毛利　吹雪が終わったあとは、空気が乾燥していて、ゴミも少なくて星がすごくシャープに見えるんです。オリオン座もはっきり見えます。そのときの澄んだ星が、宇宙で見た星とすごく似ていました。

河合　いやあ、それはすばらしい。子どものころの原風景が宇宙につながっている。本当にすばらしいですね。

毛利　山での思い出というと、昆虫捕りでしょうね、やっぱり。でも、実はね、昆虫は怖かった（笑）。トンボやクモなんか、ずいぶん殺しました。昆虫がもがいて死ぬ。それがすごく怖いと思いながらも、またすごく好奇心があった。子どもはみんなそうなのかもしれませんけれど……。

河合　昆虫捕りは、子どもにとってすごく大事なことですね。私の兄貴も、昆虫を捕ったということが、すごい原体験になっていると思うんです。私も兄貴に連れられてずいぶん行きました。本来的には好きではなかったけれども、お供をしないと話にならんから、兄貴のお供で体験したわけです。クワガタとかカブト虫とかずいぶん捕りましたよ。

毛利　カブト虫は北海道にはいないんです。クワガタは、本州で見るような立派なのはいないんですけど……。ゴキブリもいないですね。こちらへ来てはじめて見ました。もっとも最近では、札幌のビルなどはずいぶん暖かくなっているせいで、ゴキブリが出てくると聞いていますけれども……。

河合　そうですか。昆虫の分布が本州と違んですね。

毛利　ずいぶんと違っています。今でも怖い昆虫は、その名前を言うだけでも怖いんですけれども、カマキリですね。もう、その名を口にするだけでも怖い。カマキリは北海道にはいないんです。

河合　いないんですか？

毛利　いません。こちらへ来てはじめて見ました。それも昆虫を食っているカマキリを。年齢的には二十歳を過ぎてですけど……。

河合　そういう怖いものがあるというのは面白いですね。カマキリみたいな人間もいますけれどもね、食いに来るやつが（笑）。そうですか、カマキリが北海道にいないというのも不思議ですね。

毛利　そうですね。ちょうど本州と北海道の間にブラキストン線があるんですね。あそこで環境ががらりと変わるようなんです。だから、北海道からこちらへ来るとずいぶん違いがあります。こたつもないんです。音楽の時間に「猫はこたつで丸くなる」というのを歌っていても、イメージがわかなかった。とにかく実体感というものがないんです。

河合　われわれにとっては、こたつはものすごく大事なものだったですね。みんなそこに集まるし、それからあれに乗って、馬代わりにして遊んでいました。こたつのやぐらが折れない冬はないと、母親がよく言っていました。

毛利　はじめてこたつを見たのは、高校を卒業して、本州の親戚の家へ行ったときでした。いいものだなと思いましたね。

やさしい親と厳しい兄弟

河合　ご兄弟はおありですね。

毛利　八人兄弟です。僕はその末っ子で、父親が四十三歳、母親が三十九歳のときの子どもです。その間に、二年ごとに七人産んでいるわけです。

河合　私のところも二年ごとで六人（笑）。私はその五番目です。末っ子だとずいぶん可愛がられたけれど、五番目だからご難だと言っているんです（笑）。

毛利　僕は徹底的に甘やかされました。兄貴たちとか姉はものすごく叱られていたけれども、僕は親には叱られたことも手を上げられたこともなかったですね。

河合　私の家でも、上のほうはものすごく叱られているんです。下になるほど叱られていないんです。それでも、兄貴たちは怖かったですね。毛利さんの場合はどうでしたか？

毛利　僕もそうでした。

河合　親は甘やかしても、兄貴は厳しいですからね。

毛利　いつも泣かされていましたよ。考えてみると、親には勉強をしろと言われたこともないですね。受験勉強のときに、徹夜なんかして一生懸命にやっていると、逆に、今日は徹夜をしたんだから休んだらどうかとよく言われたことを覚えています。今、自分が親になってみると、親はあのようにはなかなかできない環境にあるんだなと思いますね。

河合　今はものすごく難しくなっています。昔はすべてうまくいったんです。でも、子育てという観点に関して、今は大変な時代ですね。みんなそれを自覚していないから、便利になったで終わってしまうけれども、本当に今は難しいです。

毛利　あまりにも比較するものがありすぎる。

河合　そう。情報がたくさんある。それから物がたくさんある。すべて大変です。昔はいいかげんにやっていたらうまくいったんです。別に親だということをそんなに意識しなくてよかった。ところが、今は、すごく考えたり、意識したりしなくちゃならない。そんなの、何か考えてうまくいくはずがないでしょう。だからよくぶつかってしまう。

毛利　そうですね。本当にそうですよ。

河合　毛利さんの場合は末っ子ですから、お兄さん、お姉さんの影響というのはどうですか？

毛利　それはすごくありますね。もう姉が面倒を見てくれるという感じだったですね。さっき甘やかされて育ったと言いましたでしょう。末っ子というのは、とにかく親や兄弟の陰に隠れていればよかったんです。いつも後ろに隠れていた。挨拶もろくにできなかったですね。

河合　そう、そう、私もそうだった（笑）。よくわかります。いつも誰かの後ろにいると、挨拶をする必要はありませんからね。ずうっと後ろをついていくのは、今でも得意ですけどね（笑）。

担任の先生の影響

毛利　五年生までは人前でちゃんと話せなかった。とにかく恥ずかしがりやでしたね。担任もそうだったですね。PTAなんかで見ていますと、恥ずかしいような接し方しかできない先生でした。子どもにもそれがよくわかるんです。だからでしょうね、子どもを扱うのも上手ではなかった。

河合　それだと子どもは伸びないですよね。

毛利　五年生になって担任が代わって、それがいつも生徒と一緒になって歌ったり遊んだりしてくれる先生だった。日曜日などは先生の家へ遊びに行ってね……。

河合　そうそう、先生の家にね。昔はよくありましたね。

毛利　その先生が写真が好きで、家の押し入れに暗室をつくったりしていました。一緒に撮った写真をそこで焼いてくれるんですね。そういったことで学校や先生が好きになって、恥ずかしいというようなこともなくなり、自信もつくようになってきたんです。

河合　面白いですね。そのへんのことに対するお父さんやお母さんの反応はいかがでしたか？

毛利　父親はオートバイに夢中でしたね。とにかく教育にはまったく関心がなかった

（笑）。母親はすごく感謝していました。先生がその日にあったことをノートに書かせるんです。それを母親に見せて返事を書いてもらうわけだけど、子どもの様子がよくわかるものだから、ものすごく喜んでいましたね。

河合　それはそうでしょうね。女の先生でしたか。それとも男の先生でしたか？

毛利　男の先生でした。

河合　お母さんは家におられたんですか？

毛利　おふろ屋をやっていたんです。父親は動物病院をやっていたんですが、農家へ行って動物の病気を治してくるのはいいんですが、お金を取ってこない。農家の人にはすごく感謝されましたけど（笑）、そのうちに、農業の機械化が進むようになってきて、うちの収入もだんだん減ってきた。

河合　それでおふろ屋を……。

毛利　はい。僕が小学校の一年のときでした。夜中の十一時半ぐらいまでやっていましたから、帰ってくるのはもう十二時ぐらいなので、小学校時代はほとんど話すことがなかったです。それで姉が母親代わりになっていましたから、母親に夜のご飯を届けに行ったときに、そのノートを持って行ったんです。その先生のことはすごく評価していましたね。

河合　やっぱり先生の力というのは大きいですね。

宮沢賢治と宇宙

河合　理科系と文科系、もちろん興味があったのは……（笑）。

毛利　それは、もう、理科系でしたね（笑）。文科系には興味がなかった。理科好きになったのは兄貴の影響ですね。これは大きかった。兄貴は中学の理科クラブに入っていましたし、僕も五年生のときにさっきの担任の先生の影響もあって理科クラブに入りました。それでうまく話が合って、いつも兄貴のつくった望遠鏡で星を観察していました。

河合　読書なんかはどうでした？

毛利　低学年のときは好きでよく読みました。母親がイソップ童話を買ってくれたりしましたからね。それと浜田広介《はまだひろすけ》の童話、ディズニーの本とかね。そういうたぐいばかりでした。でも、ひとつだけ、小学校の教科書に載っていた宮沢賢治の「よだかの星」、これだけは好きで何度も読み返しました。よだかが悲痛な声で啼《な》きながら上へ上へと飛んでいって、最後に燐光のような光に包まれて滅びてしまう。後に宇宙へ行って、その光の様子が宇宙のプラズマにすごく似ていることに気がついて驚きました。

河合　そういえば、スペースシャトルもまわりが発光しますね。

毛利　そうなんです。そういうのと似てる。いちばんさいしょに宇宙に行ったときに「よだかの星」を思い出して、ああ、宮沢賢治というのは宇宙を見ていた人だなと実感しました。

河合　そういう感じはしますね。宮沢賢治は、そういうことができた人ではないかと思いますね。いやあ、宮沢賢治が好きやったというのは面白いですね。

毛利　なおかつ僕は昆虫が死ぬ瞬間をいろいろと見て知っていたものだから、よだかが嫌な羽虫を食べたときの、喉を通っていくそのときの描写、それが実によくわかる。そんなこともあって、ずっと心に引っかかっていたんでしょうね。それから『銀河鉄道の夜』、あれも面白かった。宇宙へ行ってからも、ずいぶん読みましたね。

河合　あの作品も、本当に宇宙へ行っていますからね。

毛利　文科系は、あと、高校へ入ってからのテレビ。NHKの高校通信講座が面白くて、食事が終わってからはずうっと見ていましたね。歴史とか地理、古典はそれで学びました。

河合　あれは確かに良い先生が教えたから、すごく面白い。僕なんか通信講座で英語を勉強したんです（笑）。

毛利　文科系はそれぐらいのもので、とにかく苦手でしたね。理科系が好きで、鉱石ラジオとかを夢中になって組み立てていました。

河合　僕らの時代もそういうのが好きな連中はいましたね。そうですか、毛利さんの時代もまだあったんですね。

毛利　学校でハンダを使って三球ラジオ、五球ラジオを組み立てたりしました。音が鳴ったとき、それはもう、うれしくて……。

河合　それは楽しかったでしょうね。

偶然与えられた時間

毛利　家に帰っても、勉強はまったくしなかったですね。受験勉強をやるようになったのは、ちょっとしたことがきっかけでした。

河合　それはまたどんな……？

毛利　高校二年のとき、体育の時間に走り高跳びをしていて、右手を折ってしまったんです。近くの整骨院で処置はしたんですけれど、それが滅茶苦茶でしてね、一カ月ぐらいしてから手が曲がってきたんです。

河合　それだと、もう、ちょっとしたどころではない（笑）。

毛利　それで小樽の病院へ行ったところ、これは大変だということになって、処置をしてもらってギプスをはめることになってしまった。春に折って、治ったのが秋、それまで何もできなくて、それで勉強をするしかないと、集中してやるようになった（笑）。

河合　うまくできていますね（笑）。

毛利　成績が急に上がりました。要するに、集中する時間を与えられたことがよかったんだと思います。

河合　そうそう。それが、おっしゃったようにうまくと言っては悪いけれど、骨を折ったことで、どこかに閉じこもるというか、集中する時間ができた。本当は誰もがそういう時間をもてなくてはいけないんだけど、だいたいの人がなかなかうまくもてないんですね。それと、毛利さんの場合は、そうなるまでに遊んでいたことが、ものすごくよかったわけですよ。

毛利　骨を折ったことが幸いした（笑）。

河合　そう（笑）。私は、今の子どもはかわいそうだと思うんですね。のべつまくなしに緊張しているわけです。いつも何か決まりきったことしかやっていない。遊んだり、テレビを見たり、勝手なことをして、それからパッと変わるというのがいちばんいい方法だと思うんですが、今はそれがなかなかできない。本当にかわいそうですね。

毛利　それと、僕の場合は、親がおふろ屋の番台にいましたから、見る時間もなくて、小言も言えなかったんだと思いますね。父親はなにしろオートバイばかりに夢中な人でしたから（笑）。

河合　それがちょうどよかった（笑）。今は、親がいつも一緒ですから見えすぎて、何もかも言いますからね。

毛利　兄弟は日常のことは文句を言うけれども、勉強しろとはぜったいに言いませんからね。

河合　そう。兄弟は言わない。ところで、スポーツはどうだったんですか？

毛利　水泳だけはだめでした（笑）。

河合　ああ、ああ、それはオーストラリアの大学院へ行ってからマスターした。最初にお聞きした（笑）。

毛利　小学校のときは野球、ソフトボール、それから卓球をやっていたんです。一番上の兄貴が卓球の選手だったんです。その影響もあって、中学校では卓球部に入りました。

河合　冬はスキー、スケートですか？

毛利　スケートといっても、氷スケートではなくて、雪スケートなんです。それから、北海道では、三学期の場合、体育の授業はスキーになるんです。

河合　冬はスキーにスケート。夏は野球にソフトボール、そして一年を通じて卓球。体はずいぶん鍛えられたでしょうね。

毛利　そうですね。背の高さなんかも、小学校のときは中間ぐらいだったのに中学一年のときはどういうわけかいちばん低かった。それが中学校の二年生から三年生にかけて急に伸びはじめて、また中間ぐらいになった。ことに卓球をやっていて、反射神経がものすごくよくなりましたね。

河合　そういったことが、あとで役に立つわけですね。

来たものに応える力

河合　中学ぐらいのときまでに、それこそ宇宙へ行くという感じはありましたか？

毛利　いえいえ。

河合　そういう気持ちは全然なかった？

毛利　いや、憧れてはいました。ちょうど当時はソビエトと言っていましたけれど、その国の宇宙飛行士だったガガーリンが、世界初の有人飛行を果たしてニュースになりましたから。

河合　そのとき毛利さんは何年生でしたか？

毛利　二年生でした。それから夢中になって新聞の切り抜きを集めたりしていました。

河合　それは、やっぱり憧れがあったんでしょうね。

毛利　そうでしょうね。たくさんの切り抜きを見て喜んでいました。あのころのいちばんの関心は、月の裏側に宇宙基地があるんじゃないかということでした。月は表しか見せていないので、きっとあの裏側にある。それで、ＵＦＯにすごく興味をもっていたんです。

河合　なるほど。

毛利　兄貴たちと一緒に、どうやって本当らしくＵＦＯの写真を撮るか、灰皿をひっくり返して飛ばしたり、テグスで吊って糸を見えなくしたり。それで、現像するときにちょっとぼかすようなことをしたり。そんなことばかりしていましたね。宇宙はその程度です。あとは兄貴が天文好きだったので星の観察。

河合　ああ、そうか、星に対する興味は強かったのですね。でも、見ていただけではなくて、実際に飛んだんだから（笑）。それはもうすごいことですよ。

毛利　たまたま運が良かったんじゃないですか、本当に。同時に、子どもの時代からの自分を見てくると、何かすごく期待されているわけでも、またそういう巡り合わせではないけれども、いろいろなものがちょっとしたぎりぎりのところでうまくかみ合ってきた。それで宇宙に行けたというのがわかりますね。ちょっとしたところをうまく生き延びてこれたのが影響してると思いますね。

河合　自分から、これをやろう、あれをやろうというんじゃなくて、ちょっと待っているときに、うまく来て、来たのにすうっと乗ってという感じはありますね。お話を聞きながらそんなふうに思いました。

毛利　それは、確かにありますね。

河合　それがずうっと積み上がって、宇宙につながっていくという感じがすごくわかりますね。

毛利　小学校の五年生のときの先生にまず感謝ですね（笑）。

河合　そうですね、でも、大事なことは、それに応える力があったということですね。そういうのに応えられて、また次に応えられる。来たものをうまく受け止めてやれる力、環境をうまく受け入れる力と言ってもいいでしょうね。それがあったわけですよ。

毛利　その性格がどこから来たのかわかりませんけれども、八人兄弟の末っ子ということもあったのかもしれませんね。

河合　なるほど。

毛利　宇宙飛行士に選ばれるときに、おそらくそのマニュアルがあると思うんですけれども、精神面接とかいろんな面接があるんです。

河合　理想の宇宙飛行士像というものがあるんでしょうね。

毛利　ええ。もちろん自分ではまったくわからず、ただ受けているという状況でした。シャトルには、ペイロード・スペシャリストといって、シャトルに乗せてもらっていろいろな研究をする人がいるんです。

河合　パイロットとかアメリカの宇宙飛行士ではない人ですね。

毛利　はい。アメリカ、カナダ、ヨーロッパからの科学者たちですけど、その人たちと話をしていて、物の見方とか受け入れ方とかがものすごく共通しているんですね。つまり先生がさっきおっしゃった、環境をうまく受け入れる力、それをみんながもっているんです。

河合　面白いですね。そういう人たちを集めて、それを生かすというところがまた面白い。

毛利　面接した精神科医は、与えられた環境のもとで最大の力を発揮できるだろうということで選んだわけですね。

河合　兄弟が多いと、決まった世界のなかで自分を出していかなければいけない。何事も、いつも兄貴たちが先に決めていますからね。それがものすごく役に立ったんでしょうね。私も五番目だからそのへんはようわかります。

毛利　自分のことを通すためには、自己主張をしてはだめなんですね。けんかをしても泣かされるのはわかっていますから。ネゴシエーションの力というか、まわりの兄弟をたくさん味方につけないといけない。そうすると、自分の思い通りになるという。

河合　そう。けんかをせずに自分の意思を通すということがすごく大事で、兄弟が多いとそれが自然に訓練されることになる（笑）。

毛利　勝てるときにパッと出てね（笑）。宇宙飛行士は逃げないといけないので、物理的に逃げる訓練ばかりしていたような気がしますけれども……。

河合　それを子どものときから無意識のうちにやってこられた（笑）。

毛利　ところが、今は科学未来館の館長ですから逃げるわけにはいかない。既定のいろいろなものを壊して、新しいものをつくっていこうと、なにしろ小学校のときにやりたくてやれなかったピッチャーをやっているわけですから（笑）。まったく、子どものときの慎《つつ》ましさ、それがなくなってしまいました（笑）。

河合　いやいや、そうした環境もまたうまく受け入れられる力はすでにおもちのはずですから（笑）。そろそろこのへんで。今日はどうもありがとうございました。

（二〇〇六年一月十八日＝ホテル日航東京・日本料理さくら）

与えられた条件を最大限に生かす人

河合隼雄

毛利さんは心身ともに実に均整のよくとれた方である。お会いするだけで爽快《そうかい》な感じが伝わってくる。てきぱきしているからと言って冷たくはない。優しいからと言って弱いのではない。このような表現をするといくらでも続けられる。宇宙飛行士は狭い空間のなかで何人もの人が寝食を共にしつつ、それぞれ重要な仕事をこなしていくのだから、大変なことである。毛利さんにお会いしていると、宇宙飛行士として最適の人だと思う。

その毛利さんの生き方を支える原風景が何ともすばらしい。幼児期の原風景をこのように見事に生きている人は稀《まれ》ではないだろうか。

「吹雪が終わると、見わたすかぎり真っ白になっていて、しかも空が真っ青なんです。日が暮れるにしたがって、真っ青の空がしだいに赤く染まり、そこにひときわ鮮やかな金星の輝きがある」

毛利さんのこの言葉をお聞きしながら、私は宇宙船から見る景色を想像していた。

たくさんの兄弟の末っ子として、いつも誰かの後ろについて楽しんでいる、という生き方は、実は私も似たような経験をしているので非常によく共感できた。そして、その延長として、そのときに与えられた環境を上手に生かして、楽しみややり甲斐を見出してゆく生き方、という点もまったく同様である。

兄弟の何番目に生まれたかが、その人の性格形成に強い影響を及ぼすことを、アルフレッド・アドラーは強調している。ぜったいになどということはないが、ある程度はうなずけることである。

勉強のことなど親も子もあまり重要に考えていなかったのに、高校二年のときに手の骨折をして、それが勉強に励む契機となる、という話は示唆的である。

与えられた環境を生かす、と言ったが、骨折も言うなれば与えられた環境の一種である。毛利さんのような姿勢をしっかりともっている人にとって、しばしばマイナスのことがプラスに変化する契機になることは、多いようである。

お話をお聞きしていて、このように与えられた条件を最大限に生かす毛利さんの力がよくわかって感心した。これも本人に言わせれば、「たまたま運が良かったんじゃないか」という表現になるが、その「運」も受け止め方によって悪運になるかもしれない、ということをわれわれは知っていなくてはならない。

毛利さんの生き方をお聞きしていて、われわれ現代の日本の親は、子どもの育て方についてもっと根本的に考え直す必要があるのではないかと感じさせられた。

「後ろにつく」のが上手だった毛利さんも、今は科学未来館の館長として、人々をリードする役割についておられる。これからのご活躍に大いに期待したい。と言いながら、私もまったく似たようなことで、「長」という役についているな、と思い面白かった。

遊びからイマジネーションを生み出す力

安藤忠雄
（建築家）

「コドモ力」を鍛える

河合　今日は安藤さんの子どものころの話をおうかがいしたいと思っているんですけど、安藤さんは「コドモ力」ということをおっしゃっているでしょう？

安藤　はい。最近もある雑誌に書いたんですが、「コドモ力」という言葉は司馬遼太郎さんのエッセイを読んで感じたことなんです。

河合　なるほど。今回はそのあたりからおうかがいしたほうがよさそうですね（笑）。

安藤　そのなかに、人は終生、その精神のなかにコドモをもち続けている。ただし、よほど大切に育てないと、年配になって消えてしまう。想像力と創造力は、オトナの部分のはたらきではない。正義という高貴なコドモの部分は、成人すれば複雑な現実や利害に取り囲まれて出場所を失うが、しかし干あがってしまってはどうにもならない。万人にとって感動のある人生を送るためには、自分のなかのコドモを蒸発させてはならない。といった文章があります。こうしたコドモの部分を誰もが最初はもっているんですけど、それが最近では消えていきつつあるのではないかと危惧しているんです。そこで、そうしたコドモの部分を、子どもの時代に鍛える必要があるということなんです。

河合　なるほど。遊びだけでいっても、今は、外で遊ぶ子どもを見かけなくなっていますからね。

安藤　それに、今、学校教育を含めて、あちこちで問題になっていますけど、親が子どもに本気で愛情をもって教育してきたかというと、ずいぶん不安な面があるでしょう。

河合　今はね、親の子どもに対する思いが変わってきているんです。単純に子どもが好きだからということではなく、どういう子どもにするか、どうしたら良い子になるかってことが先行するでしょう。

安藤　幼稚園から学習塾、英語塾、ピアノ塾と行って、子どもが自分でものを考える時間がない。遊ぶ時間がない。子どもの成績がちょっと良かったら、この子はものすごい才能があるともてはやすから、子どもがだんだんおかしくなっていくという状態ですね。

河合　だから、ほんまに子どもがかわいそうでしゃあないですわ。ほっといてやれと言いたいけど……。

安藤　ほっとくと一流大学へ行けませんからね、今は。

河合　一流大学へ行ったって幸福なことがないことは、昔よりはだんだん気がつきつつある。一流大学を出てあほなことをする奴が増えてきたからね（笑）。

安藤　親のプライドというのは、自分の子どもがいい大学へ行くことだけですから、そのプライドのために子どもをおもちゃみたいに考えている。自分の首飾りみたいに考えているから、子どもはたまったものじゃないですね。

河合　子どもが好きやということを抜きにしてやっているからね。ほんま、子どもにしたらたまらんでしょうね。

安藤　われわれが子どものころなんか、みんなほったらかしだったですよね。

河合　それでも、ちゃんと自然術が生きていた。自然術が生きるようなシステムを日本はもっていたんやけど、それを今はみんなが壊している。だから難しいんですよ、ほんまに。

安藤　われわれが子どものころって、放課後に塾へ行く子なんていなかったから、その時間は自由で、自分で考えて遊ばなければ過ごせなかった。だから、自分でものを考えるというトレーニングを日常の生活のなかでしてきたんだけど、今の子どもにはその時間がない。どうしたらいいんでしょうかね。

河合　これは、みんながそれぞれに自覚してくれへんと難しい問題ですね。本当の子どもの幸せということをみんなが考え直してくれたらいいんですけどね。

安藤　たとえば、子どもの幸せを考える一例になるかと思うんですが、去年（二〇〇五年）、福島県のいわき市に絵本美術館をつくったんです。いわき市の幼稚園の園長さんが、もう三十年くらい絵本を集めてらして、子どもに絵本をきっちり見てもらいたいという強い思いからつくったものなんです。そうした熱意というのは子どもに伝わるものなんですね。大勢の子どもが絵本を熱心に見ているということです。

河合　そうでしょう。その思いがなければ、子どもは集まってきませんよ。

安藤　大人のひとりひとりがこういう思いをもつということが大事ですね。それが「コドモ力」を鍛えることにもつながると思うんです。

けんかから得た強い絆

河合　さっき、最近は外で遊ぶ子どもを見かけなくなったと言ったけれど、安藤さんの子どものころはどうでしたか。わかりきったことを尋ねるなとお叱りを受けそうですが（笑）。

安藤　外でしか遊ばなかった（笑）。今の子どもとはまったく正反対でした。

河合　生まれは大阪ですか？

安藤　そうです。

河合　ガキ大将だったと耳にしたことがあるんですけど（笑）。

安藤　そうです、そうです（笑）。けんかばかりしていましたし、強かったですね。けんかをしてうまく仲直りをすると強い絆ができるんだということを含めて、人間関係をそのころに覚えましたね（笑）。

河合 走るのは速かったでしょう（笑）。

安藤 それはもう（笑）。当時はね、ひとクラス五十人ぐらいいた。成績は五十人の下から数えるほうが早かったけれど、運動会だけは良かった。うちの親なんか、運動会だけはいいけど、あとは大変やといつも言うてました（笑）。

河合 勉強はまったくしなかったほうですか。宿題なんかどうしました？

安藤 宿題は放課後、一時間ぐらい、学校でしました。勉強というのは、宿題のその程度で、とにかく家ではまったくしなかったですね。学校から帰ってくると、もう近所の子どもとトンボを捕ったり魚を捕ったりして自由に遊んでいましたね。そっちのほうばっかりやっていたので、成績はもうひたすら落ちていくばっかりでした（笑）。

河合 しかし、年齢を超えてみんなと遊ぶなかで、人間関係や自然とのつきあい方を学んでいったわけでしょうね。自分なりに物事を考えてするのが面白かったのではないですか？

安藤 そうですね。日常のなかで生活の知恵を働かせていく、そうせざるを得ないわけですから。たとえば、川で魚を釣るにしても、餌《えさ》をどうするか考えなければいけない。今のように買いに行くというわけにはいかなかったですからね。

河合 悪知恵もずいぶん働かせた（笑）。

安藤　それはもう（笑）。

河合　そういう悪知恵がなかったらやっていけへんからね（笑）。

安藤　大人になって、社会のなかで生きていくには、悪知恵がいっぱい必要なわけです。それには子どものころにその下地をつくっておかないかん（笑）。とにかく、子どものころに、日常の生活のなかで知恵をはりめぐらしていかないと、大人になって急に知恵をはりめぐらすのは難しいですからね。

河合　本当にそうです。

安藤　今の子どもより幸せだったのは、五歳までにしかできなかったこと、十歳までにしかできなかったことを十分にできていたということですね。

河合　そうそう。そのとおりです。その年齢でできることを飛ばしたら大損害やからね。

安藤　でも、今の子どもは、五歳、十歳までにしかできないことをやっていないから、一流大学へ行くまで同じことの繰り返しで……。

河合　そう。一流大学を出たころに五歳くらいのことをやりたくなるからね。それでもう無茶苦茶しよるんですよ。

安藤　われわれの事務所にも、夏になればアルバイトがいつも五、六人は来るんです。みんな一流大学に行っているんですが、まったく何も教えられていないんです。たとえば、箸も満足に持てないんです。どうしてと訊いたら、いつもスプーンで食べているから

（笑）。それから時間にはまったくルーズな奴がいる。朝は九時半までに出社すると決めてあるのに、遅れて来るから怒られる。すると、どうして怒るのか、遅れた分だけあとで働くからいいでしょうと言う（笑）。

河合　まったく何も教えられていないどころか、注意されたこともきっとないんでしょうね。

安藤　子どものときにしか叱られて修正できないことって結構あると思うんです。それをしないできていますからね。また、今の子どもは、生活の知恵を働かす下地をつくる時期に、ひたすら詰め込みで教えられているでしょう。

河合　だから、悪知恵を働かさんでもいけるようになっておるんですね。

安藤　実際、悪知恵を働かさんと生きていかれへんのにね。

取り替えのできないもの

河合　成績が悪かったことで、おうちの方は苦にされませんでしたか？

安藤　いや、苦にしていたでしょう。苦にしていたけど、まあいいわ、まあたいしたことはない、別に落第するわけじゃないからと思っていたようですね。

河合　ご兄弟は？

安藤　双子の弟がいたんですけど、別々に住んでいました。私は祖母と暮らしていました。

弟は母親と一緒でした。だから弟のことはほとんどわからなかった。でも双子というのは、考え方など、結構似ていますね。

河合　そら、そうでしょうね。

安藤　一緒に暮らしたことはまったくないんですけれど、本当によく似ている。ただ、弟は母親で私は祖母に育てられましたから、ちょっと違うところもある。これは育ち方のせいでしょうね。

河合　子どものころによく言われたことってありますか？

安藤　約束を守れ。嘘をつくな。礼儀正しくと、そこのところはきっちりと言われましたね。あとはもういいという感じでした。おじいさん、おばあさん、つまり人間も含めてものを大切にするということは、結構教えられたような気がするんです。それはもう取り替えができないものだと。今の世の中は、お金さえあればなんでも取り替えられるでしょう。

河合　それはもう滅茶苦茶ですね。

安藤　取り替えのできないものだから、ずっと大切に使い続けていく。今、社会はどんどんと高齢化社会になっていて、設備さえ整っていればその社会を乗り切れるというけれども、やはり老人に対する心がなかったら乗り切れないですね。私は貧しい下町に育ち、貧しいからこそ助け合って生きる精神というものを、子どものころに教えられたような気がするんです。

河合　そのころは建築家になろうと思っていましたか？

安藤　ああ、建築は面白いな、大工は面白いな、左官は面白いなと思った程度でした。当時は長屋に住んでいて、隣が大工さんだったんです。

河合　面白いというのですから、大工や左官の仕事を経験したわけですか？

安藤　はい。長屋を二階建てに改装したことがあって、そのときに手伝ってそう思ったわけです。屋根を取ると、上から光が射し込んでくる。それからだんだんと二階ができあってくる。その過程がとても面白くて、これはいいなと思った。でも、その程度の興味しかなかった。それよりもボクシングでしたね。

河合　ああ、ボクシングね。安藤さんがボクシングをやっていたというのは、もう有名な話ですね。そのころですか、ボクシングをやったのは？

安藤　そうです。高校二年のときでした。

河合　どんなきっかけでボクシングをやられたんですか？

安藤　たまたま近所にボクシングのジムがあったんです。近所の人が、おまえ、けんかが強そうだからボクシングをやれ、あれはけんかでお金をもらえるんだ、だからあんなにいいものはないぞと言うんです。けんかでお金をもらえるわけだからこれはいいと思って通いはじめました。それで一カ月ぐらい通ったときに、いきなりプロの試験を受けろと言うんです。受けたらすんなり通りましてね。

河合　給料が出るわけですね。

安藤　四回戦の選手だったんですが、一試合で四千円をもらえたんです。今の価値で言えば八万円ぐらいでしょうか。何回か戦いました。普段だとけんかをしたら怒られるのに、これはけんかをして勝てば喜んでもらえるし、四千円ももらえる。こんなすばらしいものはないと思って一年半ぐらいやりましたね。

河合　一年半も。それはすごいですね。

安藤　実はね、ボクシングをやっていたということで、今も私は外国のトップレベルの建築家に尊敬されているんです。念のために言っておきますが、建築で尊敬されているというのではないんです（笑）。

河合　その口ぶりですと、独学で建築をやったってことでもないようですね（笑）。

安藤　それはそれで面白いと褒めてくれますけど、何よりも面白いのはボクシングの選手をやっていたということなんです。連中にはとうてい考えられないことのようで、ここでみんな、ちょっと下がって尊敬してくれるんです（笑）。

河合　そうでしょう。ボクサーから世界的にトップクラスの建築家になった例などまったくないでしょうからね。

安藤　それで尊敬されながらつきあっているわけですが（笑）、ボクシングはひとりでやるもので、誰も助けてはくれないでしょう。人生も同じで誰も助けてはくれない。それを教わったような気がしましたね。建築の世界に入って仕事をしながら勉強したわけですが、何事もやる限りは真剣勝負だと思い、一回ずつ卒業設計のつもりでやってきました。全力投球をしながら勉強をしていると、大阪というところはちょっと面白いところで、あいつは面白いからあいつにやらせたらいいじゃないかと言う人が出てきた……。

河合 そうそう。それが、ほんま、大阪のええところですね。しかし、何を思われてボクシングをやめたのですか?

安藤 当時、世界チャンピオンだったファイティング原田さんが、私たちのジムに練習に来たんです。その練習を見たときに、これはもうレベルが全然違う、それを思い知ったわけです。それでさっさとやめることにしました。やはり世界チャンピオンになる才能というのはすごいですね。

河合 確かに。本物の才能というのはぜったいに違うんですよね。音楽の世界もそうですね。本物の才能というものは本当にすごいものです。よくわかりますね。

安藤 原田さんのボクシングは、われわれとはまったく違うんです。もう見ているだけでほれぼれしてしまう。けんかの次元ではないですよ。けんかではあかん。もうやめるしかないと決心したわけです。

奇想天外な転身をした

河合　それですぐに建築のほうへ行ったんですか。建築の基礎というか、基本のところは誰かに教えてもらったわけですか？

安藤　すべて独学でした。高等学校も専門が違いましたしね。建築関係のアルバイトへ、あっちに半年、こっちに一年と行きながら少しずつ覚えていったんです。

河合　いやあ、それはたいしたもんですね。よく覚えられたものですね。

安藤　あちこちぐるぐる回ってアルバイトをしながら少しずつ覚えていった。そうして貯めたお金が五十万円くらいになったので、そのお金で外国へ行ったんです。シベリア鉄道を使ったりしながら、ヨーロッパを半年ぐらい、ぐるぐる回っていました。

河合　ご自身で決められて行ったわけですか？

安藤　はい。祖母のすすめもあり、貯めたお金を自分の体のなかにしっかりと残すために使わなければいけないと思ったんです。自分の栄養のために使うべきだと決めてね。そのときはもう建築をやろうとしていたんです。

河合　それで、いろいろな建築を見られたわけですか？

安藤　ええ。自分の肉体のなかにしっかりとそのことを学ぶためにどうするかといったら、やっぱり自分の足で歩いて覚えていくしかない。そう思ったわけです。自分で歩いていくと、その知識は結構身についているものですね。

河合　それはそうでしょう。身につくということと、単に覚えることとは違いますからね。どんな建物が印象に残りましたか？

安藤　それはもうたくさんあった。打ちのめされてしまいました。ひとつ言えばギリシャのパルテノン。これはやっぱりすごいもんだった。やっぱり文化の違いってすごいですね。そういうものが、世界中いっぱいあったわけです。それがまたすごいと思いました。日本は、生活の基盤がお金なんですよね。

河合　昔はそうではなかったんでしょうけれど。いつの間にか、すり替わってしまいましたからね。

安藤　貧しくても豊かな生活はあると思うんだけど、今は貧しいということは即、豊かではないということなんですよね。

河合　そうそう。経済の価値観が強いでしょう。それにそれがいちばんわかりやすいですからね。

安藤　分相応という基盤がなくなってきたせいもあるんでしょうね。それがなくなってくると、自分たちの生活基盤というものもなくなってくるんですね。私の祖母は口癖のように分相応にやれ、分相応にやれと言っていました。

河合　私も分相応というのは大好きですね。おばあさんなんか、きっとそれが身についていたんでしょうね。安藤さんも、そんなおばあさんと一緒に生きてはって身についたんやろうね。

安藤　たぶんそうだと思いますね。建築をやりたいと思ったときに、やっぱり身の丈の建築をつくりたいと思いましたもの。

河合　それにしても、今はお金を儲ける奇想天外なのはいっぱいいるけど、安藤さんのような奇想天外はいないですね。ボクシングから建築なんて相当、奇想天外ですからね。

安藤　世の中には私のように高学歴ではない人が大勢いるわけだけど、可能性に夢を与えるということで、私が役立っていると思うんです。安藤さんができるんやったら自分もできると思う人はたくさんいるはずです。

遊びひとつにもオリジナリティ

河合　安藤さんは、ボクシングとか体を使うことをやってはったけど、本は読まれたんですか。あまり読まなかったほうですか？

安藤　高校時代までは読まなかったほうですね。なにしろ長屋で家の中を見たら何もないというところでしたから（笑）。二十代のはじめから読みましたけど、読みというのが非常に表面的でしたね。やっぱり十代、二十代にきっちりと読んでおくべきでしょうね。

河合　それでも、意欲をもってやるかやらんではものすごく違いますけど……。

安藤　そうでしょうね。今はどうしても身につけたいという思いで読みますから、それは違うと思いますが……。

河合　僕はそれがいちばん強いと思いますね。自分の興味とか思いとかに重ねてやったやつは身につくけど、いわゆる教養だからといって、これは読んでおかなあかんというのはすぐに忘れますね。だから、安藤さんの場合は、やることのニーズ、それを重ねて、重ねてきているから、それは強いのと違いますか。

安藤　そうでしょうかね。しかし、大事なことは、楽しいところからやればいい、それに尽きるようにも思うんです。

河合　そうそう。ぜったいにそうです。古典なんか文法から教えるからみんな嫌になる。『源氏物語』なんか無茶苦茶に面白い話だけど、それをほっといて文法とかを教えるから、みんなもう読まんとこと思ってしまう。音楽もそうで、無理に楽譜を読ませたりして音楽教育をするから、よけいに嫌になってしまうんです。

安藤　あれも楽しく聴くことができれば、これほど心の教育になるものはないでしょうにね。最初に紹介したいわき市の絵本美術館ですけど、おばあさんが読み聞かせをしたり、子どもが勝手に読んだりしている。それは子どもたちにしっかりと残っているわけですよね。

河合　そうです、そうです。それはもう本当に残っています。しかし、安藤さんは、子どものころにはほとんど本を読まなかったのに、今になって子どもが本を読むその大きな手助けをしているというのも不思議な話ですね（笑）。

安藤　なにしろ私はけんかは強いし、走るのは速いし、何よりも魚を捕るのがうまいと言われるだけの子どもだったわけですからね（笑）。

河合　昔はね、そういう子どもこそが、大事な存在だった（笑）。

安藤　確かに。成績は悪いけれど、魚捕りやトンボ捕りがうまい子どもがおってもいい。そう言われて育ってきた（笑）。

河合　だけど、リーダーだったからね。

安藤　そう。リーダーだったから、強い責任感も必要だった。遊びひとつにしても、必要なお金をどうするかということから、自分で考え出さなければいかんでしょう。だからいつもいつもオリジナリティは高かったですね（笑）。

うまくいかないということ

河合　女の子はどうでした、関心はなかったんですか？

安藤　あんまりなかったですね。ひたすらけんか……。

河合　硬派やったんですね。

安藤　そう。わりと武闘派。硬派だからナンパはしないとか言っていた（笑）。ああ、そのときにね、ものすごい先生がいた。それを思い出しましたよ。ちょっと遅すぎましたね。

河合　いえ、いえ。とんでもない。ようやく子どもだったころの核心にひとつ、迫ることになった（笑）。

安藤　中学校の先生でね、数学のものすごいのがいたんです。とにかく優秀な奴だけを集めて、朝の七時半から学校がはじまる八時半まで、スパルタ教育で教えていたんです。

河合　安藤さんは、それに入っていた？

安藤　間違って入っていたんです（笑）。その先生はとにかく猛烈に教えるわけです。恐怖感をもって授業を受けていましたけどね。チョークは飛んでくるし、スリッパは飛んでくる。だから生徒たちはもうみんな必死です。あまり成績のいい中学校ではなかったんですけれど、後に三十人くらいは大阪大学や京都大学へ行きましたね。その先生の力ですね。そのときに、やっぱり教育の力ってすごいなと思いました。それに、教育というのは、恐怖感がなかったら覚えないということもつくづくわかりました。

河合　今だと、恐怖感があれば、すぐに帰らせてもらいますということになりますからね（笑）。

安藤　これはもう、われわれの時代に戻ることはないですね。だからどうすればいいかということですが、子どもも少なくなっているし、少ない子どもにいいリーダーがいないと、もっと悲惨なことになりますね。

河合　安藤さんはリーダーをやっておられたから、その悲惨さというのは、ほんまによくわかるでしょうね。責任がありますからね。

安藤　そうですね。

河合　魚釣りやトンボ捕りにみんなを引き連れて行ったわけですからね。

安藤　魚釣りに行くと、釣れなかったらどうするねんと考えるわけですよ。魚というのは、釣れないときは一匹も釣れないですからね。今はよく体験学習で、川をせき止め、そこへ魚を入れて釣らしているから必ず釣れるわけですよ。

河合　そんなもん体験やない。

安藤　そう。体験のない体験授業をしているわけですよ。釣れないという体験が大事なのにね。うまくいかないということを子どもにどう教えるのか。私は、子どものときにそれだけを覚えましたよ。うまくいかないと、また次に考える。

河合　今はうまくいかないということを教えられないでしょう。

安藤　今の多くのインテリは、一回否定されたらもう終わりますね。私は、ほんならまた次にやったらいいんじゃないかと思う。それはやっぱり子どものころの体験が生きているからですね。それと、叱られるということも大事ですよね。

河合　大事です。ものすごい大事です。

安藤　何かをやっていても、子どもはちょっと叱るともうすぐにやめてしまいますからね。

それに怖いという人がいないですもん。お父さんが怖い、こんな子どももいないですからね。

河合　安藤さんは誰が怖かったですか？

安藤　子どものころはいなかったけれど、建築をやるようになってからは、大工さんや左官屋さん。やっぱり専門家は怖いですよ。

河合　それは面白いね。うちはおやじが怖かったな。

安藤　私の父親は早くに亡くなりましたからね。でも、怖い人があるというのは、大事なことだと思います。建築だって、そうですね。京都にはたくさんの神社や仏閣がありますけど、やっぱりああいうものを考えてつくった奴がいるというのは怖いですね。

河合　じっと見ていると、だんだん怖くなってくるときがありますね。

安藤　丹下健三《たんげけんぞう》さんの建築を見ても怖いと思うときがありますね。丹下さんはそこにいませんけれど、鬼気迫る感じでつくったんだろうと思うときがある。そういう意味でやっぱり怖いですね。

河合　そのすごさを感じるってこともすごいことですよね。今日は本当にありがとうございました。いつもとは少し違った内容になりましたけれど、安藤さんの子どもだったころのことだけでなく、今の子どもや子どもを取り巻く大人や社会の問題点まで触れていただきましたが、これはまたの機会にもっともっと時間をかけて語り合いたいですね。そのときを楽しみに、今日のところはこのへんで……。

（二〇〇六年五月十二日＝安藤忠雄建築研究所）

可能性に夢を与える人

河合隼雄

話は「コドモ力」からはじまったが、これは実にすばらしい言葉だ。考えてみると、安藤忠雄さんは「コドモ力」いっぱいの人だと言えるだろう。安藤さんは目に特徴のある方だが、あれはまさに「コドモ力」である。「怖い」ことはいいことだ、という話も出たが、安藤さんの「コドモ力いっぱいの目」で睨《にら》まれると、誰でも怖くなることだろう。

安藤さんが最初はボクシングをしていたのはあまりに有名なことだが、ファイティング原田さんを見てやめた、というのははじめてお聞きした。そこで「さっさ」とやめて建築に進むというところが本当に安藤さんらしい。

そして、貯めたお金でともかくすばらしい建築を自分で見よう、と世界旅行をする。お聞きしていると、ボクシングから自然の流れですべてがスラスラと出てくる感じだが、このような決心と行動力は、まさに安藤さんの「コドモ力」の発露だと感心させられる。

「成績は悪いけれど、魚捕りやトンボ捕りがうまい子ども」というのを聞くと、いい子ども時代を送られたのだと思う。これに比べると今の子どもたちは、「お勉強」ばかりして、早くから「コドモ力」を衰退させることをさせられているように思う。

この点についての安藤さんの嘆きは深い。現代の日本の子どもたちの不幸な状態について、何とかしたい。私もまったく同感だが、どうするかとなると非常に難しい。子どもを育てている親が安藤さんの言葉にもっと耳を傾けて、自分の子どもの「本当の幸福」は何かと真剣に考えてほしいと思う。

「ガキ大将」、「魚捕りやトンボ捕りがうまい子」などと言うと、私は兄の雅雄のことを思う。彼も霊長類研究者として、本当にオリジナリティのある仕事をした。雅雄と二人で話をすると、子ども時代に「遊びほうけた」ことが今のわれわれを支えるもとになっている、ということになるが、安藤さんは、われわれ兄弟の体験を上まわる遊びほうけぶりである。遊びのなかからイマジネーションが生まれ、それが独創性へとつながってゆくのだ。

安藤さんと話し合っていると「あなたが子どもだったころ」よりも「われわれが大人として」今の子どもたちに何ができるか、「大人としてどう生きるか」のほうに話がゆきがちになる。この問題については、いつかゆっくりとまた話し合いたいと思う。

体当たりの挑戦を積み重ねる力

三林京子
（女優）

ものすごいお転婆だった

河合　子ども時代はお転婆だったとお聞きしているんですが。
三林　はい。それはもう……（笑）。
河合　今日はそのへんのところをしっかりおうかがいしたいですね（笑）。
三林　お転婆だったと言うと、みんなは意外な顔をするんです。文楽の人形遣いの家に生まれてきたからでしょうね？
河合　そうでしょう。家代々のしきたりとか厳しさがあるように思いますからね。
三林　そんなんは何もないんです。人形遣いというのは、歌舞伎《かぶき》やお能と違って、父一代なんです。
河合　そうですか。世襲じゃないんですか。
三林　はい。でも、みんなはそう思わはれへん。歌舞伎やお能の家と同じようなイメージをもってはるからね……。

河合　実際はどうでした？

三林　まったく逆。行儀を悪くしても何も言われたことがない。ご飯を食べるときに膝を崩そうがあぐらをかこうが何も言われなかった。だから中学生ぐらいになるまでは、それが普通だと思っていたんです。よその家では正座してはるって知らなかった……。

河合　それは面白いね。

三林　人形遣いって立ち商売なんです。物を持って一日中立っているわけ。大きな下駄を履いてね。父親なんか、昔は夜行列車で行く巡業なんかも平気で立ってました。一日中座っていなさいと言われたほうがこたえるんですって。

河合　なるほど、それで子どもにも正座を強いなかった？

三林　そう。自分が正座をできなかったから言われへん（笑）。だから、私は、どこへ行ってもこんなんでいいんやと思ってた（笑）。

河合　それはそうですね。自分とこがそうやと、みんなどこもそうやと思ってますよね。

三林　ええ。着物についてもそうでした。

河合　ほう、それは？

三林　両親がいつも着物姿だったから、それが当たり前だと思ってた。昭和三十年ごろというと、近所のおばちゃんらもまだ着物を着てはりましたからね。

河合　とくに関西の女性はね。しかし、さすがに男性は少なかったでしょうな。

三林　でも、うちは男親も着物を着てましたから（笑）。

河合　だからそれが普通だった？

三林　そう（笑）。まわりの子からすれば、男親が着物を着てるってずいぶん不思議だったんでしょうね。

河合　そりゃそうでしょう。それもみんなが伝統芸能の家に育ったお嬢さんというイメージをもった理由でしょうな。

三林　いくら違うと言っても、歌舞伎やお能の家と同じように思わはるからね。

河合　実際は、お嬢さんとはまったく逆のお転婆だった？

三林　それも、ものすごいお転婆（笑）。

河合　面白いねえ。ご兄弟は？

三林　弟がいてます。今の三世桐竹勘十郎。この子が弱虫でね（笑）。今で言ういじめられっこやったんですよ。よく泣いて帰ってきた。

河合　そこでお転婆な姉の出番というわけですな（笑）。

三林　そう。いじめた男の子に仕返しをするんです。「あんたらちゃんとしいや」とか言いに行ってぼこぼこにしてましたね（笑）。

河合　それは、相当なもんですな（笑）。

三林　でも、弟の不幸はそれで終わらへん。私が小学校を卒業したとたん、めちゃめちゃにいじめられた（笑）。

河合　また仕返しがぜんぶ来たわけですな。

三林　そう。ほんまにかわいそうなことをしました。今さら反省しても仕方ないことだけど……（笑）。

河合　当時の遊び相手というと？

三林　もっぱら男の子。女の子とは遊んだ記憶がないくらい……。普通じゃなかったんです（笑）。

河合　当時はどんな遊びやったですか？

三林　ドッジボールからはじまってチャンバラごっこまで。

河合　それを男の子とやるわけですな。

三林　女の子とやっても、何も面白くなかった（笑）。男の子のなかに何人か敵《かな》わない子がいるんですよね。その子らを倒すのが目的だった（笑）。

河合　それで、倒した？

三林　はい。勝ったときはとってもうれしかった（笑）。

子どものころはいつも外にいた

河合　勉強はどうでした？
三林　まったくしなかったです。でも、なぜか成績はよかったですね（笑）。
河合　ご両親は勉強をしろとは言わなかった？
三林　はい。先生もそうでした。私の先生は小学校三年、四年、五年ともち上がりでしたけど、その間、勉強しろとは一度も言わなかったです。宿題も一切、出しはれへんかったですね。
河合　すごい人やね。
三林　好きなことをしなさいと。だから他のクラスの子はみんなうらやましがりましたよ。
河合　そら、そうでしょう。
三林　夏休みでも宿題はなかった。ただ「夏休みの友」というのがあって、その一冊だけはしようがないからやりなさい。あとは何もなし。勉強をしたい人はしなさい。絵を描きたい人は描きなさい。
河合　しかも強制してないからね。それは、すごい先生やね。
三林　好きなことは一生懸命やりますからね。うまく絵が描けると持っていくでしょう。そしたら張り出してくれるんですよ。

河合 それで三林さんは何やってはったんですか？

三林 私は昆虫がさなぎになったところを絵に描いて持ってった……。

河合 昆虫が好きやったんですか？

三林 それほどでもなかったけど、たまたま家に夏みかんの木を植えたら、そこに青虫がつくんです。この青虫がチョウチョウになるやつやと思って箱に入れて飼育してたんです。それがある日突然、明け方にさなぎになったので、とても感動してそれを絵に描いたわけです。

河合 夏みかんやったらアゲハチョウやね。

三林 それはもう見事なアゲハチョウになりました。あとは蚕を飼ったりね。

河合 ほう、蚕をね。それは小学校の何年くらいですか？

三林 四年生から五年生ですね。最初は蚕の餌《えさ》になる桑の葉を文房具屋さんで売ってたんですけど、そのうちに売らなくなったから、桑の木がある近所のおばちゃんとこへ行ってもらってくるんです。それで一生懸命育てた。そのとき、私、養蚕業ができると思ったくらい（笑）。

河合 わかります、わかります（笑）。

三林 何かちょっとやってうまくいくと、自分は世界一、そんなことを思い込むような子でしたね（笑）。

河合　お父さんとお母さんはそれをどんどんやらせてくれたわけですね？

三林　母は蚕を忌み嫌ってましたね。ときどき、蚕がどっかへ行ってしまうんです。それを母が見つけて、こんなところに虫がおる、ちゃんと箱に入れなさいと、いつもすごい勢いで怒られてました。

河合　でもやめなさいとは言われなかった？

三林　はい。

河合　怒ることは怒るけど、やめなさいと言わない。そこがいいところやね。お父さんはどうでしたか？

三林　とにかく好きなことせえ……。それが父でした。

河合　そういうとき、弟さんも一緒にやるわけですか？

三林　外で遊ぶときは一緒でしたね。強く記憶にあるのは、泥遊び……かな。

河合　泥遊びですか？

三林　近くで家を建ててはって、それを見て外壁を泥で塗りたくったことがあった。

河合　建てている家の外壁を？

三林　いえ、わが家の壁ですよ。夕方近くまで塗って、すごくうまくできたと満足して眠るんですけど、翌朝になると、乾いてぼろぼろに落ちてるわけです。それを母が見て、掃除させられるのに三日以上もかかってしまう。そんなことを何回か繰り返した記憶がありますけど、いつも弟と一緒でしたね。

河合　手下に使って？

三林　はい、もちろん手下に使って（笑）。弟はわりと手先が器用だったんです。私は、たとえば身近なもので見たもの聞いたものを、とにかくぜんぶやってみたいという子でしたね。

河合　すごいね。いろいろトライして。でも、失敗のほうが多かったでしょう？

三林　はい、それはもう……。

河合　でも、とくにお母さんがだめとか言わないところがいいね。

三林　おおらかな母やったんでしょうね。それにしても、私、子どものころはいつも外にいた。家にいるということがほとんどなかったですね。

河合　しかし、楽しい子ども時代でしたでしょう？

三林　はい。それはもう……。

才能のある子たちのなかで

河合　俳優になろうという気はいつごろから起こりましたか？

三林　小学校の四年生のときです。それも私の強い意志ではなくて、たまたま父がＮＨＫの仕事の帰りに児童劇団の願書を持って帰ってきて、こんなん募集してるでって言ったんです。母も受けてみ、受けてみと言うから受けたんです。

河合　受けたら受かったわけですな。それは、毎日通うわけですか？

三林　週に一回だけでした。それを卒団まで五年間、通ってました。

河合　五年間ですか。すごいことやね。

三林　だからテレビは生の時代から知ってます。ラジオも生から。ところが、通いはじめてしばらくすると、通学していた小学校と文楽の世界から大海原に出たようなショックを感じたんです。小学校ではトップクラスだったし、オール5以外は成績じゃないと思っていましたからね。その私が敵わへん子ばっかり……。これはもうショックだった。

河合　そういうところに来る子は、それなりの才能があるからね。

三林　すごい落ち込んだ。うわっ世の中はすごいんだということを、そのときに体験した。ほんと、みんな頭のいい子ばっかりでしたね。そのなかで、私がいちばんペケやった……。

河合　レッスンというのは、どんなことをやるんですか？

三林　たとえば心の表現ですね。百万円拾ったらどうするといったことをみんなに書かせるんです。それを集めて、誰が書いたかをわからないようにぐちゃぐちゃにして、誰がそれを思ったかということを当てさせるわけです。また自分がなりたいと思った職業をジェスチャーにさせたりする。NHKの場合は子役養成所じゃなかったんですよね。

河合　面白いね。指導者もなかなかやるもんですね。

三林　はい。ある種の心理学がものすごくあったと思うんです。

河合　それは楽しかったでしょう？

三林　楽しかったです。それから、人形劇みたいなものをつくって、夏休みになると山奥の学校へ行って見せたりしました。

河合　そのときはテレビやラジオで子役として出演しておられたわけでしょう？

三林　そうですが、私はかわいくなかったので、すごい番組でレギュラーの役はもらえなかった。背は高いし、顔はこんなんやしね（笑）。子役はやっぱりかわいい子でなきゃだめなんですよ。

河合　いつも怒られていた？

三林　そう。たとえば生放送の階段を下りるシーンで、どたどたと落ちたり、スタジオのマイクをつぶしたりして、ちょっとした問題児やった。それに愛想も悪いから、あれはあかんと（笑）。

河合　でも面白かったでしょう？

三林　ものすごく面白かった……。

河合　それに、そのころの体験がものすごく生きているでしょう？

三林　それはもう……。教えてもらって、標準語もどきもそこでしゃべれるようになりました（笑）。東京に出てきたときは訛《なま》っているよと言われたけれど、あまり苦労はしなかったですね。

河合　今はバイリンガルですか？

三林　バイリンガルです（笑）。

河合　僕はぜったいにだめ。標準語はしゃべれない。標準語だと、自分の思っていることが言えないですね。もっとも、これは講演のときですよ。

三林　私も、どっちかというと、そうですね。そのほうが、自分の思っていることがストレートに伝わりやすいですね。でも、ドラマはしようがない。

河合　それはそうですね。それこそ時代物に出られたときなんかはね。江戸っ子の役もせんなんしね。僕も芝居をやりたいと思うんやけど、標準語をしゃべらないかんのやったら、ぜったいできないですね。

三林　大阪弁やったらやってみたいと思わはりますか？

河合　それはもうぜひ。高校の先生をやっているときは学園祭でよう芝居やったんですよ。

三林　何かやりましょうよ。

河合　セリフはみんな「あほかー」、それだけでいいですね。何かあるたびに出てきて「あほかー」言うて（笑）。

三林　それで成立する本を書かなきゃいけない。作家が大変やな（笑）。

河合　僕、音楽とか美術とか演劇とかで、もし本気でやったらちょっとはできたかなと思うのは芝居です。音楽には才能がないのはよう知っているし、絵はもうまったくだめですから。

三林　自分で思ってはるだけでしょう。フルートだってすごいじゃないですか。

河合　あんなんたいしたことはない。プロと比べたら全然問題外です。

三林　プロを目指してやってたらわかりませんよ。

河合　いや、それはだめです。全然違います。技能がついていかないんですよ。だから、フルートはハートを込めて心臓で吹いている（笑）。

三林　あ、それ、いいですね（笑）。

中学一年から弟子入り

河合　劇団は中学校で卒団されるでしょう。それから芝居はどうなるんですか？

三林　関西若手歌舞伎の手伝いをすることになったんです。まだ関西歌舞伎があった時代でしたから、父がそこで若手の勉強会の指導をさせてもらってたんです。

河合　手伝いというと、芝居に出たわけですか？

三林　いいえ。あくまで裏方。稽古のときに、舞台に草履や小道具を持っていったりするわけです。やることが多すぎて忙しかったけど、面白いものだから毎日お弁当をつくって行ってたんです。

河合　しかし、それだけで満足しなかったでしょう？

三林　そうなんです。それで父に芝居をやりたい、歌舞伎をやりたいと頼んだら、歌舞伎は無理や、前進座に入るしかないと言ったんです。父は前進座の方と非常に懇意にしてたもんですから、そこに預けたかったらしいんです。

河合　それで前進座に？

三林　いいえ。とにかく前進座の芝居を見に行けと言われて行ったんです。すると、百姓一揆か何かの芝居をしてたんです。役者さんがぼろぼろの衣装を着て、それはもう汚い、汚い……。これはあくまで衣装の話ですよ（笑）。

河合　わかります、わかります（笑）。

三林　きれいな歌舞伎を見た後にぼろぼろの衣装でしょう。こんなところ嫌やなと思ったんです。

河合　そのときに、もしきれいだったら、前進座に入っていたかもしれない？

三林　たぶん（笑）。

河合　それでどうしたんですか？

三林　誰かに弟子入りするしかないということになったんです。私はそのとき山田五十鈴《やまだいすず》さんが好きだったから、山田五十鈴さんがええということになった。母もファンだったから、それがええ、それがええということになって、冬休みに父に連れられて山田五十鈴さんのところへ行ったんです。

河合　そのときは中学生？

三林　はい。中学一年生のときでした。弟子にしてくださいとお願いすると、弟子は取りません、でも、夏休みでも冬休みでも、とにかく休みのときは来なさい。芝居を見てたら勉強になるやろうからと言うてくれはったんですよ。

河合　そのとき、山田先生は関西に住んでいたんですか？

三林　いいえ。東京です。だから私が行くんです。中学一年の冬休みから、トランク持ってひとりで上京して先生のそばにいました。それからずうっと春休み、夏休み、冬休みには東京でしたね。

河合　中学一年のときでしょう。すごいなあ。それでやっぱりいろんな手伝いをするわけですか？

三林　はい。手伝いになってたか、邪魔になってたかはちょっとわかりませんが、一ヵ月もおれば、私でもあちらのひとつの手になれるんですよ。

河合　それはそうだ。

三林　だけど、冬休みなんかは短いから、先方も段取りが狂うわけです。これは本当に迷惑だったでしょうね。それに、夏休みといっても、先生はほとんど遊んでいてはったから、一ヵ月しっかりお手伝いをするということがないんですね。だから私がいることは逆にまた迷惑になるわけです。

河合　なるほど。

三林　しょうがないから主要なことではなく、これぐらいのことなら私がいなくなっても大丈夫やという分野の仕事をやらせてもらってました。でも、これが財産になりましたね。

河合　それはそうでしょう。

三林　たぶんいきなり学校を卒業してこの道に入ってきたら何もわからへんのに、演劇用語とかすべてわかってましたもんね。細かいところまで全部……。

河合　ちょっとしたことでも、言葉から違いますでしょう？

三林　そう。たとえば家で着物の色とか柄の話をしますよね。普通の人は鴇《とき》と言われても何色だかわからないでしょうが、それがピンクだというのは子どものときからわかってましたからね。人形遣いの家に生まれて、衣装の色とか柄とか、いわゆる衣装の常識みたいなものをわりと自然に知っていたのと、山田先生についてそれをさらに、しかも自然に勉強できた。洋服のことは全然わからなかったですけど（笑）。

河合　人とはまったく逆やった（笑）。しかし、山田先生のところも、ほんとによく置いてくれましたね。やっぱり見込みがあると思われたんですよ。

三林　いや、どうでしょう？

河合　利発な子やったんやね。そういう感じやわ。

三林　利発かどうかわかりませんけど、ひとつのものを時間をかけてというのは苦手だったですね。楽屋ですから、何でもぱぱぱとやらなあかんでしょう。ぱぱぱとやるのは得意でしたね（笑）。

河合　そうでしょう、そうでしょう（笑）。

偉い人は偉そうにしない

河合　山田先生のところにおられて面白かったこととか、印象に残ったこととかはありますか？

三林　山田先生も好きにしなさいだったんで、とくにこれはというのはありませんね。私が教えると、他の人に教えてもらえなくなる。だから教えない。疑問があったら尋ねなさい。なるべくいろいろな人に教えてもらいなさい。そういう方だったですね。

河合　一切、言わなかった？

三林　これはあとになってからのことだけど、千秋楽が終わってから、なんであんなことをしたのかと言われたことがあった。「はあ？」と首をかしげたら、なんで聞きに来なかったのと。

河合　自分では気がつかなかった？

三林　そうなんです。それならなんで言うてくれへんのと思うわけですけど、その失敗は二度と繰り返さないから、そういう意味では厳しかったですね。あと、やっぱりすごいなと思ったのは、これをお稽古しなきゃいけないというときは、前の夜に遅くまでどんだけ飲んでいても、どんだけ二日酔いでも、早起きしてお稽古に行っているというすごさ。壮絶な稽古をしなければだめだということ、これだけは実感させられましたね。

河合　それはそうですね。

三林　あとはかなり破天荒な人でしたから、私らとても無理やと思いましたね。ああいうふうにはまずなれない。これはもうまったく無理だ……。

河合　別世界ですか？

三林　そう。別世界の人。

河合　そういう人に人間的に接していることはすごく大きいですね。いわゆるソーシャルな場面だけじゃなくて、人間的に出てきたところをぱっと見てきたということ。それはすごい財産ですね。

三林　すごい財産だと思います。それに、そのときに思ったことは、偉い人は偉そうにしない。

河合　そうです、本当にそうです。それは当たり前なんですよ。偉いんやから偉そうにする必要がないんですよ。偉くなかったらせめて偉そうにしないと生きられないもんですよ。

三林　それに、ほんまもんの偉い人は優しいですね。

河合　けど、ほんまもんの偉い人、これを見分けること、これが難しい（笑）。

一匹狼としての覚悟

河合　ところで、それから先のことですが？

三林　山田先生が菊田一夫先生の東宝現代劇という劇団に渡してくださった。というか、菊田先生の東宝現代劇に応募するから、履歴書と写真を持って来なさいと山田先生に言われた。菊田先生に面接すると、一匹狼でいじめられるのがいいか、ひと山いくらでいじめられないほうがいいか、どっちがいいかと言わはった。ひと山いくらは嫌です。いじめられても一匹狼でやりたいと言うと、よし、わかったとおっしゃった。

河合　そのときは高校の何年生？

三林　二年生でした。

河合　高校は関西でしょう？

三林　はい。実はね、高校二年のときは東京にいるほうが面白いから、学校がはじまってるのに帰れへんかったんです。すると、出席日数が足りなくなって、留年ですと言われたんですよ。それで校長先生に手紙を書いて、私は将来女優になりたいと思って、今は山田五十鈴先生のところでこんな勉強をしています。大変申し訳ございませんでした。これからは心を入れ替えて出席しますから上げてくださいと頼んだんです。

河合　たいしたもんやね。それで高校三年生のときは出席したんですか？

三林　皆勤でした。みんなが嫌がる風紀委員長というのを自ら引き受けて、毎朝校門に立って、あんたスカートがおかしいよ、とかやってました。学校のトイレなんか、ぜんぶピカピカですよ（笑）。

河合　やっぱり徹底してるんや。

三林　徹底していい子になりました。手のひらを返したようにね（笑）。クラスのみんなが、あんた、ようそんだけころころ変われるわって笑ってましたもん。

河合　たいしたもんや。

三林　一日も遅刻なしでしたね。やればできるんだと……。

河合　そうです、そうです。それで無事に卒業して、そのまま芝居のほうへぽんと行ったんやね。

三林　高校を卒業すると、すぐに東京の芸術座でいきなり役をもらって、看板もらって、楽屋をもらってぱっとデビューしたんです。普通だと看板に出るところに行くまで何年もかかるのに、それがいきなりすぽーんと行った。そのかわりいじめられましたけどね。

河合　それは狼ですもん。噛《か》みつくからいじめられ方も大変や（笑）。

三林　でも、そのデビューは、ほんとありがたかったですね。

河合　それも中学、高校からの積み上げがあったからですよね。頭で覚えたというよりも体についていた。それが強いんですかね。いやあ、楽しいお話をありがとうございました。

（二〇〇六年五月三十一日＝丸ノ内ホテル）

心の中にいつまでも

三林京子

「僕は子どものころに読んだ連載漫画を、きれいに切り取って糊《のり》で貼って一冊の本にしてあるよ。糊でバリバリの本やけど、宝物や」

「ええ……その本は今でも置いてはるんですか」

「うん、丹波の家のどっかにあるよ」

「わあ、すごい！　今度見せてください」

「いっぺん遊びにいらっしゃい。あっ！　えらいこと言うてしもた。本探しとかなあかんがな（笑）」

河合先生が一枚ずつ糊で漫画を貼っている姿が目に浮かぶようでした。これは、先生の本の中で若かりし日に、難しい解析の本を読まれる件《くだり》がありまして、その設定が最高だと申し上げたときに出たお話です。

解析の本を、白菜と豚肉を買ってきて、カンテキ（七輪）の上にお鍋をのせてから読み出すのですが、味が薄くなったら、ちょっとだけ豚を入れて白菜を食べると書かれているのです。「豚と白菜だけですか？」「豚と白菜ではなく、白菜と豚や。白菜が主役やから、他には何も入れられへん」学生時代のお金のないころでしょうから、さもありなんですが「豚を食べるときは勇気がいりましたでしょう」と聞くと、「そやねん、あんまり置いといたら、カスカスになるからねえ……程よいとこで食べんとあかんやろ。食べ過ぎて豚がなくなったら白菜ばっかり食べなあかんし……解析より難しいで」と実に楽しそうにおっしゃったのです。

「本はたくさん読みなさいよ。僕は子どものころから本が大好きやった」と……。

以来わが家では、白菜と豚のお鍋を「解析鍋」と呼んでまして、時々楽しみますが、読書のほうは相変わらずでして……この冬は先生にあやかって、ぜひとも本を片手の「解析鍋」を楽しんでみたいと思っています。そして、河合先生のお誘いで習いはじめたフルートの佐々木真先生、姉弟子・工藤直子先生、兄弟子・斎藤惇夫先生とも「解析鍋」を囲み、先生の思い出話で大いに笑いたいものです。

合掌

＊三林さんの対談は、河合さんが病床に伏される前に収録したものです。河合さんの対談後エッセイに代えて、三林さんにお言葉をいただきました。

（「飛ぶ教室」編集部）

解説　記憶が物語になる時

小川洋子

子どもは、子どもであるというただその一点において、天才なのだと思う。大人たちがとりあえず社会を上手く回してゆくために編み出した理屈などお構いなしに、彼らは自由に、全身を使って世界と触れ合っている。彼らが感じ取る不思議や感動や痛みの中に、人間が本来忘れてはならない真理が隠されている。

しかし残念ながら、子どもたちはまだそれを表現する言葉を持っていない。別の言い方をすれば、言葉にできないからこそ、本物に触れることができるのかもしれない。

子どもの偉大さについて、安藤忠雄さんは「コドモ力」という表現を使っている。山本容子さんは〝子どもって、新しいものなんです。だから、新しいものに対して尊敬しなければという感じがある〟と述べている。大人になって行き詰った時、見据えなければならないのは、未来の達成目標数値、などではなく、過去の子ども時代なのではないだろうか。自分が尊敬されるべき偉大な力を持っていた頃の記憶を掘り返してゆけば、そこに何かしらの気づきがある。分かりやすい、実利的な答えではなく、もっとささやかな発見と出会させられる。記憶の底から汲み上げられたものが、思いの外奥深い手触りを持っていて、はっとさせられる。

だから本書に登場する人々は皆、生き生きと語っている。しかも話を聴いてくれるのは河合隼雄先生なのだ。先生は決して相手の発言を否定しない。自分の考えを押し付けない。とにかく丸ごと受け止めるところからその人の本質に迫ってゆく。

「本当によくわかりますね」

「そうでしょうな」

「それはすごく大事なことでしょうね」

「ほんとにその通りですねえ」

先生があの穏やかな笑顔で、こんなふうにうなずいてくれたら、どんどん喋りたくなる。忘れていたはずの出来事もよみがえってくる。いつしか記憶の断片がつながって、一つの物語が生まれる。竹宮惠子さんとの対談のあと、先生は次のような言葉を残している。

〝内界は「物語る」ことによってのみ、その真実が伝えられるのであろう〟

現実的な事実が重要なのではない。現実をどう記憶に残し、言葉を獲得したのち、どんなふうに語るか、が大切なのだ。もしかしたら、語る途中で、事実が膨張したり、欠落したり、歪んだりするかもしれない。けれどそれで大人の自分の心に、過去が上手く納まるならば、何の問題もない。人の心は、事実よりも、物語を必要としている。

そのことを特に強く感じさせられたのは鶴見俊輔さんだった。鶴見さんはお母さんと、並大抵ではない確執があった。子どもを自分の理想にはめ込もうと猛烈な勢いで怒る、イワン雷帝のような母に対し、息子に残された抵抗の方法はもはや自殺しかなかった。世間に向けて母に復讐するために、薬を飲む。母を殴れない代わりに、自分を殺そうとする。結局、お父さんの決断により、十五歳でアメリカへ渡り、鶴見さんの人生は新たな方向へ進んでゆくことになる。

生きるか死ぬか、のところまで追い詰められながら、自分の体験を語った先に鶴見さんが行き着いたのは、ユーモアだった。自分は生き残ったからこそ、あの母親の異常なユーモアを感じられるのだ、と。

鶴見さんは自分だけの物語を作ることで生き延びた。死とユーモアという矛盾を、物語の力によって見事に共存させたのだ。

鶴見さんだけではない。本書で子ども時代の話を語った人々は全員、自分のための物語を胸に抱えて対談場所を後にしただろう。それは必ず、どんな矛盾も理不尽も寄せ付けない、独自の真理によって、その人を温かく守るものとなるに違いない。

こうなってくると、今は空の上におられる先生に向かって、自分も一つ、子どもの頃の思い出を語ってみたくなった。

小学校へ上がる前だったと思う。路面電車の終点から、坂を上ったところに、猿とクジャクを飼っている公園があった。クジャクは滅多に羽を広げてくれず、あまり面白くなかった。その点、猿は活発でよかった。檻には雲梯があり、長い手を使って軽やかに、ひょい、ひょい、と移動してゆく。端までたどり着くと、猿は一休みする。そこで私は、「おっぺん」と言う。口が上手く回らず、「もういっぺん」と言えなかったのである。すると猿は再び雲梯をつかみ、もう一方の端へと移動してゆく。「おっぺん」「おっぺん」。私は猿を休ませない。猿も私の言うとおりにする。何回でも願いを聞いてくれる。

これが、子ども時代の最も古い思い出だ。

「猿が洋子の言うとおりにしとる」

父も母も、他のお客さんたちも笑っている。私は得意満面である。平凡な日曜日の光景だ。

間違いなくあの時、私は天才だった。難しいことなど考えずとも、「おっぺん」という魔法の一言で、種の境をたやすく飛び越え、猿と心を通じ合わせることができたのだから。

あの頃の感受性があれば、もっといい小説が書けるのに、と思う。夜、誰もいない公園にこっそり忍び込み、猿に鍵を開けてもらって一緒に雲梯で遊ぶ。ドリトル先生に負けないお話が、いくらでも書けるはずだ。しかしどうしたことか、ふと気が付けば、私はもう子どもではなくなっていた。今、たとえどんなに熱い声で「おっぺん」と訴えても、猿はきっと見向きもしてくれないだろう。

河合先生はどんな言葉でこの話を受け止めてくれるだろうか。

「それはすごく大事なことでしょうね」

ギシギシとなる雲梯の手すりの音とともに、先生の声が耳に届いてくる気がする。

眠っている遠い記憶を呼び覚ますと、胸の小さな窓が一つ開き、そこを風が吹き抜けてゆくような気分になる。ひりひりとした痛みを伴う場合もあれば、心地よさを頬に感じる場合もある。いずれにしても、一度物語ってしまえば、その記憶に相応しい形の窓が出来上がる。それをいつ開けるか、閉めるか、二度と開けないかは、自分で決めることができる。

最後に、本書でもう一つ、どうしても忘れがたいエピソードがある。両親との縁が薄く、伯母さんの家に預けられ、独学で音楽に触れるしかなかった武満徹さんは、もちろんピアノなど持っていなかった。そこで、外を歩いている時、ピアノの音が聴こえてくると、知らない家に「ごめんください」と言って訪ねて行き、五分でいいですからピアノに触らせていただけないでしょうか、と頼む。すると、一度も断られなかったどころか、お茶を出してくれた家さえあった、というのだ。

武満さんのお話は心に深く突き刺さる。見知らぬ少年に快くピアノを弾かせてあげた、大人たちの気持ちを考えてしまう。若く未熟な者たちに対し、自分もピアノを弾かせてあげる人間でありたい、と強く思う。質素な格好をした、やせっぽちの少年が、遠慮がちに、しかし情熱のこもった目で、ピアノが弾きたい、と訴える。

「五分と言わず、どうぞ好きなだけお弾きなさい」

彼が集中できるよう、私は隣の部屋で耳を澄ませている。彼が十年後、二十年後、世界的な作曲家になるなどとは、もちろん思いもしない。けれど若々しいピアノの音色に、尊敬の念を捧げる。新しい者の未来が無事でありますようにと、天に祈る。

本書を開けば、誰もが子どもにも、大人にもなれる。語り手にも、聴き手にもなれる。そして自分が自分だけの物語によってどれほど救われているか、知ることができる。

子どもを慈しむとは、昔子どもだった自分自身を慈しむのに等しい。更にその思いは他者にも広がってゆく。結局、誰もが昔は子どもだった、という点において、人間は皆平等なのだ。


（おがわ・ようこ　作家）

対談者一覧

鶴見俊輔（つるみ・しゅんすけ）哲学者
一九二二年東京生まれ。大衆文化から社会思想まで多様な分野で問題提起。べ平連など市民運動でも中心的役割を果たした。二〇一五年死去。

田辺聖子（たなべ・せいこ）作家
一九二八年大阪府生まれ。「感傷旅行」で芥川賞受賞。以後、恋愛小説から評伝小説まで多彩に執筆。直木賞選考委員も務めた。二〇一九年死去。

谷川俊太郎（たにかわ・しゅんたろう）詩人
一九三一年東京生まれ。五二年『二十億光年の孤独』で戦後詩の新星として詩壇に登場。以後、第一線で詩作を続ける。詩作以外に、童話、戯曲、随筆、翻訳、作詞など幅広い分野で活動。

武満徹（たけみつ・とおる）作曲家
一九三〇年東京生まれ。二世紀を代表する世界的音楽家。西洋音楽に東洋の伝統的な楽器や手法を取り入れ、独自の境地を開いた。九六年死去。

竹宮惠子（たけみや・けいこ）漫画家
一九五〇年徳島県生まれ。高校在学中にデビュー。『風と木の詩』『地球へ…』で小学館漫画賞受賞。漫画界に革命をもたらす。教育者として後進の育成にも力を入れる。京都精華大学名誉教授。

井上ひさし（いのうえ・ひさし）作家
一九三四年山形県生まれ。『手鎖心中』（直木賞）『道元の冒険』（岸田戯曲賞）など小説・戯曲ともに第一線で活動し続けた。二〇一〇年死去。

司修（つかさ・おさむ）画家
一九三六年群馬県生まれ。働きながら独学で絵を描き始め、主体美術協会の設立に参加。絵本作家、装丁家、小説家、エッセイストとしても知られる。『本の魔法』で大佛次郎賞。法政大学名誉教授。

日髙敏隆（ひだか・としたか）動物行動学者
一九三〇年東京生まれ。日本に動物行動学をいち早く紹介した第一人者。京都大学名誉教授。軽妙なエッセイのファンも多い。二〇〇九年死去。

庄野英二（しょうの・えいじ）作家
一九一五年山口県生まれ。大学在学中に坪田譲治に師事。三七年陸軍入隊。戦後、『星の牧場』で野間児童文芸賞などを受賞。九三年死去。

大庭みな子（おおば・みなこ）作家
一九三〇年東京生まれ。原爆投下直後の広島で救援隊として活動。「三匹の蟹」で芥川賞を受賞し作家活動に入る。他受賞作多数。二〇〇七年死去。

山本容子（やまもと・ようこ）銅版画家
一九五二年埼玉県生まれ。都会的で軽快洒脱な色彩で、独自の銅版画の世界を確立。絵画に音楽や詩を融合させるジャンルを超えたコラボレーションを展開。装幀、挿画も数多く手がける。

筒井康隆（つつい・やすたか）作家・俳優
一九三四年大阪府生まれ。江戸川乱歩に認められ創作活動に入る。エンタメや純文学といったジャンルを超えた作風で多くの読者の支持を得る。『夢の木坂分岐点』（谷崎賞）ほか受賞作多数。

佐渡裕（さど・ゆたか）指揮者
一九六一年京都府生まれ。小澤征爾、バーンスタインに師事。ベルリン・フィル等ヨーロッパの一流オーケストラを多数指揮。二〇二三年より新日本フィルハーモニー交響楽団第五代音楽監督に就任。

毛利衛（もうり・まもる）宇宙飛行士・理学博士
一九四八年北海道生まれ。日本人として初の宇宙飛行士に選ばれ、九二年に米国スペースシャトル「エンデバー号」に搭乗。二〇〇〇年に再び搭乗。日本科学未来館初代館長を務め、現在は名誉館長。

安藤忠雄（あんどう・ただお）建築家
一九四一年大阪府生まれ。独学で建築を学び、六九年安藤忠雄建築研究所を設立。代表作に「光の教会」など。プリツカー賞など受賞多数。環境再生や震災復興にも取り組む。東京大学名誉教授。

三林京子（みつばやし・きょうこ）女優
一九五一年大阪府生まれ。山田五十鈴の付き人を経て、芸術座「女坂」で初舞台。大河ドラマ「元禄太平記」でTVデビュー、以後多数のドラマや舞台に出演。桂すずめの名で落語家としても活動。

I

あなたが子どもだったころ

初　出：『飛ぶ教室』一九八五年二月～八七年五月
単行本：『あなたが子どもだったころ』（一九八八年、光村図書出版／九一年、楡出版）
文　庫：『あなたが子どもだったころ――心の原風景』（一九九五年、講談社＋α文庫）

II

子ども力がいっぱい

初　出：『飛ぶ教室』二〇〇五年四月～二〇〇八年一月
単行本：『子ども力がいっぱい――河合隼雄が聞く「あなたが子どもだったころ」』（二〇〇八年、光村図書出版）

編集付記

一、本書は連続対談『あなたが子どもだったころ』と『子ども力がいっぱい』を、それぞれⅠ・Ⅱとして、合本にしたものである。

一、Ⅰは講談社＋α文庫（ただし「あとがき」は初刊単行本）を、Ⅱは光村図書出版の単行本を底本とした。

一、明らかな誤植と思われる箇所は訂正し、ふりがなを整理した。

一、本文中、今日の人権意識に照らして、言い換えるべき語句や表現が見受けられるが、とくに話し手が故人である場合は、刊行当時の時代背景と作品の文化的価値を考慮して、底本のままとした。

中公文庫

対談集《たいだんしゅう》
あなたが子《こ》どもだったころ
――完全版《かんぜんばん》

2024年7月25日　初版発行

著　者　河合《かわい》 隼雄《はやお》

発行者　安部 順一

発行所　中央公論新社
〒100-8152　東京都千代田区大手町1-7-1
電話　販売 03-5299-1730　編集 03-5299-1890
URL https://www.chuko.co.jp/

DTP　ハンズ・ミケ
印　刷　三晃印刷
製　本　小泉製本

Published by CHUOKORON-SHINSHA, INC.
Printed in Japan　ISBN978-4-12-207536-8 C1111